AF287850

Albert Johannsen

Nach der Flut

Husum

Umschlagabbildung: Josef Wopfner, Küstenlandschaft an der Nordsee, um 1906, Öl/Karton

Bibliografische Information der Deutschen Nationalbibliothek

Die Deutsche Nationalbibliothek verzeichnet diese Publikation in der Deutschen Nationalbibliografie; detaillierte bibliografische Daten sind im Internet über http://dnb.dnb.de abrufbar.

NORDFRIISK
INSTITUUT

Nordfriisk Instituut
Nr. 203

2. Auflage 2018

© 2009 by Husum Druck- und Verlagsgesellschaft mbH u. Co. KG, Husum

Gesamtherstellung: Husum Druck- und Verlagsgesellschaft
Postfach 1480, D-25804 Husum – www.verlagsgruppe.de
ISBN 978-3-89876-444-5

Herausgegeben von
Arno Bammé und Thomas Steensen

Nordfriesland ist ein Land der Vielfalt – in Natur,
Geschichte und Kultur. Schriftstellerinnen und Schriftsteller sowohl aus der Region als auch von außerhalb
wählten diese Kultur- und Naturlandschaft immer wieder
zum Schauplatz ihrer Werke. In der Reihe „Nordfriesland
im Roman" werden Romane und umfangreiche Erzählungen neu zugänglich gemacht – bekannte, aber auch fast
vergessene. In einem Nachwort erläutern die Herausgeber
den historischen Hintergrund, Orte der Handlung sowie
Leben und Werk der Autorin bzw. des Autors.

Band 3

Erstes Buch

Zwei junge Männer in Scholarentracht ritten über die Heide der untergehenden Sonne nach, die über einer blau-schwarzen Wolkenbank am Horizont stand. Ihre Kleider waren bestaubt, und müde und erschlafft saßen sie im Sattel. Seit Wochen waren sie unterwegs; durch volkreiche, prächtige Städte und schmutzige Dörfer, über kahle Höhen und durch rauschende Wälder, durch Sturm und Regen und lachenden Sonnenschein hatte ihr Weg sie geführt. Manchmal, wenn kein Wirtshaus an der Straße lag, waren sie in die helle Mondnacht hineingeritten und pflegten am andern Tage der Ruhe im Schatten eines Hains oder unter einem gastfreien Dache. Es waren fröhliche Wandertage gewesen trotz aller Mühseligkeiten und Beschwerden.

Sie hatten die Heerstraße verlassen, um sich den Weg zu kürzen, aber die Moore und Moraste der Heide nicht in Rechnung gezogen. Einmal waren die Pferde bis an die Knie in den weichen Boden gesunken und bei den Anstrengungen, sich zu befreien, immer tiefer hineingeraten. Es hatte den jungen Männern manchen Schweißtropfen gekostet, die ängstlich gewordenen Tiere wieder auf festen Boden zu bringen. Auch das Eichengestrüpp, das mit seinen dicht verschlungenen knorrigen Ästen große Flächen überzog, hinderte am Fortkommen und nötigte sie häufig zu weiten Umwegen.

„Wären wir doch auf der Landstraße geblieben", sagte seufzend der Kleinere der beiden. Den breitrandigen Reisehut hatte er tief in den Nacken geschoben. Schwarzes, von Schweiß durchnässtes Haar klebte ihm an der Stirn. Er war, ebenso wie sein Begleiter, bartlos, doch schimmerte es schwärzlich durch die Haut seiner Wangen. „Eine verfluchte, heimtückische Gegend! Am Ende bleiben wir hier noch, so dicht am Ziel unserer Reise, im Morast stecken. Nimm dich in Acht, Hinrich! Ein Schritt weiter und wir sitzen wieder mittendrin! Siehst du es nicht unter dem Kraut blinken?"

Der Angeredete hielt sein Pferd noch eben rechtzeitig zurück. Er war größer und kräftiger gewachsen als sein Begleiter. Hellblondes Haar und blaue Augen ließen seine nordische Abstammung erkennen. Sein jugendfrisches Gesicht war von Wind und Wetter der letzten Wochen gebräunt, unter dem gleichfalls zurückgeschobenen Hut glänzte es aber zart und weiß wie eine Mädchenstirn.

Das Tier war schon mit den beiden Vorderfüßen in eine von Gras, Moos und flockigem Wollkraut überdeckte Lache hineingeglitten, dass das Wasser dem Reiter um die Ohren spritzte.

„Du hast recht! Dumme Geschichte das! Ein Unterkommen finden wir schwerlich noch vor Einbruch der Nacht. Nicht einmal ein Kirchturm ist sichtbar. Lagern wir uns hier? Die Tiere finden ihr Futter."

„Die Tiere! Aber wir? Seit Mittag sind wir schon auf dem Pferde und haben nichts zu uns genommen als ein wenig Wurst und Brot, Herzbruder. Woher willst du Atzung nehmen?"

„Nun, dann hungern wir!"

„So! Das sagst du so leichthin! Dann ziehe ich es doch vor, weiterzureiten, selbst auf die Gefahr hin, in den Boden zu versinken. Vielleicht finden wir noch eine menschliche Behausung."

„Wie du willst. Aber in dieser Richtung können wir nicht weiter. Wir geraten in einen Sumpf hinein; weiterhin nimmt das Wasser zu. Reiten wir links ab? Dort liegt ein Eichengebüsch und Eichen wachsen nicht auf nassem Boden. Wenigstens finden wir dort ein trockenes Lager."

Beide lenkten ihre Pferde nach links und ritten nun immer am Gebüsch entlang. Die Sonne war jetzt unter der dunklen

Wolke verschwunden und allmählich senkte sich die Dämmerung herab.

Da klang aus der Ferne ein lang gezogenes Geheul an ihr Ohr.

Der Kleinere zügelte sein Ross und schaute gespannt in die Richtung, aus der die unheimlichen Laute kamen.

„Horch, was ist das?"

„Das sind Wölfe", erwiderte der andere gleichmütig.

„Wölfe? Und dabei bleibst du so ruhig?"

„Das ist ein feiges Geschlecht, Martin. Wir haben nichts zu fürchten. Solange noch Wild genug vorhanden ist, greifen sie Menschen nicht an; nur der äußerste Hunger treibt sie dazu. Hier gibt es aber Wild in Fülle, viel zu viel. Der Landmann weiß davon ein trauriges Lied zu singen. Tag und Nacht muss er bei seinen Kornfeldern wachen, um die Rehe und Hirsche zu verscheuchen, denn sie zu schießen ist ihm bei schwerer Pön verboten. So kommt es, dass die Bauern in den Wolfen eher Freunde als Feinde sehen, und wenn sie von der Herrschaft zur Wolfsjagd entboten werden, folgen sie nur mit Widerstreben. Aus meiner Knabenzeit erinnere ich mich einer Geschichte, die mein Vater erzählte, als er eines Tages von einer Landreise zurückkehrte, und die einen starken Eindruck auf mich machte. Der achtzehnjährige Sohn eines Bauern hatte einen Wolf erschlagen – Wölfe zu töten ist jedem erlaubt – und sich vom Staller die dafür ausgesetzte Belohnung geholt. Als er nach Hause kam, zeigte er sie seinem Vater frohlockend: Sieh, drei blanke Taler! Woher hast du das viele Geld? Ich habe einen Wolf erschlagen! Da versetzte der Alte seinem Sohne einen Schlag ins Gesicht, nahm ihn bei der Hand und führte ihn auf die Äcker. Dort sah es gar kläglich aus; alles war vom Wild zerfressen und zertreten. Der Junge schaute bestürzt auf den Schaden; dann neigte er sich demütig vor dem Alten und sagte: Ich verstehe, Vater! Niemals mehr soll meine Hand sich an einem Wolf vergreifen!"

Martin schlug sich mit der Rechten auf den Schenkel, so sehr hatte die Geschichte ihn in Erstaunen gesetzt. Er wollte eine Bemerkung an die Erzählung seines Freundes knüpfen, brach aber ab, da etwas im höchsten Grade seine Aufmerksamkeit erregte.

Es war ein niedriges Häuschen, das ihm in die Augen fiel. Ganz versteckt im Gebüsch lag es da und ein Fußwanderer hätte es sicherlich nicht bemerkt. Aber vom Pferde herab konnte man das Sodendach und den Schornstein erblicken.

Er rief: „Hollah!" Aber nichts rührte sich.

Nun sprang er auf die Erde.

„Halte meinen Gaul, Hinrich! Wo ein Haus ist, werden auch Menschen sein, und wo Menschen sind, wird's auch zu essen geben!"

Vorsichtig schob er die Äste zurück und nach wenigen Augenblicken stand er vor der Tür des Hauses. Es war heller Mondschein und so konnte er deutlich unterscheiden, dass die Mauern aus Lehm bestanden, in den Heidekraut gemengt war, das rau und borstig die Fläche überzog. Die Tür war aus rohen Brettern gezimmert und die beiden kleinen Fenster mit Luken verdeckt.

Er schlug mit der Hand gegen die Tür und da sich nichts regte, half er mit dem Fuße nach. Da legte sich ihm eine Hand auf die Schulter. Erschreckt drehte er sich um und nun sah er einen untersetzten älteren Mann vor sich stehen, mit wirrem grauem Haar und Bart, der ihn mit runden, wasserblauen Augen anstarrte.

Da der Mann kein Wort sagte, ergriff Martin das Wort.

„Für Geld und gute Worte bitten wir um Lager und Nachtessen. Wir sind zwei; mein Freund hält draußen mit den Pferden."

In dem Blick des Alten lag etwas Scheues und Irres. Er öffnete die Tür und forderte Martin mit einer Handbewegung auf, näher zu treten. Das ganze Haus bildete nur einen Raum, der für Menschen und Vieh hergerichtet war. Die Ausstattung bestand aus einem aus rohen Brettern hergestellten Tisch und einer Bank. In einer Ecke lag ein Haufen Lumpen, der dem Alten offenbar als Schlafstätte diente.

Gleich darauf trat auch Hinrich ein. Er hatte die Pferde an einen Busch gebunden. Als er den Mann sah, fuhr er betroffen zurück.

„Bonke! Wie kommst du hierher?"

Nun wurde der Mann auch ihn gewahr. Es zuckte wie ein Freudenschein über sein faltenreiches Gesicht, und wie ein Kind ergriff er mit beiden Händen Hinrichs Rechte, drückte und streichelte sie. Kein Wort kam aber über seine Lippen.

„Bonke, Bonke – alter Knabe! Was ist es mit dir? Sprich ein Wort! Du hast doch nicht die Sprache verloren?"

Bonke legte die Hand auf seinen Mund und schüttelte den Kopf. Dann hob er die Arme empor und ein tiefes, schmerzliches Gestöhn kam aus seinem Munde.

Befremdet beobachtete Martin das sonderbare Gebaren des Alten.

„Du kennst den Mann, Hinrich?"

„Oh, sehr gut. Als ich vor vier Jahren nach Wittenberg reiste, war er noch Schäfer auf unserem Hofe. Was mag ihn hierher getrieben haben? Es beängstigt mich, ihn so zu finden. – Bonke, lebst du hier ganz allein? Wo ist deine Frau?"

Bonke zeigte auf den Boden.

„Soll das heißen, sie ist tot? Die gute Maren tot? Und deine Kinder Boy und Antje?"

Wieder richtete sich seine Hand auf die Erde.

Erschüttert nahm Hinrich die stumme Mitteilung des alten Schäfers entgegen.

„Ein trauriger Gruß, den die Heimat mir hier entgegenschickt, Martin. Ich habe immer große Stücke auf unsern Bonke gehalten und mich auf das Wiedersehen gefreut. Boy und Antje waren mir gute Spielkameraden. Manchen lustigen Streich haben wir zusammen ausgeheckt und nun deckt sie alle die Erde. Ich kann es nicht fassen –" Er schwieg, die Tränen waren ihm in die Augen getreten.

Der Alte fuhr ihm mit seiner harten, dürren Greisenhand streichelnd über die Wangen.

Nun machte er sich in der Hütte zu schaffen. Aus einer Kiste holte er einen Topf mit Buchweizengrütze hervor, den er auf den Tisch stellte. Auch einen Laib Brot und etwas Butter setzte er den Freunden vor. Ihre Gaumen waren zwar bessere Kost gewöhnt, aber der Hunger bezwang den Widerwillen, den die recht fade schmeckende Kost (der Alte hatte bei der Zubereitung offenbar das Salz vergessen) ihnen zunächst einflößte.

Nun ging Bonke mit einer Sichel hinaus und kehrte bald mit einem Haufen Heidekraut zurück, aus dem er ihnen ein Lager bereitete. Auch für die Pferde sorgte er; er schnitt ihnen Gras und brachte ihnen einen Eimer Wasser.

Die beiden jungen Leute streckten sich auf ihr Lager aus; trotzdem sie den ganzen Tag im Sattel zugebracht hatten, konnten sie den Schlaf noch nicht finden. Hinrich konnte sich noch immer nicht über das Schicksal des alten Schäfers beruhigen. Hatte eine Seuche auf der Insel gewütet, der die ganze Familie zum Opfer gefallen war? Und wie kam der Alte hierher? Nun erinnerte er sich, dass Bonke aus dieser Gegend stammte. Seine Eltern waren Heidsassen, die sich kümmerlich durch den Bau von Buchweizen, eine kleine Schafzucht und Torfbereitung ernährten. Aber die waren schon seit Jahren gestorben. Ohne Zweifel hatte der Alte das verfallene Haus, für das sich keine Käufer fanden, in Besitz genommen. Aber sein Zustand? Hatte er die Sprache verloren? Ohne Zweifel hatte auch sein Verstand gelitten; er gebärdete sich wie ein großes Kind.

Und nun erzählte er seinem Freunde von dem Alten, von Maren, Boy und Antje. Und dann kam er auf seinen Vater, seine Mutter und Schwester zu sprechen – und wie er so im Geiste bei seinen Lieben weilte, heiterte sein Gemüt sich wieder auf.

„Martin, Herzbruder – morgen um diese Zeit liegen wir in den weichen Daunenbetten von Röhrbeckhof. Da ruht es sich besser, glaube mir, als auf diesem dürren, stacheligen Heidekraut. Bonke hat's gut gemeint, weiß Gott, als er uns dieses Lager bereitete – aber an Bequemlichkeit lässt es doch sehr zu wünschen übrig. Wie ich mich auf das Wiedersehen freue, kann ich dir gar nicht sagen! – Was ist dir, Bonke?"

Der Alte wälzte sich auf seinem Lager umher und stieß sonderbare schluchzende Töne aus, dann kroch er näher und legte sich auf die harte Lehmdiele zu Hinrichs Füßen.

„Bonke, was hast du? So – so – sei nur ruhig!" Er erhob sich und legte die Hand auf den Kopf des Alten, wie man ein Kind tröstet.

„Deine Worte haben die Vergangenheit lebendig gemacht und die alten Wunden wieder aufgerissen, Hinrich. Schone den Alten!"

„Du hast recht! – Ich habe dir nicht wehtun wollen, Bonke!"

Nach einer Weile fing Hinrich wieder an, von Röhrbeckhof zu erzählen.

„Das ist ein Herrensitz, Martin, der größte und stattlichste Hof in der Runde. Röhrbeckhof ist ein alter Erbsitz, der der Familie meiner Mutter seit Jahrhunderten gehört. Oh, es ist herrlich dort! Bin nur neugierig, wie es dir gefallen wird. Unsere Insel ist eine ganz eigenartige Welt; dort gibt es weder Wälder noch Berge; eine unermessliche Ebene dehnt sich aus, Kornfelder und fette Viehweiden wechseln miteinander ab. Sicher liegt das Land hinter hohen festen Dämmen, gegen die in wilden Sturmnächten das Meer, der Blanke Hans, wie unsere Leute es nennen, seine Wogen wälzt. Und die Menschen dort sind ein stolzes Geschlecht, dem Friesenstamme angehörig, alles freie Bauern auf eignem Grund und Boden. Dort herrscht kein Edelmann und kein Leibeigener quält sich in schwerer Fron. Selbst der Landesherr hat seine Vorrechte dem Volke nur in schweren Kämpfen abgerungen."

Nach einer kurzen Pause fuhr Hinrich fort. Es war, als wenn er im Traume sprach und das, was seine Worte schilderten, lebendig vor ihm stand:

„Röhrbeckhof, wie blitzen deine Fenster in der Sonne! Welch' geschäftiges Leben auf dem Hof. Die Ernte wird eingefahren; schwerer Weizen, Wagen auf Wagen wird in die Scheune gebracht. Und der große stattliche Mann dort mit dem ernsten, energischen Gesicht, das ist mein Vater! Er greift mit an wie jeder Arbeiter und leistet für zwei. Ja, sie wussten wohl, was sie taten, die Nordstrander, als sie ihn zum Landeshauptmann wählten. Einen besseren hätten sie in allen Harden nicht gefunden. Sollte die Insel in eine Fehde verwickelt werden, wird er die Führung übernehmen. Martin, ich sage dir, du wirst deine Freude an dem Manne haben. Und dort kommt auch meine Mutter aus der Tür; freundlich glänzt ihr liebes Antlitz. Sie hat gute Worte für jeden. Aber meine Schwester? Von ihr kann ich mir kein rechtes Bild machen. Das vierzehnjährige Mädchen, das mir vor Augen steht, ist wohl eine stattliche Jungfrau geworden. Fünf Jahre machen in diesem Alter viel. Nun, wir werden sie bald mit eigenen Augen sehen."

Bonke hatte sich während dieser Worte halb erhoben. In der ungewissen Dämmerung, die in der Hütte herrschte, sah Hinrich die Blicke des Alten mit irrem Ausdruck auf sich gerichtet.

Allmählich stellte der Schlaf sich ein. Eben vor dem Einschlummern schrak Hinrich aber wieder empor. Richtete der Alte nicht seine sonderbaren Augen fest auf ihn? Doch nein, es war nur eine Traumfantasie, denn Bonke lag wieder in der Ecke auf dem Lumpenhaufen.

Am andern Morgen machten sie sich frühzeitig auf den Weg, nachdem sie vergeblich versucht hatten, ein wenig von den vorhandenen Speisen zu sich zu nehmen. Die Grütze hatte über Nacht einen säuerlichen Geschmack angenommen, das zweite Brot, das der Alte aus dem Kasten holte, war weit schlechter als das, was er ihnen am Abend vorgesetzt hatte. Ein grünlich weißer Schimmel überzog die Rinde und durchdrang auch das Innere.

Bonke begleitete sie eine Stunde, bis sie auf die Heerstraße gelangten. Er hielt die Hand, die Hinrich ihm zum Abschied reichte, so lange, als wenn er sie nicht wieder loslassen wollte. Dabei schüttelte er den Kopf und stieß unartikulierte Laute hervor.

„Bonke, beruhige dich! Ich werde für dich sorgen. Du sollst wahrhaftig hier nicht verkommen. Was soll aus dir werden, wenn du krank wirst? Auf Röhrbeckhof bereite ich dir ein warmes Nest für deine alten Tage. Bonke, du kannst dich darauf verlassen, ich hole dich bald!"

Bonke schaute ihn starr an, dann ließ er seine Hand fahren, hob die Arme gen Himmel und machte mit den Händen unverständliche Bewegungen.

Hinrich nickte ihm noch einmal freundlich zu und dann ritten sie in scharfem Trabe davon.

„Ich weiß nicht, was es mit dem Alten ist, sein Verstand muss gelitten haben. Vielleicht hat er auch ein Verbrechen begangen und sich in die Heide geflüchtet. Er ist ein guter Mensch, aber war immer jähzornig. Hat er sein Gewissen beladen, dann kann ich ihm nicht helfen. Vor der irdischen Gerechtigkeit vermag ich ihn nicht zu schützen. Sonst aber werde ich für ihn sorgen, wo und wie ich kann."

Vor Sonnenaufgang hatten sie die Hütte verlassen. Es war kühl, und fröstelnd zogen sie die Mäntel fester um die Schultern. Stumm ritten sie nebeneinander her. Die Heerstraße war nur wenig belebt; nur einige mit vier starken Pferden bespannte und mit einer Plandecke überzogene Lastwagen kamen ihnen entgegen. In einer Wirtschaft am Wege ließen sie sich einen Morgenimbiss geben. Der Wirt lag noch in den Federn, nur ein dickes Bauernmädchen mit verschlafenem Gesicht brachte ihnen Brot und Speck und zwei Krüge mit Dünnbier. Anderes gab Küche und Keller nicht her.

Als sie die dumpfe niedrige Gaststube verlassen hatten, lag lachender Sonnenschein auf Heide und Moor, durch die sich der weiße Weg in mannigfachen Krümmungen hinzog.

Beide wurden jetzt allmählich munter und gesprächig. Martin wollte immer mehr von der Heimat seines Freundes hören und Hinrich wurde nicht müde, ihm Auskunft zu erteilen. Die vergangenen und die gegenwärtigen Zustände des Landes rollte er in anschaulichen Bildern vor ihm auf. Immer hatte er der Geschichte seiner Heimat großes Interesse entgegengebracht und schon als Kind den Erzählungen und Sagen landeskundiger Männer gelauscht. Als er dann später der Schrift kundig geworden war, hatte er alte Chroniken durchstöbert und sich so eine gute Kenntnis auf diesem Gebiete erworben. Sein Vater sah diese Vorliebe für die Geschichte des Landes gern; er hatte den Ehrgeiz, seinen Sohn noch einmal als Staller von Nordstrand zu sehen. Aus diesem Grunde hatte Hinrich sich auch dem Studium der Rechte gewidmet; wenn er auch selbst nicht darauf rechnete, der höchste Beamte des Landes zu werden – denn das hing gar zu sehr von der Gunst des Herzogs ab –, so hoffte er doch, in der einen oder anderen Weise seinem Lande nützlich werden zu können, vielleicht als Hardesvogt. Und nun erzählte er von der politischen Einteilung der Insel in Harden und deren Verfassung. Er kannte die Gesetze aller drei Harden: der Beltringharde, der Edomsharde und der Pellwormer Harde. Auch über die Beschaffenheit der Harden und wirtschaftlichen Zustände der Bewohner zeigte er sich vortrefflich unterrichtet. Dann kam er auf das Anwachsen des Landes zu sprechen, und dieser Punkt nahm das Interesse seines Freundes ganz gefangen.

„Wie ein Märchen klingen mir deine Worte! Ganze Inseln wachsen aus dem Meere empor und werden von den Menschen in Besitz genommen – wie wunderbar! Und wem gehört dieses Land?"

„Darauf legt der Herzog seine Hand! Aber wenn es dir nicht an Geld fehlt, so überlässt er es dir mit fürstlichen Gerechtigkeiten. Vor zehn Jahren kauften die Brüder Amsinck, zwei reiche Hamburger Herren, große Strecken Landes an der Nordostküste der Insel, um sie durch Deiche vor der Überflutung des Meeres zu schützen. Schon vor meiner Abreise nach Wittenberg war ein Teil der Arbeit vollendet und ein großer Koog entstanden, der reiche Erträge an Korn und Früchten lieferte. Wenn die Herren alles Land, das der Herzog ihnen käuflich überlassen oder geschenkt hat, mit Deichen umschlossen haben, werden sie mit keinem Fürsten tauschen. Wie Könige herrschen sie in ihrem Reich. Sie haben die alleinige Ausübung der Jagd und Fischerei, das alleinige Recht zur Anlage von Mühlen, Fähren und Brauereien, das Patronatsrecht über die Kirchen, sie sind befreit von allen Abgaben, Lasten und Diensten und stehen nur vor dem Herzog und dem Herzoglichen Hofgericht zu Recht."

Allmählich belebte die Heerstraße sich mit Bauern und Reisenden aller Art zu Fuß, Pferd und Wagen. Ein schlecht

16

gekleideter Mann humpelte ihnen mühsam auf zwei Krücken entgegen.

Er hemmte seinen Schritt, als sie an ihm vorbeiritten und hielt, eine Gabe heischend, den Hut empor.

Hinrich warf ihm eine kleine Münze zu.

„Gott vergelt's, Hinrich!", rief der Bettler.

Hinrich schaute ihn überrascht an. „Kennst du mich?"

„Wie sollte ich dich nicht kennen? Führte dein Weg dich doch jahrelang Tag für Tag an meiner Tür vorbei. Manchen Apfel hast du bei mir gekauft, wenn du in die Gelehrtenschule gingst!"

„Ach, wo hatte ich meine Augen! Peter Vorbrod – aus der Krämerstraße! Wie geht es dir?"

„Wie soll's gehen in diesen erbärmlichen Zeiten? Schlecht geht's. Auf den Hund bin ich gekommen, wie du siehst, ganz und gar auf den Hund. Es ist ein elender Zustand, auf der Landstraße zu liegen und auf die Barmherzigkeit der Menschen angewiesen zu sein."

Das Aussehen des Bettlers strafte seine Worte allerdings einigermaßen Lügen; die feisten roten Wangen sprachen nicht von Hunger und Elend und auch sonst sah er sehr wohlgenährt aus.

Hinrich konnte kaum ein Lächeln unterdrücken.

„Du scheinst dich doch recht wohl zu befinden. Als du in der Pottekiste zwischen deinem Kraut und Kohl saßest, habe ich dich kaum so gesund gesehen!"

Nun aber fing der Mensch zu lamentieren an, dass es kein Ende nehmen wollte. Er jammerte über die schlechten Zeiten und Menschen, die auch seine blühende Hökerei zu Grunde gerichtet hätten. Die Freunde ritten endlich davon, da sie müde wurden, die endlosen Klagen des Bettlers anzuhören.

„Der Mann wird an seinem Unglück selbst schuld sein", sagte Hinrich, „er sprach gar zu häufig dem guten Husumer Bier zu. Aber sonderbar finde ich es doch, dass er, der sich so schwer auf seinen Krücken vorwärts bewegt, ein vagierendes Leben führt."

„Der Mensch sprach von den schlechten Zeiten! Liegen hier Handel und Wandel darnieder?"

Hinrich verneinte.

„Darüber hätte ich längst Kunde erhalten müssen. Die schlechten Zeiten spuken wohl lediglich im Kopf des Alten. Weil ihm sein kleiner Kram flöten gegangen ist, glaubt er, die ganze Welt anklagen zu müssen."

Noch bevor die Sonne im Zenit stand, verließen sie die Heerstraße und schlugen einen nur wenig befahrenen Weg ein, der zu einem Dorfe führte, dessen spitzer Kirchturm ihnen als Wegweiser diente, denn manchmal verlor sich der Weg fast in dem hohen Heidekraut.

„Nur noch eine Stunde und Nordstrand liegt vor uns und Röhrbeckhof sendet uns seinen Gruß. Schon vom Festlande aus sehen wir das Haus mit seinem hohen Dach. Eine Fähre führt uns in einem halben Stündchen über das schmale Wasser. Wenn wir uns sputen, können wir schon kurz nach Mittag bei Tische sitzen."

Sie gaben dem Pferde die Sporen und ritten scharf zu. Eine Schar weißer Vögel flog kreischend über ihre Häupter dahin.

Hinrich hob die Arme empor. „Ich spüre Heimatsluft! Das sind Seevögel, Möwen, Herzbruder! Sie zeigen die Nähe des Meeres an. Merkwürdig ist es übrigens, dass sie bei diesem sonnigen, windstillen Wetter so weit ins Land hineinfliegen. Das geschieht sonst doch nur an Tagen, wenn der Westwind tobt."

Noch schlang das Heidekraut seine krausen Äste um die Hufe der Pferde, bald aber traten grüne Äcker auf und zeigten die Nähe eines Dorfes an. Sie ritten jetzt auf sandigem Pfade zwischen Wällen, auf denen der Schlehdorn blühte und Brombeersträuche ihre dünnen, stacheligen Ranken in den Weg hineinschickten. Das Dorf mit seinen rauchenden Schornsteinen ließen sie links liegen.

„Gottlob!", rief Martin vergnügt aus. „Hier spürt man doch wieder die Nähe des Menschen. Es war mir wirklich nicht wohl zu Mute in diesen Heiden und Mooren, die wir durchzogen."

18

„Das begreife ich vollkommen! Und doch gibt es Menschen, die sich in solcher Einöde wohl fühlen. Da ist der alte Bonke, der sich immer nach der Heide sehnte, wohl weil seine Wiege dort gestanden hat. In unserm gesegneten Lande liegt eine Fläche unfruchtbaren Bodens, das wilde Moor. Es ist ein öder Strich, auf dem weder Menschen noch Vieh zu finden sind; Unholde treiben dort nachts ihr Wesen. Zu diesem Lande, das sich wie ein niedriger Hügel über dem flachen Marschboden emporhebt, fühlte unser Bonke sich immer besonders hingezogen. Und wenn er es irgend möglich machen konnte, zog er mit seinen Schafen in die Nähe des wilden Moores und lag in der Mittagsstunde im Heidekraut und blickte in den Himmel. Wenn ich mir dieses vergegenwärtige, so begreife ich jetzt wohl, dass er in der Heide eine Zuflucht gesucht hat. Er war immer ein sonderbarer Kauz! Auch wunderbare Geschichten wusste er zu erzählen von dem vor zwei Jahrhunderten untergegangenen Rungholt, dessen Glocken der vorüberfahrende Schiffer noch jetzt in stillen Nächten läuten hört, von der alten weißen Sibylle Hertje, von Meermenschen und Kobolden. Daneben hatte er alte Lieder im Kopf von Kämpfen und Kriegen. Als Knabe habe ich ihm mit Lust gelauscht, obgleich mein Vater, der solche Sagen und Mären für Allotria und Teufelszeug hielt, nicht viel davon wissen wollte. – Jetzt sind wir bald am Ziel. Hier ist mir alles genau bekannt. Als ich vor fünf Jahren auszog, zukunftsfroh und doch nicht ohne Wehmut im Herzen, hielt ich bei diesen Büschen, um noch einmal einen Blick zurückzuwerfen, der mir zwar nicht die Heimatsstätten zeigte, aber doch die Wolken, die über sie dahinzogen. Es war ein stürmischer Morgen und die Wogen schlugen über den starken Prahm, der mich mit dem Pferd ans Land brachte. Mein Vater begleitete mich bis ans Ufer, und wie wir so auf der Anhöhe standen und uns zum Abschiede die Hand drückten, da blitzte das Giebelfenster in Röhrbeckhof im Lichte der aufgehenden Sonne wie loderndes Feuer auf. Ein wundersamer Scheidegruß, der mich seltsam berührte und den ich nie vergessen konnte."

Hinrich blickte sinnend vor sich hin und ein glückseliges Lächeln umspielte seinen Mund. Dann hob er den Kopf, ein Jauchzen kam über seine Lippen, er drückte die Weichen des Pferdes und sprengte in scharfem Trabe davon. Martin folgte in kurzer Entfernung. Bald hatte sein Freund die Erhöhung erreicht; scharf hoben sich Pferd und Reiter vom hellen Himmel ab. Martin sah, wie Hinrich die Hand über die Augen legte, um in die Ferne zu blicken. Gleich darauf aber streckte er die Arme von sich, griff in die Luft, als wenn er nach einem Halt suchte, und sank dann lautlos vom Pferde herab.

In wenigen Augenblicken war Martin oben, sprang vom Pferd und kniete neben seinen Freund nieder, dessen linker Fuß noch im Steigbügel steckte. Er hob seinen Kopf in die Höhe und legte ihn sanft auf seine Knie. Dann befreite er ihn vom Drucke der Kleider, dass die weiße Brust zum Vorschein kam.

„Hinrich, Herzbruder! Was ist dir?", rief er ihm zu, und in seiner Stimme zitterte unterdrückte Angst. „Komme zu dir!" Aber keine Antwort erfolgte. Alles Blut war aus seinen Wangen entwichen, blass und leblos, wie eine Leiche lag er da. Martin legte die Hand auf das Herz seines Freundes. Es schlug noch. Nach einigen bangen Minuten regte Hinrich sich wieder, bewegte erst die Arme und versuchte dann sich zu erheben. Nun schlug er die Augen auf und schaute wie irr in das über ihn gebeugte Antlitz seines Freundes, der seine Blicke besorgt und liebevoll erwiderte. Plötzlich hob er den Oberkörper mit einem Ruck empor und wandte sein Gesicht nach Westen. Dann hob er den rechten Arm und zeigte in die Ferne. Aus seinem Munde kamen unverständliche, lallende Laute.

Martin schaute hinaus, und was seine Augen sahen, machte ihm das Herz erbeben. Bis zum Horizont dehnte sich eine große Wasserfläche aus, die niedrige, breite Wellen an den Strand warf. Von einer Insel war nichts zu sehen, nur einzelne Erhöhungen tauchten aus der Flut empor. Waren es seltsam gestaltete Felsen? Einige schienen Ähnlichkeit mit Häusern und Mühlen zu haben, auch einen Kirchturm glaubte er zu sehen.

Hinrich lag halb aufgerichtet da, sich mit der Linken auf den Boden stützend. Seine Augen waren starr auf das Meer gerichtet, das wie ein blendender, blitzender Spiegel sich vor ihm ausbreitete.

Dann legte er die Hand vor die Augen und nun kamen die ersten Worte über seine Lippen.

„Martin – Martin – schaue du hinaus! Ich weiß nicht, was es mit mir ist! Es kann ja nicht so sein – was meine Augen zu sehen glauben. Martin – lieber, bester Martin – sage mir, was siehst du? Hinter dem Wasser Land mit Dörfern und Gehöften? Und das große Haus dort – nahe am Wasser –, das ist Röhrbeckhof! Lieber, lieber Martin, sage mir, das alles siehst du doch?"

Martin konnte kein Wort über die Lippen bringen. Das Herz schnürte sich ihm zusammen bei den Worten seines Freundes, in die sich unaussprechliche Angst und Flehen mischten.

Da nahm Hinrich die Hand von den Augen und schaute in das schmerzlich verzogene Gesicht seines Freundes. Dann stieß er einen markdurchdringenden Schrei aus, dass es weithin in die Ferne tönte. Eine Schar Möwen, die über ihnen ihre Kreise zogen, flogen erschreckt auseinander.

Martin wollte ihm gütig zusprechen, aber er hörte nicht. Langhin warf er sich auf den Boden und grub seine Hände in das Gras. Lange lag er so, schluchzend und zusammenhangslose irre Worte stammelnd.

Bekümmert und ratlos saß Martin neben ihm. Er hatte die Hand auf das zuckende Haupt seines Freundes gelegt, der sich in seinem furchtbaren Schmerzausbruch auf dem Rasen hin und herwälzte.

Martin hatte ganz überhört, dass sich ein Dritter genähert hatte. Es war ein älterer Mann in Bauerntracht. Er bot einen guten Tag und blieb dann neugierig stehen.

„Was fehlt dem jungen Herrn?" Martin zuckte die Achseln, aber Hinrich hatte die Frage vernommen und ermannte sich. Noch einige Augenblicke verharrte er in seiner bisherigen Stellung, dann erhob er sich.

Der Bauer sah ihn mit großen, fast erschreckten Augen an, als er seine verstörte Miene sah.

Hinrich zeigte auf das Meer; er versuchte zu sprechen, aber die Stimme versagte ihm erst, dann brachte er heiser die Frage hervor:

„Nordstrand – was ist mit der Insel geschehen?"

„Sie ist zerstört! Oh, es war entsetzlich, Herr! In einer einzigen Nacht wurde der größte Teil des blühenden Landes zugrunde gerichtet. Es war die furchtbare Strafe des gerechten Gottes. Hoffärtig und gottlos war das Leben der Nordstrander. Sie taten nichts als fressen und saufen, sechsmal am Tage deckten sie den Tisch und achteten weder Obrigkeit noch Gottes Gebote, so konnte der Allmächtige mit seinem Strafgericht nicht länger zögern. Es wurde ihnen dasselbe Schicksal zuteil wie den Rungholtern, die das heilige Sakrament verspotteten. Gott ist gerecht, er lässt sich nicht spotten! Auch unser allergnädigster Herzog Friedericus hat vor acht Jahren seinen Fluch über die Nordstrander ausgesprochen, weil sie sich öffentlich wider ihn kehrten: So hoch die Insel jetzt über dem Wasser hervorragt, so tief möge sie dereinst darunter versinken! Und der Fluch ist nach sieben Jahren in Erfüllung gegangen: Am 11. Oktober des vorigen Jahres schickte Gott einen furchtbaren Sturmwind, der das Meer aufpeitschte, dass es seine Wogen über die Insel wälzte und alles unter sich begrub."

Hinrich schaute erst wie verständnislos den Bauern an. Dann kam es zitternd aus seinem Mund:

„Was ist aus Röhrbeck geworden?"

„Röhrbeck ist nicht mehr! Die ganze Beltringharde ist untergegangen. Die Flut durchbrach die Deiche und wühlte tiefe Wehlen ins Land."

„Und die Menschen?"

„Fast alle traf die Zornrute Gottes: Das Meer hat sie verschlungen. Gott sei ihren armen Seelen gnädig! Nur wenige vermochten sich auf Balken und Brettern zu retten."

Hinrich schwankte, sodass sein Freund zugriff, um ihm einen Halt zu bieten. Dann sagte er fast tonlos:

„Und Röhrbeckhof – sind alle ertrunken?"

Der Bauer zuckte die Achseln.

„Der Herr ist von Röhrbeckhof? Ich vermag wirklich nicht zu sagen, ob die Bewohner noch leben! Die Leichenernte war zu groß; mehr als sechstausend Menschen büßten ihr Leben ein. Von je vier starben drei. Ich selbst habe Hunderte mit zu Grabe gebracht; es fehlte auf der Insel an Lebenden, um die Toten unter die Erde zu schaffen. Da mussten die stolzen Nordstrander sich bequemen, die armseligen Torfbauern vom festen Wall zu rufen und ihre Dienste zu erbitten in der furchtbaren Not."

In den Augen des Bauern flammte ein düsteres Feuer auf und seine wetterharten Züge verzogen sich zu einem unheimlichen, schadenfrohen Lächeln.

Hinrich hatte wieder die Gewalt über sich gewonnen. Gereizt rief er dem Manne zu:

„Schweige! Wenn du meine Landsleute anklagen willst, so behalte deine Worte für dich!"

Der Bauer zuckte die Achseln.

„Es war doch ein hoffärtiges Volk, aber Gott der Herr hat sie zerschmettert und zertreten. Oh, auch ich weiß ein Lied davon zu singen. Hat doch mein eigener Vetter mich mit den Hunden von seinem Hofe gejagt, weil ich ihn um ein Darlehn bat. Ich war in großer Not und erinnerte ihn an unsere Verwandtschaft. Er aber sagte, mit einem so armseligen Torfbauern habe er nichts gemein, und verbot mir sein Haus für alle Zeiten!"

Der Mann ballte ingrimmig die Faust,

„Aber, Ebbe Pohns", fuhr er dann fort, indem er seine Blicke nach dem Meere richtete, „ich habe doch noch einmal deine Schwelle betreten und du hast mich nicht fortgewiesen und nicht deine Hunde auf mich gehetzt. Wie wunderbar sind des Herrn Wege."

Der Mann schwieg; nachdenklicher schaute er vor sich nieder und seine verzerrten Züge glätteten sich wieder. Fragend blickten die jungen Leute ihn an und langsam fuhr er fort:

„Es war einige Tage nach der großen Flut. Wir durchsuchten die Häuser nach verborgenen Leichen, denn viele wurden vermisst. Da kamen wir auch in das Haus meines Vetters, Ebbe Pohns. Und wie wir unten alles durchsucht hatten, stiegen wir auf den Boden. Da lag er über einem Balken und hielt ein Kästchen umklammert – so fest, dass wir ihm fast die Arme brechen mussten, um es ihm zu entreißen. Es war schwer, und wie der Landschreiber, der mit uns war, es öffnete, schimmerte uns lauter Gold und Geschmeide entgegen. Ebbe Pohns, sagte ich, was nützten dir jetzt deine Schätze, dir und deiner stolzen Frau! Da haben wir ihn herabgenommen und auf eine Leiter gelegt und dann das Haus nach seinen Angehörigen durchsucht. Doch die waren nirgends zu finden. Die Flut wird sie ins Meer getragen haben. Dann haben wir bei der Kirchwarft ein großes tiefes Grab gegraben und ihn mit hundert andern hineingelegt, ohne Sarg und Leichengewand. Keine Glocke läutete, keine Rede wurde gehalten, denn auch der Pastor und der Küster waren ertrunken. Und die große breite Grube beschwerten wir mit Leichensteinen von alten Gräbern, um sie gegen die Flut zu schützen. Und kaum waren wir mit unserer Arbeit fertig, so kamen auch schon die ersten Wellen, und wir mussten eilen, um uns in Sicherheit zu bringen."

Hinrich schaute, keines Wortes mächtig, starr auf den Erzähler. Auch Martin war tief ergriffen von dem entsetzlichen Bilde, das der Mann vor ihm aufrollte. Dann fuhr er sich mit der Hand über die Stirn, als wenn er nachsann. „Was war das? Als die Leichen begraben waren, kam wieder die Flut?"

Der Mann schaute ihn erst verständnislos an; dann begriff er offenbar die Frage.

„Der Herr ist hier fremd? Nachdem die Deiche durchbrochen sind, wird vieles Land täglich zweimal von der Flut bedeckt. Einzelne Landstriche liegen höher und werden auch jetzt nur bei Weststürmen überflutet, hier wird man die Deiche bald wieder instand setzen, da man Wochen und Monate arbeiten kann, ohne vom Wasser gestört zu werden. Aber das niedrige Land wird wohl nicht mehr zu retten sein, und hierzu gehört die ganze Beltringharde."

Hinrich drehte sich um und bestieg sein Pferd, ohne umzuschauen. Langsam ritt er davon, Martin schwang sich ebenfalls auf sein Pferd und folgte ihm, nachdem er dem Manne ein Abschiedswort zugerufen hatte. Es war ein schweigsamer Ritt. Hinrich war so tief in seinen Schmerz versunken, dass er die tröstenden Worte seines Freundes gänzlich überhörte.

Er schaute weder rechts noch links und ritt immer geradeaus. Über das zu ihrer Linken blinkende Meer zogen weiße Möwen kreischend dahin. Sanft rauschten die Wellen an den Strand. Martin hatte für das schöne, ihm so fremdartige Landschaftsbild aber fast keinen Blick; sein Auge wich nicht von dem Antlitz seines Freundes, das in einem halben Stündchen sich merkwürdig verändert hatte. Das war nicht mehr der frohe Jüngling, der jauchzend den Berg hinaufstürmte, um nach langer Abwesenheit die Heimat wiederzusehen. Er schien um Jahre gealtert zu sein; der Mund war fest geschlossen und schmerzlich verzogen und die Augen schauten ins Leere.

Nach einem Stündchen hatten sie ein Dorf erreicht, dessen moosbewachsene Strohdächer unter niedrigen Bäumen hervorschauten.

Martin erkundigte sich bei einer Schar barfüßiger Jungen nach der Gastwirtschaft. Die Bengel guckten ihn mit runden Augen an, antworteten aber nicht. Da nahm er ein kleines Geldstück aus der Tasche und hielt es empor.

„Wer mir die Wirtschaft zeigt, bekommt dies Geld"

Nun kam Leben in die Gesellschaft; alle stürmten mit Gejohle voran.

Das Haus lag inmitten des Dorfes an einem freien Platz und zeichnete sich von den anderen nur durch ein hölzernes Schild aus, auf dem von ungelenker Hand ein Glas gemalt war.

Martin warf das Geldstück unter die Knaben, die nun darüber herfielen und sich, zu einem dichten Knäuel geballt, auf dem Boden wälzten, bis einer mit erhobener Hand und lautem Gelächter davonrannte. Alle erhoben sich und verfolgten ihn mit Fluchen und Schimpfen, und ihr Geschrei hallte noch herüber, als sie schon längst hinter einer Biegung der Dorfstraße den Blicken der Freunde entschwunden waren.

Inzwischen war der Wirt, eine behäbige Gestalt in braunem Kamisol und blau und weiß gestreiften Hemdärmeln, vor die Tür getreten. Er schüttelte missbilligend den Kopf.

„Keine Zucht und Ordnung mehr in der Bande! An allem ist das große Unglück schuld. Früher standen unsere Jungens im Sommer auf den großen Nordstrander Höfen in Dienst, lernten arbeiten und gehorchen. Jetzt treiben sie sich auf der Straße umher und machen nichts als Unfug. Wir können sie nicht immer beschäftigen; zwischen Saat und Ernte ist hier eine faule Zeit. – Na, man muss ja schließlich noch Gott danken, dass noch eben vor der Flut ihr Dienst beendet war, sonst hätten wir wohl wenige wiedergesehen."

Martin war vom Pferde gesprungen.

„Hinrich", sagte er dann zu seinem Freunde, und es klang, als wenn er zu einem kranken Kinde spräche, „steige ab! Wir müssen hier Quartier machen, irgendwo sollen wir doch bleiben. Unmöglich können wir den ganzen Tag hindurchreiten. Wir müssen uns stärken und auch die Tiere verlangen Futter und Ruhe!"

Hinrich folgte schweigsam der Aufforderung.

Der Wirt schaute ihn etwas befremdet an und wechselte dann einen Blick mit Martin, als wenn er fragen wollte: „Was ist es mit dem? Ist er krank?"

Ein Knecht trat heraus und führte die Pferde in den Stall.

Nun nötigte der Wirt die beiden ins Haus und führte sie in eine niedrige, aber saubere Stube. Ein großer, weiß gescheuerter Tisch stand in der Mitte, an der Fensterseite war eine Bank an der Wand angebracht. Die beiden Freunde setzten sich und Martin bestellte Essen und Trinken. Es wurde Speck, Fleisch, Brot und Butter und dunkelbraunes Husumer Bier aufgetragen. Martin sprach den Speisen tüchtig zu und leerte auch mehrmals den Krug, Hinrich dagegen rührte nichts an; nur einmal trank er einen Schluck Bier, nahm das Gefäß aber gleich wieder vom Munde. Dann legte er die Arme auf den Tisch und ließ seinen Kopf darauf niedersinken.

Martin bat um ein Schlafgemach, da sie einen langen Ritt hinter sich hätten und sich jetzt nach Ruhe sehnten. Der Wirt wurde etwas unruhig.

„Übernachten wollen die Herren hier auch? Darauf bin ich wirklich nicht eingerichtet. Es kommt hier so selten vor; wir liegen abseits von der Heerstraße. Aber wenn sich die Herren mit einem Strohlager und einigen Decken –"

„Einerlei! Das ist nicht das erste Mal, dass wir auf unserer Reise auf Stroh schlafen!"

Der Wirt richtete auf dem Boden ein breites, weiches Strohlager her, über das er weiße Laken spreitete. Auch zwei bunte Decken schaffte er herbei.

Bald hatten beide sich zur Ruhe gelegt. Noch immer hatte Hinrich kein Wort gesprochen. Auch Martin lag schlaflos.

Die Sonne war inzwischen untergegangen und die Dämmerung kroch aus den Winkeln des mit allerlei Gerümpel bedeckten Bodens hervor. Nur ein offenes, viereckiges Loch ohne Fenster ließ etwas Licht in den Raum. Durch dieses Loch flimmerte ein heller Stern. Martin verfolgte ihn mit seinen Blicken, bis er verschwand. Dann tauchten andere auf und auch sie verschwanden, und noch immer hatte er kein Auge zugetan; das furchtbare Schicksal seines Freundes ließ ihn nicht schlafen. Auch die Veränderung in seinem Wesen beunruhigte ihn aufs Höchste. Kein Wort hatte er noch über die Lippen gebracht und alles, was er tat, geschah maschinenmäßig. Jetzt lag er da an seiner Seite und rührte sich nicht; so wie er sich hingelegt hatte, war er liegen geblieben. Und doch hatte Martin die Überzeugung, dass er nicht schlief.

Allmählich wurden die Sterne blasser; war schon der Morgen nahe? Und nun verfiel Martin in einen unruhigen Schlummer voller Visionen. Er und Hinrich ritten über eine offene Heide; Traumdämmerung lag über der Gegend, und doch musste die Sonne am Himmel stehen, denn das Antlitz seines Freundes leuchtete, wie wenn es in Licht getaucht wäre. Am Horizont stand ein dunkles Gewölk. Es setzte sich in Bewegung, kam näher uud näher, und nun war es ein gigantischer schwarzer Vogel, der ein unabsehbares Gewässer, das sich plötzlich vor seinen Blicken ausbreitete, mit schwerem Flügelschlag peitschte, dass turmhohe Wogen emporspritzten, die seinen Freund verschlangen. Noch einmal sah er sein Gesicht; das war bleich und die Augen starrten mit irrem Ausdruck ins Leere.

Er schrak empor, und wie er die Augen aufschlug, schaute er in einen morgenblassen Himmel, von dem die Sterne verschwunden waren. Sein Freund aber saß aufrecht und blickte ihn an.

„Bist du wach, Martin?"

Seine Stimme klang wie gewöhnlich, nur etwas matt.

Ohne eine Antwort abzuwarten, fuhr er fort:

„Martin, ich hatte einen seltsamen Traum. Mir war es, als wenn mein Vater vor mir stand. Er schaute mich liebevoll an. Wo ist meine Mutter?, frug ich. Er sagte: Bei mir, darüber brauchst du dich nicht zu beunruhigen. Und meine Schwester? Er gab keine Antwort, aber fasste mich bei der Hand und führte mich durch dunkle Häuser auf ein Feld. Dann schaute er mich fest an und sagte: Hier suche sie! Und hiermit wandte er sich ab, blickte mir noch einmal ins Auge – so, wie er in meiner Kindheit tat, wenn ich an den Feiertagen aus der Husumer Gelehrtenschule heimkehrte und ihm ein gutes Zeugnis vorlegen konnte. Wie ich ihm folgen wollte, war er verschwunden. Ich aber stand einsam auf dem öden Felde. Und wie ich mich umschaute, gewahrte ich in nebelhafter Ferne ein Haus. Vielleicht finde ich Karen dort, dachte ich und lief, so schnell meine Füße mich tragen konnten. Und bald stand ich auch vor dem Hause. Aber wie ich hineintreten wollte, da wälzte sich ein Strom dazwischen und drängte mich zurück, und das Haus verschwand wieder im Nebel. Der Strom aber blieb, und nun sah ich ganz deutlich, dass es ein breiter Graben war, über den eine Brücke führte. Schon glaubte ich, vor meinem Vaterhause zu stehen, das von einem ähnlichen Graben umschlossen war, aber die Brücke war anders gebaut, nicht bogenförmig wie bei Röhrbeckhof, sondern auf geraden Balken. Plötzlich war es mir, als wenn jemand hinter mir stand. Ich drehte mich um und fand mich

Karen gegenüber. Es war noch immer das vierzehnjährige Mädchen; doch, das ist ja natürlich; ich kenne sie nicht anders. Freudig wollte ich ihr die Hand reichen, doch da veränderte sich das Traumbild. Ich hörte einen Hahn krähen und dann kamen allerlei bunte und wirre Erscheinungen. – Martin, niemals habe ich so lebendig geträumt; ich glaube, es war mehr als ein gewöhnlicher Traum. Wenn ich ihn richtig deute, so will er mir sagen, dass mein Vater und meine Mutter tot sind, meine Schwester aber noch unter den Lebenden weilt. Hier suche sie! Ja, ich werde sie suchen und, so Gott will, auch finden!"

Martin lauschte gespannt der Erzählung. Die Worte seines Freundes tönten wie Musik in seinen Ohren. Er freute sich innig, Hinrich reden zu hören. Hatte er doch schon befürchtet, dass der Verstand seines Freundes durch das Entsetzliche, das so plötzlich über ihn hereingebrochen war, gelitten haben könnte.

Durch eine Ritze zwischen Mauer und Strohdach fiel ein breiter Lichtstreifen, in dem zahllose Sonnenstäubchen auf und ab tanzten.

„Die Sonne ist schon aufgegangen", sagte Hinrich, „was sollen wir hier noch länger weilen? Ich brenne vor Ungeduld, hinauszugehen und meine Schwester zu suchen."

Beide erhoben sich schnell und kleideten sich an. In der Wirtsstube nahmen sie einen Teller Buchweizengrütze zu sich. Dann versorgten sie sich mit Brot, Speck und Wurst für die Reise. Auf den Rat des Wirtes ließen sie die Pferde im Stall stehen; die schweren Tiere würden mit ihren Hufen zu tief in den Schlick geraten; denn die beiden Freunde hatten die Absicht, Röhrbeck bei Ebbe aufzusuchen.

Martin staunte, als sie wieder am Strande angelangt waren. Wo gestern noch das Meer seine Wellen herangewälzt hatte, lag jetzt eine graue, schlammige, von Geriesel durchzogene Fläche, die in der Morgensonne glitzerte. Weiterhin blinkte ein heller Streifen. „Das ist die See", sagte Hinrich, der bleich, aber gefasst neben seinem Freunde herging. „Sie zieht sich zurück; wir haben es günstig getroffen. Ich kenne den

Weg; zwar treffen wir auf einen Strom, aber ich werde wohl die Stelle wiederfinden, wo er sich durchwaten lässt."

Auf ihrer Wanderung scheuchten sie zahlreiche Möwen auf, die auf dem Watt saßen und ihre Nahrung – von der Flut zurückgelassene Fische und anderes Seegetier – suchten. Sie mussten ihre Füße fest aufsetzen, um nicht auszugleiten. Manchmal sanken sie bis an die Knöchel in den Schlamm.

Hinrich schüttelte den Kopf.

„Sonderbar, sonst war hier Sandboden, fest wie eine Scheunendiele. Alles ist verändert, auch der Strom ist nicht mehr. Sonst war hier ein breites, tiefes Wasser, und jetzt ist es eine schmale Rinne, deren Wasser uns kaum bis ans Knie geht."

Dank ihrer hohen Reitstiefel kamen sie trockenen Fußes hindurch. Und nun trafen sie auf die ersten Spuren der Zerstörung; einige Balken ragten schief aus dem Schlick hervor; die Flut hatte sie ohne Zweifel hierher getrieben und mit Gewalt in das ehemalige Strombett hineingekeilt. Zwischen dem einen Balken und dem Boden saß ein großes Stück Rasen, das erst kürzlich losgerissen und hierher getrieben sein musste, denn aus dem kurzen grünen Grase hob noch eine Strandnelke ihr blassviolettes Köpfchen.

„Nun wird mir klar", sagte Hinrich, „was das Watt so gänzlich verändert hat. Die Flut reißt den Acker- und Weideboden los und trägt ihn hierher. Daher die Verschlickung des Sandbodens, daher auch die Veränderung im Strom, in dessen Bett das Wasser die Erde absetzt, die es auf der Insel mit sich genommen hat."

Bald hatten sie die ehemalige Küste der Insel erreicht. Hinrichs Schritte beschleunigten sich; es trieb ihn mit unwiderstehlicher Gewalt der Heimat entgegen.

Der Boden war jetzt ein seltsames Gemisch von Meeresgrund und Spuren von Kulturland. Einige Strecken waren gänzlich verschlickt; die Wogen hatten hier die Rasendecke losgerissen, den Untergrund bloßgelegt und die Lücke mit Kleierde ausgefüllt. Andere Stellen zeigten noch Graswuchs und sogar kleine blasse Gänseblümchen, aber das Gras hatte einen Stich ins Gelbe und war niedrig und verkümmert. Hinrich war wieder ganz still geworden. Unverwandt richteten sich seine Augen auf einen unförmlichen Haufen, der aus der Ebene hervorragte. Es waren die Mauerreste von zusammengestürzten Häusern.

Und nun hatten sie das Gebiet von Röhrbeck erreicht. Zwei große, halb entwurzelte Linden lagen dahingestreckt auf dem Boden. Trotzdem die See zweimal täglich über sie hingegangen war und den Boden mit Salz durchtränkt hatte, grünte es noch in ihren Zweigen. Aber seltsam war es zu sehen, dass in dem Laub sich Quallen von der letzten Flut verfangen hatten. Auch das Skelett eines Seerochens schimmerte weiß aus dem Grünen. Neben ihnen stand ein Birkenreislein unversehrt; das dünne Stämmchen hatte der Flut keinen Widerstand geboten. Aber das dünne und blassgrüne Laub zeigte an, dass das Bäumchen dem Aussterben nahe sei.

Nun kamen die ersten Ruinen; fast alle sahen gleich aus. Überall hatte die Flut die Dächer abgerissen und weggespült. Von vielen stand noch das Mauerwerk, bei einigen war aber auch dieses zusammengestürzt. Und überall hatte das Meer seine Spuren zurückgelassen. Seetang hing von den Mauern und tote Fische und Quallen, denen die Ruinen zu Fallen geworden waren, bedeckten den Boden und klebten an den Wänden.

In der Dorfstraße hatte die Flut ein breites und tiefes Loch gerissen, das voll Wasser war. Und in dem Wasser wimmelte es von kleinen durchsichtigen Schaltieren, denen eine Schar Möwen nachstellte, die schreiend emporflogen, als die beiden Freunde sich nahten.

Und nun lag die Kirche vor ihnen, ein großer Trümmerhaufen. Hier hatte die Flut besonders gewütet, kein Stein war auf dem andern geblieben. Und – schauerlicher Anblick! Martin wich entsetzt zurück und selbst Hinrich stockte in seinem eiligen Lauf – der Kirchhof! Die Wogen hatten die Gräber geöffnet und die Särge hinausgeworfen und zertrümmert. Überall lagen die schwarzen Bretter umher, auch heute noch hatten sie wieder ein Grab aufgedeckt. Dicht vor ihren

Füßen lag ein Sarg, von dem der Deckel halb abgerissen war. Durch den Spalt ließ die Sonne ihre Strahlen auf einem weißen Schädel spielen, den noch langes schwarzes Haar bedeckte. Martin schob den Deckel mit Mühe wieder zurecht.

Währenddessen war Hinrich vorangeeilt. Als Martin seine Arbeit beendet hatte und wieder aufblickte, sah er, dass sein Freund vor einem breiten Graben stand, hinter dem ein großes, zusammengestürztes Gebäude lag.

War es Röhrbeckhof?

Schnell war Martin an seiner Seite. Hinrich blickte verstört auf die Ruinen. Dann lehnte er den Kopf an die Schulter seines Freundes und weinte bitterlich. Martin strich ihm kosend mit der Hand über die Wange, wie wenn er einem Kind Trost zusprach: Quäle dich nicht, ich bin ja bei dir! Und bald beruhigte Hinrich sich. Er fuhr mit der Hand über sein von Tränen überströmtes Gesicht und wandte dann den Kopf beschämt zur Seite. Sein Freund verstand ihn und drückte ihm stumm die Hand.

Die Brücke, die über den Graben führte, war in der Mitte zusammengebrochen, immerhin schien sie aber noch etwas Halt zu bieten. Vorsichtig kletterte Hinrich hinunter. Er machte seinem Freund, der ihm folgen wollte, eine abwehrende Bewegung.

„Zwei Mann trägt sie nicht! Ich mache erst den Versuch!"

Seine Stimme klang jetzt ruhig und klar.

Vorsichtig stieg er hinunter und es gelang ihm, die andere Seite zu erreichen. Nun folgte auch Martin schnell; die Balken schwankten bedenklich, doch gelang es ihm, noch mit einem Sprung den festen Boden zu erreichen.

Nun bot sich ihnen ein jammervolles Bild der Zerstörung dar. Von dem großen Hause stand fast nichts mehr als das Mauerwerk, nur an dem einen Ende ragten noch einige kahle Dachsparren in die Höhe. Mühsam bahnten sie sich durch die verschüttete Tür einen Eingang, Hinrich ging von Raum zu Raum und seine Augen irrten an den nackten Wänden entlang. Alles Hausgerät war verschwunden; nur an einer Wand, an der noch Spuren von weißer Tünche zu erkennen waren, hing ein Bild des Gekreuzigten. In den Winkeln hatte der Schlamm sich angesammelt und Überreste von toten Fischen bedeckten den Boden. Als sie die Küche betraten, fuhren sie erschreckt zusammen, denn eine große, wilde Ente flatterte ängstlich kreischend empor und suchte dann durch eine Lücke in der Decke das Freie. Und als sie näher traten, sahen sie, dass das Tier sich auf dem Herd ein Nest bereitet hatte. Es war in seinem Brutgeschäft gestört worden. An einer Stelle war der Boden aufgerissen. In der Vertiefung stand Wasser und darin klatschte eine kleine Scholle mit dem Schwanz.

Martin griff nach dem Tier. Er hatte, als Binnenländer, noch niemals einen so sonderbar gestalteten Fisch gesehen. Nachdem er es betrachtet hatte, ließ er es wieder in die Lache fallen, dass das Wasser hoch aufspritzte.

„Still!", sagte Hinrich mit leiser Stimme.

Er schaute unverwandt durch das kleine Küchenfenster.

Neugierig blickte auch Martin hinaus.

Über die Brücke kletterte mühsam ein untersetzter Mann in schmutziger Bauerntracht. Er trug hohe Stiefel, die vollständig mit Kleierde bedeckt und offenbar lange nicht gereinigt waren, denn an dem oberen Teil der Schäfte blickten zwischen dem frischen, klebrigen Überzug weiße, angetrocknete Krusten, die aus früheren Tagen stammten. Auch die Kleidung war reichlich mit der fetten Erde besprizt. Sie unterschied sich in der Farbe nur wenig von der Umgebung und machte den Mann auf weitere Entfernung unsichtbar.

Er trug einen Spaten und einen Sack bei sich. Als er die Brücke hinter sich hatte, ließ er seine Blicke nach allen Richtungen schweifen und ging dann schnell über den Hof ins Haus.

In der Stube warf er den Sack vom Rücken und begann jetzt eifrig, den an den Wänden und in den Ecken abgelagerten Schlick mit dem Spaten zu durchwühlen. Erst drückte er ihn aufs Gratewohl hier und dort hinein, berührte aber stets den Boden. Das dauerte so einige Minuten, dann stieß er auf einen Gegenstand; denn der Spaten drang kaum über das

Blatt in die weiche Masse. Und nun begann er eifrig zu graben. Mit einer fabelhaften Geschwindigkeit warf er den Schlick beiseite, und bald hatte er einen großen viereckigen Gegenstand bloßgelegt.

Er wühlte jetzt mit beiden Händen in dem zähen Schlick, hob den Fund heraus und warf ihn krachend auf den Boden. Es war ein großer, in Pergament gebundener Foliant.

Mit unverkennbar enttäuschtem Gesicht blickte der Mann auf das Buch, dann stieß er es mit einem Fluch beiseite, dass es an die Wand flog. Hierbei sprangen die Schließen auf, mit denen die Deckel zusammengehalten waren, bewegten sich einige Male pendelartig hin und her und warfen blitzend die Strahlen der Sonne zurück. Nun wurde der Mann aufmerksam; er trat näher, betrachtete die Schließen, dann zog er ein Messer aus der Tasche und machte sich daran, sie von dem Deckel abzutrennen.

In diesem Augenblick legte Hinrich die Hand auf seine Schulter. Blitzgeschwind fuhr er empor, und wie er den jungen Mann vor sich stehen sah, hob sich seine Hand mit dem Messer. Der aber versetzte ihm einen Schlag auf den Arm, dass ihm das Messer aus der Hand flog und klirrend gegen die Mauer schnellte.

Die Blicke des Mannes irrten von dem einen zum andern und sein von roten Bartstoppeln bedecktes, plattes Gesicht nahm den Ausdruck des höchsten Entsetzens an. Er hatte kleine, rote, entzündete Augen ohne Lidhaare, die jetzt kugelrund aufgerissen waren und an Fischaugen erinnerten.

Vergebens machte er den Versuch, sich zwischen den beiden hindurchzudrängen. Hinter sich hatte er die Mauer. Da war keine Möglichkeit zu entkommen. Platt warf er sich auf den Boden, mit dem Gesicht nach unten, und stieß Töne hervor, die wie das klägliche Gegacker einer Henne klangen.

Hinrich setzte ihm den Fuß auf den Rücken.

„Lars Nielsen! Du gehst auf Raub aus? Vergreifst dich an anderer Leute Gut?"

Der Mann wurde still, drehte den Kopf ein wenig um und schaute verstohlen nach oben.

„Weißt du auch, dass du den Hals verwirkt hast?"

Jetzt hob Lars sich halb empor, indem er sich auf die Hände stützte. Dann suchte er sich zu rechtfertigen. Seine Worte überstürzten sich fast. Er sprach in einem sonderbaren Gemisch von Dänisch und Friesisch, von dem Martin kein Wort verstand.

„Den Hals verwirkt? Anderer Leute Gut gestohlen? Bei Gott, ich habe nur der See wieder abgenommen, was sie geraubt hat! Und hole ich es nicht, so holen es andere."

„Was sagt der Mann?", frug Martin.

Hinrich wiederholte es ihm in oberdeutscher Sprache: „Der Mann will sich nur herausreden. Von jeher ist es im friesischen Volke so verhalten worden, dass der, der aus zerstörten Häusern fremde Sachen sich aneignet, einem gewöhnlichen Diebe gleichgeachtet werde. – Es sind Redensarten, Lars; damit brauchst du mir nicht zu kommen."

„Wer sagt dir denn, Herr, dass ich die Sachen nicht dem rechtmäßigen Eigentümer überliefern will? Ich bin ein armer, aber ehrlicher Mann; finde ich etwas, so liefere ich es ab, weiß Gott, das tue ich!"

„Lars Nielsen, hältst du mich für so dumm, dass ich das glaube? Weshalb liegst du denn winselnd zu meinen Füßen, wenn du ein gutes Gewissen hast?"

Lars Nielsen erhob sich jetzt, wagte aber nicht, Hinrich ins Gesicht zu sehen. Dann schlug er plötzlich einen anderen Ton an.

„Ach, Herr, habe ich denn Böses getan? Es ist doch einmal so! Was jetzt noch im Schlick vergraben liegt, das ist verloren für immer. Ich raube es ja niemandem. Und nun gar auf Röhrbeckhof! Ist hier doch keine Menschenseele am Leben geblieben."

„Alle ertrunken? Mensch bedenke, was du sagst!"

Hinrich hatte ihn erregt bei der Schulter gepackt.

„Ja, die da waren. Der Sohn ist seit Jahren fort – ich weiß nicht wo. Aber alle andern, den Herrn und die Frau, fand man zusammengebunden an der Kirchhofsmauer. Die haben sich auch im Tode nicht trennen wollen –"

„Und die Tochter?"

Gepresst und auf das Schlimmste gefasst, stieß Hinrich die Worte hervor.

Lars warf ihm einen scheuen Blick von der Seite zu. Dann zuckte er die Achseln.

„Ertrunken ist sie nicht, wenigstens damals nicht in der großen Flut."

„Mensch – Lars – Lars Nielsen, weißt du mehr über Karen Oldenburg, dann sage es schnell, ich bitte dich!"

Lars schaute ihn jetzt groß an. Dann musterte er ihn von oben bis unten, schlug die Hände zusammen und rief:

„Hinrich Oldenburg –"

„Ja", sagte Hinrich ungeduldig, „der bin ich; aber sage mir, was weißt du von meiner Schwester?"

Lars antwortete nicht gleich. Er sann offenbar nach. Dann kniff er die Augen zusammen, wobei sein Gesicht einen plump listigen Ausdruck annahm.

„Was ich von deiner Schwester weiß, Herr? Ich könnte dir manches erzählen, aber du bist ja mein Feind, du willst mich ja an den Galgen bringen! Ich soll anderer Leute Gut geraubt haben – Herr", fuhr er dann rasch fort, „habe ein Einsehen! Verschone mich! Es ist, weiß Gott, aus Not, aus bitterer Not geschehen, was ich getan habe. Ich will offen sein: Ja, ich habe Nachlese gehalten und hier und da dem Meer entrissen, was es verschlungen hat. Es war wenig und reichte kaum aus, den Hunger meiner Frau und Kinder zu stillen –"

Hinrich schaute ihn an und neigte dann zustimmend das Haupt.

„Ich werde dich nicht dem Gericht überliefern. Sei unbesorgt. Aber nun erzähle mir, was du von meiner Schwester weißt, aber sprich die Wahrheit! Du bist ein Jüte! Ich weiß, die nehmen es mit der Wahrheit nicht so genau!"

„Von deiner Schwester, Herr, soll ich dir erzählen? Sie war in der furchtbaren Oktobernacht, als Gottes Strafgericht über uns hereinbrach, in der Stadt."

„Dann lebt sie also?"

„Herr, das kann ich nicht mit Gewissheit sagen. Zwei Tage

nachher, als die Flut sich verlaufen hatte, ist sie auf Nordstrand gesehen worden, seitdem aber hat man nichts mehr von ihr gehört. Was will das aber sagen! Viele Menschen wurden vermisst, die man tot glaubte, die sich aber später wieder einfanden!"

„Mehr weißt du nicht?"

„Nein – doch –"

„Nun?"

„Es fällt mir ein –"

„Sprich, was es auch sei", drängte Hinrich ungeduldig.

„Du machst aber sicher keinen Gebrauch davon, Herr?"

„Nein!"

„Nun denn! Es mögen drei Wochen her sein, da traf ich – nun, das brauchst du ja nicht zu wissen –"

„Du verschweigst mir etwas!"

„Nichts, was deine Schwester betrifft. Alles andere kann dir ja gleichgültig sein, Herr! Nicht wahr?"

„Ja, nur weiter!"

„Weißt du, Herr – ich kannte Röhrbeckhof von früher her; habe manchmal dort zu tun gehabt. Über der Tür befand sich ein großer, grauer Stein – doch die Mauer steht ja noch, und so wird auch der Stein wohl noch dort sein."

Er ging hinaus. Die beiden andern folgten. Der Stein saß in der Tat noch unversehrt in der Mauer. Er zeigte ein eingemeißeltes Wappenschild mit einem runden Turm.

„Seht, Herr! Was ist das?"

„Das ist das Wappen der Oldenburg! Der Turm soll eine alte Burg – olde Burg – darstellen."

„Eine Spange mit einem solchen Bild fand ich vor etwa drei Wochen auf den Watten, wohl zwei Meilen von Röhrbeck. Ich sagte mir gleich: Das Ding muss den Oldenburgs gehört haben, wie mag es aber hierher gekommen sein? Nun ist es ja wahr, die Wogen haben viel Hausgerät umhergestreut. Vieles, das erst an den Strand gespült wurde, trieb nachher mit der Ebbe in die See hinaus. Aber ich sagte mir: Ein so kleiner Gegenstand sinkt auf den Boden und bleibt dort liegen. Es war eine silberne Spange, wie die Mädchen sie im Gürtel tragen."

„Wo hast du sie gelassen?"

„Herr, du hast mir versprochen, nichts gegen mich vorzunehmen –"

„Du hast sie also nicht mehr?"

„Nein, doch hab ich sie nicht gestohlen. Ich fand sie auf dem nassen Watt, gleich nachdem die Flut sich verlaufen hatte. Vielleicht hat sie deiner Schwester gehört."

„Wohl möglich! Kannst du mir genau die Stelle bezeichnen, wo du sie gefunden hast?"

„Das kann ich wohl."

„Dann führe uns; es soll dein Schade nicht sein!"

„Ich stehe gerne zu Diensten, Herr, aber für heute reicht die Zeit nicht mehr! Bevor wir dort sind, kommt wieder die Flut. Aber für morgen, Herr, bin ich bereit!"

„Gut! Hier, nimm!"

Hinrich reichte ihm ein Geldstück.

„Wo aber treffen wir uns morgen?"

„Auf dem wilden Moor, Herr! Es wird Euch auch nichts anderes übrig bleiben, als dort die Ebbe abzuwarten. Hört Ihr das Brausen? Die Flut ist schon im Anzuge. Wir müssen aufbrechen, wenn wir noch rechtzeitig das Moor erreichen wollen. Ihr könnt die Nacht bei mir zubringen, habe in der Hütte zwar wenig Platz, aber die Jungen können auch draußen schlafen. Ihr werdet auch viele Bekannte dort treffen; viele Hunderte, denen die See alles genommen hat, haben dort eine Zufluchtsstätte gefunden. Fett sind wir zwar nicht geworden, aber wir leben doch. Es gab den Winter über fast nichts zu beißen und zu brechen, und ohne die Muscheltiere wäre die Hälfte verhungert. Ja, das ist wirklich und wahrhaftig wahr, Herr! Schön war's nicht und es kostete erst Überwindung, die Tiere hinunterzubringen. Ich will nichts von den Miesmuscheln sagen, die schmeckten gebraten ganz gut, aber die Austern! Brrr! Habe niemals geglaubt, dass ein Christenmensch solches Zeug essen könnte, bis ich selbst daran musste. Aber lebendig konnte ich sie nicht hinunterkriegen, da kochte meine Frau sie in Salzwasser und nun ging es einigermaßen. Schön war's aber nicht, das kannst du mir glauben, Herr! Sechs Wochen lang hatten wir täglich einen Kessel mit Austern zu Feuer –"

„Was ist das?", frug Martin seinen Freund, den Redeschwall des Mannes unterbrechend.

In der Ferne zeigte sich ein blinkender Streifen.

„Das ist die Flut! Sie kommt rasch näher. Wir müssen uns beeilen, das Moor zu erreichen, sonst sind wir verloren!"

„So schlimm ist es nicht, Herr! Immer noch können wir uns auf den Deich retten, wenn das Wasser uns den Weg zum Moor abschneiden sollte! – Dort liegt er. Und dort – seht Ihr, Herr, so haben die Wogen den Deich zerstört. Hier strömt das Wasser jetzt bei jeder Flut hindurch.

Lars Nielsen richtete seine Worte nur an Hinrich, da er bald gemerkt hatte, dass er von dem andern nicht verstanden wurde.

Hinrich wiederholte seinem Freunde alles, was Lars erzählte.

„Weshalb bessert man die Deiche nicht aus?", frug Martin.

„Ja, wenn das so leicht wäre! An dem guten Willen fehlt es sicherlich nicht, und man wird auch daran arbeiten; ich weiß das von den Sturmfluten in meinen Kinderjahren. Auch damals hat die Flut manchen Deich durchbrochen. Wenn die stürmenden Wogen das letzte Hindernis beseitigt haben und sich mit rasender Gewalt über das Land ergießen, entsteht an der Durchbruchsstelle im Deich ein furchtbarer Wirbelstrom, der sich tief in den Boden hineinwühlt. Diese Löcher müssen erst verstopft werden, bevor an die Ausbesserung der Deiche gegangen werden kann. Dazu gehören Geldmittel und Arbeitskräfte, und an beiden fehlt es. – Das Volk steht an diesen Küsten in ewigem Kampfe mit dem Blanken Hans, dem Meer. Unzählige Dörfer, ja ganze Landstriche hat es im Laufe der Jahrhunderte zugrunde gerichtet und die Opfer an Menschenleben sind nicht zu zählen. Jedes Blatt unserer Chroniken berichtet von verheerenden Sturmfluten und untergegangenen Ortschaften. Nordstrand dünkte sich jetzt sicher im Schutze seiner trefflichen Deiche. Trotz nun, Blanker Hans!, rief man frohlockend. Was konnten die Wogen uns jetzt noch anhaben! Aber eine einzige Nacht machte diese vermessenen Worte zuschanden. Das ist das Schicksal unseres Landes!"

Martin hatte aufmerksam zugehört. „Seit Jahrhunderten schon, sagst du, wird das Land von solchen verderblichen Fluten heimgesucht und unzählige Menschen haben dadurch ihren Tod gefunden?"

„So ist es! In der Geschichte Nordfrieslands bilden die verheerenden Überschwemmungen die wichtigsten Kapitel. Wohl enthält sie auch blutige Blätter; wenn es galt, ihre alten Freiheiten und Rechte beutegierigen Fürsten gegenüber zu verteidigen, standen die Friesen ihren Mann im Feld. Aber alle Fehden sind Kinderspiel gegen den Riesenkampf mit den wilden Wogen."

Martin warf einen Blick in die Runde.

„Ist dieses Land denn so überaus köstlich, dass es sich lohnt, es gegen einen übermächtigen Feind zu verteidigen? Viele Menschengeschlechter haben Leib und Leben daran gesetzt, das Land vor der Überflutung zu schützen, und ihre ganze Arbeit hatte keinen andern Erfolg, als dass sie einige Jahrzehnte lang in Ruhe die Früchte ihrer Arbeit genießen konnten – was sage ich, Ruhe, wenn ich dich recht verstanden habe, mussten sie immer auf der Wacht sein und waren keines Augenblickes ihres Lebens sicher! Freund, ich frage dich, ist denn dies Land ein Paradies?"

Hinrich sah ihn verständnislos an.

Martin fuhr fort:

„Sieh, wenn ich meine Blicke so umherschweifen lasse, erscheint mir die ganze Gegend unsäglich flach und öde. Es ist richtig, das Wasser hat es zur Wüstenei gemacht. Vordem werden grüne Rasen, wogende Kornfelder und weidendes Vieh dem Auge ein freundliches Bild geboten haben. Aber, Freund, besteht denn die Welt allein aus diesem Küstensaum? Gibt es nicht herrliche und gesegnete Länder genug, in denen noch Tausende Menschen ihr Brot finden können? Hier ringt das Volk seit Jahrhunderten mit dem Meere, bringt ungezählte Opfer an Leben und Gut, bloß um seine Scholle zu erhalten, als wenn hinter ihm alles eine Wüste wäre, in der sich nicht leben lässt. Sage mir, weshalb wandern die Leute nicht aus und suchen sich andere Wohnstätten?"

„Weshalb sie nicht auswandern?"

Hinrich wiederholte die Frage fast mechanisch und blickte seinen Freund befremdet an.

„Wir sollten uns andere Wohnstätten suchen, meinst du? Das ganze Land also dem Meer überlassen? Das ist für mich ein so ungeheuerlicher Gedanke, dass ich ihn nicht fassen kann!"

Er schwieg eine kurze Weile und sah nachdenklich vor sich nieder.

„Recht hast du: Der Länder gibt es genug, in denen wir unser gutes Fortkommen finden würden, ohne von feindlichen Naturgewalten bedroht zu werden. Und ein Land wüsste ich schon, das uns mit offenen Armen aufnehmen würde. Ich denke an Brandenburg. Aber, Freund, dazu wird es schwerlich jemals kommen; der Friese ist so mit dem Meere verwachsen, dass er sich nie von seiner Heimat trennen wird. Eher erleidet er Not und Tod, als dass er sein Land verlässt."

Martin schüttelte den Kopf; er wollte etwas erwidern, aber in diesem Augenblick gerade trieb Lars durch einen Zuruf zur Eile an. Das Wasser war schon ganz nahe und rieselte in flachen Rinnen an ihre Füße heran. Bis zum Horizont war jetzt alles eine spiegelnde Fläche. Es war vollkommen windstill.

Vor ihnen lag eine Höhe, auf der man niedriges Gebüsch und einzelne Erhebungen, die menschliche Wohnstätten sein mochten, deutlich unterscheiden konnte. Lars fing an zu laufen und rief den andern zu nachzukommen. Nun ging es schnell vorwärts.

Das Wasser stieg lautlos, aber rasch. Bald reichte es ihnen bis an die Knöchel. Und nun kam es auch hinter der Höhe hervor, rechts und links in zwei mächtigen Armen, die in wenigen Minuten zusammenflossen.

Hoch spritzte der weiße Gischt empor beim Zusammenstoß und die ganze, sonst spiegelglatte Fläche setzte sich in starke, schaukelnde Bewegung.

Jetzt lag die Höhe als eine Insel vor ihnen, rings von Wasser umflossen.

Sie liefen, so schnell ihre Beine sie zu tragen vermochten, unbekümmert darum, dass die salzige Flut ihnen um die Ohren spritzte.

Aber weiter als bis zu den Knien der Freunde stieg das Wasser nicht; dem kurzbeinigen Lars ging es freilich fast bis an den Leib.

Lars stand still.

„So, nun hat es keine Gefahr mehr. Wir ersteigen die Höhe vom wilden Moor, und die Flut ist so niedrig und ruhig, dass sie uns nichts mehr anhaben kann. Wir brauchen nicht mehr zu laufen; nass sind wir ohnehin – durch und durch –, auf ein bisschen mehr oder weniger Nässe kommt es wirklich nicht an."

Langsam gingen sie jetzt weiter.

Der schwere und schnelle Lauf durch das Wasser hatte ihnen fast den Atem genommen.

„Diesmal kommen wir also mit dem Leben davon", sagte Martin zu seinem Freunde, „ich muss aufrichtig gestehen, die Hoffnung, noch lebendig das Land zu erreichen, hatte ich schon aufgegeben. Es ist ein heimtückisches Wasser; nicht mit brausenden Wogen kommt es, sondern wie ein Raubtier auf leisen Sohlen schleicht es sich heran. Und ehe man es sich versieht, hat es seine Beute umklammert und lässt sie lebendig nicht wieder los. Brrr!" Er schüttelte sich. „Nun, an diese Stunde werde ich zeitlebens gedenken!"

Das Wasser wurde immer niedriger, je höher sie stiegen. Bald hatten sie festes Land unter den Füßen. Kurze Heide, unter der grünes Moos und graue Flechten hervorschimmerten, bedeckte den Boden. Die öde Fläche wurde hier und dort von niedrigem Buschwerk unterbrochen.

Nicht weit vom Strande lag die Hütte Lars Nielsens. Sie bestand aus schräg zusammengestellten Balken, die mit Brettern und Soden bedeckt waren. Das Ganze glich fast der Wohnstätte eines Wilden. Vor der Tür wälzte sich im weißen, von der Sonne durchwärmten Sande ein halbes Dutzend unsäglich schmutziger und verwahrloster Buben und Mädchen umher.

„Meine Kinder!", sagte Lars mit väterlichem Stolze. „Verdammte Bande, so steht doch auf und glotzt die Herren nicht an wie dumme Kälber!"

Neugierig streckte jetzt ein Weib, dem die hellblonden Haare wirr ins Gesicht hingen, den Kopf zur Tür hinaus, von der nur die obere Hälfte geöffnet war.

„Meine Frau!" Eilig zog sie aber den Kopf wieder zurück und verschwand im Innern der Hütte, ohne wieder zum Vorschein zu kommen.

„Was meinst du, Martin, sollen wir hier einkehren und unsere Kleider trocknen!"

Martin zog mit einer Gebärde des Ekels die Achseln hoch.

„Ich denke, wir schauen uns hier erst ein wenig auf der Insel um. Vielleicht finden wir noch ein besseres Unterkommen. Die Kleider trocknen? Was sollen wir aber inzwischen anziehen? Lars Nielsen wird uns sicher keine Garderobe zur Verfügung stellen können, und wenn auch – ich danke! Oder sollen wir hier so lange, bis unsere Kleider getrocknet sind, wie Gott uns geschaffen hat, in der Sonne umherspazieren zur Ergötzung dieser edlen Bande? Das wäre auch nicht nach meinem Geschmack!"

„Also gehen wir! Es ist ja noch früh am Tage. Vielleicht treffe ich noch einen Bekannten, der uns Aufnahme gewährt. – Gott befohlen, Lars; vergiss nicht, was du versprochen hast. Ich werde dich morgen abholen!"

Langsam gingen sie auf einem wenig betretenen Pfad weiter, der sich durch die Heide nach Westen hin zog und über eine Anhöhe führte, hinter der sich eine Talmulde ins Meer senkte.

„Lass uns hier ein wenig ruhen, Hinrich; der Lauf durchs Wasser hat mich müde gemacht."

„Wie du willst!"

Sie stiegen hinab und streckten sich auf das weiche Moos hin. Leichte, von der zuströmenden Flut erzeugte Wogen glitten mit kaum hörbarem Plätschern an den Strand. Die Sonne hatte die Mittagshöhe erreicht. Warm, fast heiß war die Luft in der Senkung, gelber Ginster blühte an den Wänden und oben stand ein dichter Kranz von Eichenkratt.

Nachdem sie ein wenig gelegen und in den Himmel gestarrt hatten, jeder mit seinen eignen Gedanken beschäftigt, zog Martin seine Reitstiefel aus, die bis oben hin mit Schlick bedeckt waren. Als er die Öffnung nach unten hielt, floss eine beträchtliche Menge Wasser heraus.

„Teufel! Ist das eine Sauerei! Weißt du, was ich tue? Ich entledige mich der ganzen Hülle und steige ins Wasser. Inzwischen überlasse ich es der gütigen Sonne, mein Zeug zu trocknen."

Und damit begann er, sich eilig auszukleiden.

„Du willst dich hier baden?" Erstaunt kamen die Worte aus Hinrichs Munde.

„Gewiss! Findest du das so befremdlich?"

Zum ersten Mal seit der gestrigen furchtbaren Nachmittagsstunde verzogen sich die Lippen Hinrichs zu einem flüchtigen Lächeln.

„Das Baden in der See kennt man hier nicht, und wenn dich jemand im Wasser sähe, würde er an deinem Verstand zweifeln."

„Nun, darauf lasse ich es ankommen! Übrigens: wer sollte uns sehen? Kein Mensch wird sich in dieses abgelegene Tal verirren."

Und nun breitete er seine Kleider auf dem Moos aus und ging dann hinunter ans Wasser.

Noch war die Flut im Kommen. Er ließ sich von den Wellen die Füße benetzen und es bereitete ihm Vergnügen, ihr allmähliches Steigen zu beobachten. Bald stand er bis zum Knöchel im Wasser. Angenehm wirkte die Sonnenwärme auf seinen von den nassen Kleidern durchkälteten Körper. Nun ging er weiter in die Flut hinein, bis seine Knie bedeckt waren. Dann hockte er nieder und tauchte den Kopf wieder und wieder in die kühle Flut. Als er sich erhob, rieselte das Wasser in kleinen Bächen über seinen etwas dunkel gefärbten Nacken, dass es in der Sonne blitzte und gleißte.

Lachend rief er seinem Freunde zu:

„Nun, Hinrich, was meinst du dazu? Zum ersten Mal sieht dieses Land einen Menschen, wie Gott ihn geschaffen hat, im Meere baden – und der Himmel stürzt nicht zusammen und die Sonne verlässt nicht ihre Bahn. Es wird also nicht gar so schlimm sein und ich möchte dir empfehlen, meinem Beispiel zu folgen. Es ist ein Göttergenuss!"

Langsam fing auch Hinrich jetzt an, sich seiner Kleidungsstücke zu entledigen. Die Lust, ins Wasser zu tauchen, lockte ihn nicht – dazu war sein Gemüt zu sehr beschwert –, aber das nasse Zeug wurde ihm zu unangenehm. Es klebte an der Haut und erregte ein so starkes Kältegefühl, dass ihn mehrfach ein Schüttelfrost überlief. Auch er legte die Sachen zum Trocknen in die Sonne und blieb dann, gänzlich entkleidet, aufrecht sitzen. Er betrachtete einen am Ufer liegenden Stein, der von den letzten Ausläufern der Wellen umspült wurde. Darüber hinaus gingen sie nicht mehr und nach kurzer Zeit lag der Stein wieder im Trocknen. Die Flut hatte ihren Höhepunkt überschritten.

Während er so in schwermütigem Sinnen vor sich hinschaute, legte sich ihm ein Druck auf das Gehirn. Die Müdigkeit überwältigte ihn und seine Augen schlossen sich. Noch glaubte er, das Meer zu sehen, darüber die blaue Kristallglocke des Himmels. Dann verschwand allmählich das Bild der Wirklichkeit und um ihn wogte ein flimmernder Nebel, aus dem sich visionenartig Gesichter und Gestalten loslösten. Lars Nielsen stand vor ihm mit dem Messer in der Hand und schaute ihn mit seinen entzündeten Augen tückisch von der Seite an. Dem ist nicht zu trauen, trotz seiner Katzenfreundlichkeit!, sagte er sich. Auch die Gesichter seines Vaters und seiner Mutter tauchten auf, verschwanden aber gleich wieder, um andern gleichgültigen und unbekannten Platz zu machen. Nun war wieder das Meer da und darin sein Freund. Immer tiefer ging Martin in die Flut hinein, immer tiefer – jetzt lag nur noch sein Kopf auf dem glatten Wasserspiegel, dann tauchte auch der hinunter.

Hinrich schlug die Augen auf, eine furchtbare Angst schnürte ihm die Brust zusammen. Dann sprang er auf und nach einigen Augenblicken war er schon am Strande. Von Martin war nichts zu sehen. An einer Stelle war das Meer bewegt und schlug kreisrunde Wellen.

Plötzlich kam ein Mann, in der Tracht der Vornehmen, den Abhang hinuntergestürzt.

„Nicht weiter", rief er Hinrich zu, dem das Wasser schon bis an den Leib reichte, „wenn du nicht ertrinken willst. Es ist ein tiefer Graben hier!" Und mit kräftiger Hand fasste er ihn beim Arm und hielt ihn zurück.

Vorsichtig ging er dann weiter, bei jedem Schritt erst den Boden sondierend, Hinrich folgte ihm in fieberhafter Erregung. Da geriet das Wasser in wallende Bewegung und gleich darauf tauchte Martin mit dem Oberkörper aus dem Wasser empor. Noch hatte er die Besinnung nicht verloren; mit großen Augen schaute er auf den fremden Mann, der sich weit vorbeugte und die Hände ihm entgegenstreckte. Blitzschnell fasste er eine Hand, doch hätte er seinen Retter, der durch den heftigen Ruck des zurücksinkenden Körpers das Gleichgewicht verlor, mit in die Tiefe gerissen, wenn Hinrich nicht den Mann mit voller Kraft zurückgehalten hätte. Der Fremde war zusammengesunken, sodass das Wasser ihm über dem Kopf zusammenschlug; Hinrich half ihm aber wieder empor, und den vereinten Anstrengungen der beiden gelang es, Martin aus dem Graben zu ziehen.

Sie mussten ihn durch das Wasser tragen, da er im ersten Augenblick keine Gewalt über seine Füße hatte. Erst als sie das Trockne erreicht hatten, vermochte er sich aufrecht zu erhalten, taumelte aber wie ein Trunkener.

Der fremde Herr schüttelte sich:

„Brrr! Das war ein unerwartetes Bad! Na, was schadet es!"

Ein Lächeln glitt über sein schmales, energisches Gesicht, aus dem kluge, graue Augen blickten. Seine Gestalt war hoch und schlank. Vornehm und gebieterisch stand er da und musterte die vor ihm stehenden Jünglinge.

Hinrich holte sein Zeug herbei und kleidete sich schnell an. Er schämte sich seiner Nacktheit, und die Blicke des fremden Herrn waren ihm peinlich. Martin hatte sich auf den

Boden gesetzt; er glotzte ein wenig stumpfsinnig vor sich hin. Er fühlte sich noch so benommen, dass seine ganze Umgebung ihm gleichgültig war.

Sobald Hinrich sich die notdürftigsten Kleidungsstücke übergezogen hatte, sprach er dem Herrn zunächst für die Rettung seines Freundes seinen heißen Dank aus und erklärte dann, wie sie dazu gekommen waren, sich hier ganz gegen die Sitte des Landes in völligem Naturzustande unter freiem Himmel zu bewegen. Dann nannte er seinen Namen und den seines Freundes.

„Hinrich Oldenburg", rief der Herr und streckte ihm die Hand entgegen. „Willkommen hier auf heimatlichem Boden! Du kamst mir gleich so bekannt vor. Meiner erinnerst du dich wohl nicht mehr? Es ist ja lange her, dass wir uns zuletzt gesehen haben. Warte einmal – es muss vor acht Jahren gewesen sein, um sechsundzwanzig herum –, ich hatte damals viel im Hause deines Vaters wegen der Eindeichungen zu tun. Damals warst du noch ein kleiner Junge, nicht höher als so! Und nur selten kamst du aus der Gelehrtenschule nach Hause. Du hast dich aber gut herausgemacht, Hinrich Oldenburg!"

Hinrich schaute ihn lange zweifelnd an, dann fuhr es wie ein Blitz der Erleuchtung über sein Gesicht und hastig stieß er in fragendem Ton hervor:

„Arnold Amsinck?"

Der Herr nickte freundlich.

„Der bin ich! Also ganz war mein Bild deinem Gedächtnis nicht entschwunden; es brauchte nur einer kleinen Auffrischung, um es wieder hervorzurufen. Das freut mich! – Doch sollen wir uns nicht erst deines Freundes annehmen?"

Martin schaute empor, dann raffte er sich auf und fing langsam an, seine Kleider anzuziehen. Er machte hierbei einige seltsame Missgriffe, wobei er sich jedes Mal mit der Hand über die Stirn fuhr und den Kopf schüttelte. Endlich stand er angekleidet da. Und nun erst gab er Arnold Amsinck die Hand und dankte ihm für seine Rettung. Der Dank kam etwas stockend heraus; es fiel ihm offenbar schwer, die passenden Worte zu finden. Er war ganz bleich.

Arnold Amsinck schüttelte ihm die Hand und sagte, er habe nichts anderes getan, als was die Pflicht eines jeden Christenmenschen erheische, seinen Mitmenschen Hilfe in Gefahr zu bringen.

„Was sage ich, Christenmenschen – jeder Heide und Muselmann würde nicht anders gehandelt haben. Das ist einfache Menschenpflicht. – Aber wollen die jungen Herren nicht mit mir kommen? Ich verfüge hier über eine Wohnung, wo ihr die Nacht zubringen könnt. Ein Palast ist es zwar nicht, aber die meisten Wohnungen sind hier schlechter."

Die beiden Freunde sagten gerne zu und so stiegen sie denn alle drei den Hügel hinauf.

Zweites Buch

„Unser Haus ist auf einer so hohen Warft erbaut, dass es jeder Sturmflut Trotz zu bieten vermag. Auch in der Nacht vom 11. zum 12. Oktober des vorigen Jahres ist es gänzlich unversehrt geblieben. Als das Wasser seinen Höhepunkt erreicht hatte, konnte man noch trockenen Fußes um die Mauern gehen. Viele Menschen fanden hier ihre Zuflucht. Weit leuchteten die weißen Mauern im grellen Lichte der Blitze über die tobenden Wogen hinaus, und wem es gelungen war, sich und seine Angehörigen in ein Boot zu retten, dem zeigten sie den Weg. Aber fast übermenschliche Kräfte gehörten dazu, gegen den wütenden Sturm anzukämpfen, und so erreichten leider die meisten das Ziel nicht."

In einem geräumigen Gemache des weißen Hauses auf Amsinckland, das die Gebrüder Amsinck aus Hamburg sich erbaut und in großstädtischer Weise eingerichtet hatten, saßen vor einem mit Karten und Papieren bedeckten großen Tisch Arnold Amsinck, Hinrich Oldenburg und Martin Pistorius. Die Wände waren mit eingerahmten Zeichnungen von Deichprofilen und Flurkarten bedeckt. Unter diesen nüchternen und farblosen Darstellungen hob sich mit lebhaften Farben ein kolorierter Kupferstich, eine Ansicht von Ham-

burg darstellend, hervor, darunter hingen vier kleine Ölgemälde, offenbar Familienbilder.

Arnold Amsinck hatte sich vorgebeugt und blätterte in
einem Haufen Schriftstücke; dann zog er ein Blatt Papier
hervor, auf dem sich eine Reihe Zahlen befand. Langsam und
nachdenklich, fast jedes Wort betonend, aber ohne merkliche
innerliche Erregung, las er die Tabelle ab.

„Besser als jede Erzählung geben die folgenden nackten
Zahlen einen Begriff von dem großen Unglück, das unser
Land heimgesucht hat: Es sind ertrunken: in Lieth 171, in
Hersbüll 149, in Evensbüll 240, in Odenbüll 159, in Trinder-
marsch 100, in Gaikebüll 232, in Stintebüll und Brunock 366,
in Illgrof 288, in Buphever 340, in Groß- und Klein-Pellworm
1100, in Westerwoldt und Balum 164, in Osterwoldt 394, in
Boptee 260, in Bupsee und Bopschlut 490, in Königsbüll 212,
in Volksbüll 340, in Röhrbeck 380, in Morsum 396, in Hamm
365 Personen. Dazu kommen noch die Ertrunkenen von den
Halligen und die vielen fremden Drescher und Arbeitsleute,
die an jenem Tage im Lande waren. Man rechnet, dass 6400
Menschen der Flut zum Opfer gefallen sind. Nur 2600 sind am
Leben geblieben. Bei Weitem nicht alle Toten hat man aufge-
funden und zur Erde bestatten können. Viele hat die See mit
sich weggeführt und an fremde Küsten gespült. Die zerstörten
Kirchen, Mühlen und Häuser ließen sich wieder aufbauen
und das ertrunkene Vieh – man schätzt dessen Zahl auf 50 000
Stück – wieder ersetzen, wenn nur unser Land nicht zerstört
wäre. Aber, Blanker Hans", und Arnold Amsinck erhob sich
und stemmte die geballte Rechte auf den Tisch, wobei seine
scharfen Augen durch das Fenster wie in weite Ferne blickten,
„wir werden dir deine Beute wieder abjagen und alles Land
wird wieder im Schutze der Deiche ruhen, so sicher wie nie!"

Martin Pistorius schaute fast mit Scheu und Bewunderung
zu Arnold Amsinck empor, dessen sehnige Gestalt sich von
dem hellen Fenster dunkel abhob, wie eine aus Erz gegos-
sene Statue.

„Vermessen würde ich das Wort nennen, wenn es aus anderem Munde gekommen wäre. Aber die wenigen Tage, die

ich in Eurer Nähe zubringen durfte, haben mir die Überzeugung gegeben, dass Ihr der Mann seid, das große Werk zu vollbringen, wenn es nicht menschliche Kraft übersteigt. Gerne stelle ich meine Kraft in Eure Dienste, wenn Ihr mich gebrauchen könnt."

Arnold Amsinck betrachtete ihn wohlgefällig. Dann nickte er.

„Ich danke Euch für das Anerbieten; ich werde davon Gebrauch machen. Wie ich gehört habe, seid Ihr rechtskundig?"

„Wohl habe ich mich des Studiums der Rechte beflissen. Aber Ihr wisst ja, so viele Länder im Heiligen Römischen Reich Deutscher Nation so viele Rechte! Aber es wird mir dank meiner Studien nicht schwerfallen, die Gesetze dieses Landes bald kennen und anwenden zu lernen. Einen vorzüglichen Lehrmeister habe ich ja an meinem Freunde hier, der mich sicherlich gerne unterweisen wird."

Martin blickte Hinrich an, der ihm als Antwort freundlich zunickte.

„Das wird sich schon machen", erwiderte Arnold Amsinck; „es ist auch sonst Schreibarbeit genug mit einem solchen Unternehmen verbunden, die ich allein nicht mehr bewältigen kann. Ich habe mich schon lange nach einer Hilfe umgesehen und freue mich, dass Ihr bereit seid, sie mir zu gewähren. Gerade jetzt, wo wir mit den Deicharbeiten beginnen, kommt mir die Unterstützung zupass."

Er nahm ein starkes Heft in die Hand und ließ die Blätter durch die Finger gleiten.

„Hier habe ich die Kaufkontrakte über 3200 Demat Land, das wir, mein Bruder Rudolf und ich, im April von den Besitzern des Volksbüller und Buphever-Koogs hinzugekauft haben. Gemeinsam mit den übrigen Landeignern werden wir die Köge wieder eindeichen und die Lasten zu gleichen Teilen auf die eingedeichten Ländereien verteilen. Wenn auch die Kontrakte schon vorliegen, so sind doch noch die genauen Bedingungen mit den andern Landeignern zu vereinbaren und zu Papier zu bringen. Dies würde Eure erste Arbeit sein. – Welchen Lohn fordert Ihr für Eure Tätigkeit?"

„Es ist mir nicht um das Geld zu tun; ich bin nicht mittellos. Die Beschäftigung bietet mir vielmehr eine willkommene Gelegenheit, das Land und seine Gesetze kennenzulernen. Als ich mich entschloss, nach Abschluss der Studien mit meinem Freunde in seine nordische Heimat zu reisen – da dachte ich allerdings noch nicht daran, dass ich hier vielleicht noch einmal festen Fuß fassen könnte. Nur die Lust am Wandern und der Wunsch, andere Gaue kennenzulernen, trieb mich hinaus. Aber unterwegs schon kam mir der Gedanke, meine Kenntnisse und meine Arbeitskraft dem Friesenlande zu widmen, von dem Hinrich Oldenburg nicht müde wurde, die herrlichsten Dinge zu erzählen. Der erste Eindruck, den das wüste Land auf mich machte, war allerdings so wenig anmutend, dass ich lieber gleich davongelaufen wäre. Aber ich konnte meinen Freund in seinem Kummer und seiner Not nicht verlassen. Und einige Tage haben genügt, mir die Augen zu öffnen; nun finde ich es nicht mehr unbegreiflich, dass der Friese nicht von seiner Heimat lassen kann. Die stete Verteidigung, der Kampf gegen das Meer gerade macht sie ihm teuer."

„Und dazu kommt noch eins", erwiderte Arnold Amsinck, „die Freiheit, deren der Friese sich in seinem Lande erfreut und die er sonst nirgends finden würde. Freilich, so wie früher ist es nicht mehr; die fürstliche Gewalt ist größer als vor einem Jahrhundert. Aber immer noch kann der Friese stolz auf seine Rechte und Privilegien sein. – Und dann nicht zu vergessen, das Heimatsgefühl! Wem die Wogen das Wiegenlied gesungen haben, der kann von der See nicht lassen. Aber ob Ihr Euch jemals hier heimisch fühlen werdet, weiß ich nicht; wer, wie Ihr, unter Bergen groß geworden ist, taugt kaum ins platte Land."

„Ich werde es versuchen; gefällt's mir nicht auf die Dauer – finde ich auch anderswo eine Heimat. Nach meinem Geburtslande Bayern werde ich nicht zurückkehren."

Arnold Amsinck schaute ihn fragend an.

„In diesem erzkatholischen Lande sind Lutheraner nur ungern gelitten. Die kleine versprengte, protestantische

Gruppe, zu der meine Eltern gehörten, hatte mancherlei Verfolgungen zu erdulden, die uns das Leben schwer machten. Ich habe keine Lust, mich dem wieder auszusetzen."

„Das verstehe ich! – Um aber wieder auf die Vergütung zurückzukommen, so muss ich erklären, dass ich Eure Mitarbeit umsonst nicht annehme. Ich setze in Euch das Vertrauen, dass Ihr imstande sein werdet, mich zu vertreten, wenn ich in Hamburg bin. Euch würde dann die Leitung des ganzen Unternehmens obliegen. Ich muss die Sicherheit haben, dass derjenige, dem ich einen so verantwortungsvollen Posten übertrage, mir nicht plötzlich auf und davon geht, was Euch ja freistände, wenn Ihr nur zu Eurem eignen Vergnügen tätig seid."

Martin Pistorius besann sich ein wenig. „Nun gut, ich bin damit einverstanden und danke Euch, Herr, für das große Vertrauen. Es soll mein Bestreben sein, mich dessen würdig zu zeigen. Ich freue mich, meine Kraft in Euren Dienst stellen und an der Wiedererhebung dieses unglücklichen Landes mitarbeiten zu können. Ich möchte nur bitten, dass wir die Höhe der Vergütung erst nach einigen Monaten besprechen; soll es sich doch erst zeigen, ob ich Euch wirklich nützlich sein kann."

„Abgemacht!" Arnold Amsinck streckte ihm die Hand entgegen, in die Martin einschlug. Und nun entwickelte Amsinck an der Hand von Zeichnungen und Kostenüberschlägen seine Pläne. Die beiden Freunde hörten aufmerksam zu. Zunächst galt es, mehr Arbeitskräfte für den Deichbau zu gewinnen. Alle Nordstrander, die auf dem wilden Moor eine Zuflucht gefunden und dort den Winter in elenden Hütten und bei karger Kost zugebracht hatten, waren schon als Arbeiter angestellt. Auch im weiten Umkreise hatte sich die Kunde verbreitet, dass die Amsincker wieder große Deichbauten in Angriff nehmen ließen. Viele Leute, die sonst die Landstraße bevölkerten, waren herbeigeeilt, um Beschäftigung zu suchen. Die Mehrzahl bestand aus rohen Elementen, die nach kurzer Probezeit entlassen werden mussten, weil sie sich keiner Ordnung fügen wollten und stets mit den andern in Streit und Hader lagen. Diese mussten abgeschoben werden; einige erwiesen sich aber als fleißige und tüchtige Arbeiter. Die Entlassenen trieben sich häufig noch einige Zeit bei den in Angriff genommenen Deichen umher und belästigten die andern oder suchten sich an den Deichbasen, denen die Leitung der Arbeiten oblag, zu rächen. Einmal war es schon zu Mord und Totschlag gekommen. Ein Strolch, ein entlassener Landsknecht, hatte dem Deichbasen, dem er seine Entfernung aus der Arbeit zuschrieb, mit einem Spaten den Schädel gespalten. Den Mörder hatte man überwältigt und gefesselt und dann in eine Hütte gesperrt. Am andern Morgen aber war er daraus verschwunden. Nach einigen Tagen fand man seine Leiche in einem Priel. Wie er dahin gekommen war, davon wollte kein Mensch etwas wissen. Die Sache war nach einigen Tagen vergessen. Was sollte sich auch erst das Gericht mit einer solchen Bagatelle beschäftigen? Arnold Amsinck warnte Martin, sich selbst mit den fremden Arbeitern einzulassen, das sei lediglich die Aufgabe der Deichbasen. – Dann schloss er einen Schrank auf und brachte eine mit Leder überzogene und mit reicher Goldpressung verzierte Mappe zum Vorschein. Behutsam legte er sie auf den Tisch, öffnete das Schloss und holte zwei umfangreiche Pergamente hervor, an denen große mit hölzernen Kapseln versehene Siegel hingen. „Anfang Februar 1624 kauften wir von Gebhard von Knesebeck, Jeremias Tukmaker und Peter von Dam eine große Fläche Landes, zu welchem uns der Herzog kurz darauf noch weitere Ländereien schenkte. Hier", Arnold Amsinck hielt eine der Urkunden ein wenig in die Höhe, „ist die Kaufbestätigung, von Sr. hochfürstlichen Gnaden am 23. März 1623 eigenhändig unterschrieben, und hier", er legte die Hand auf das andere Schriftstück, „die Schenkungsurkunde, datiert vom 16. Mai 1624."

Die Lippen Arnold Amsincks verzogen sich zu einem kaum merklichen Lächeln, das Martin Pistorius aber nicht entging. Auch war ihm die eigenartige Betonung aufgefallen, mit der Amsinck das Wort Schenkung ausgesprochen hatte.

„Die Privilegien, die Se. hochfürstliche Gnaden uns zu verleihen geruht haben, enthalten die weitgehendsten Rechte."

„Ich habe davon gehört", erlaubte sich Martin Pistorius zu bemerken, da Arnold Amsinck eine Pause machte und seine Blicke suchend über die Pergamentblätter laufen ließ. „Wie ein Fürst herrscht Ihr in Eurem Lande!"

Arnold Amsinck zuckte leicht die Achseln. Dann las er einige Paragrafen der Urkunden vor, die Martin alles bestätigten, was sein Freund ihm vor einigen Tagen in der Heidehütte von den Amsinckern erzählt hatte. Der letzte Absatz berührte ihn ganz eigentümlich, und er glaubte, darin die Erklärung für das Lächeln Arnold Amsincks zu finden. Die Gebrüder Amsinck verehrten dem Herzog, hieß es darin, für alle Privilegien und die Schenkung „eine ganz ansehnliche stattliche, auf ein Hohes und Merkliches sich belaufende, Uns (d. h. dem Herzog) wohlanständige, ganz annehmliche Rekognition und fürstliches Präsent – für welche ansehnliche Offerten Wir uns in Gnaden bedanken."

„Diese Urkunden", fuhr Arnold Amsinck fort, „werdet Ihr zunächst studieren müssen; sie sind das Fundament unseres ganzen Unternehmens. Der Herzog wünscht lebhaft, dass alle verwüsteten Ländereien wieder eingedeicht und dadurch nutzbar gemacht werden. Misslingt dies, so besteht die Gefahr, dass er uns die Privilegien wieder einzieht."

„Diese Möglichkeit ist vorgesehen?"

„Nein! Aber Ähnliches ist schon vorgekommen. Gleiche Privilegien sind vor Jahren einigen Nordstrandern verliehen worden. Da die Leute aber nicht imstande waren, die gekauften Ländereien deichfest zu machen – Sturmfluten und andere ungünstige Umstände machten es ihnen unmöglich –, so entzog er ihnen den Grundbesitz wieder und übertrug ihn einigen Remonstranten aus Holland, an die er eine Aufforderung hatte ergehen lassen, sich in seinem Lande anzusiedeln. Die neuen Privilegien ließ er sich wieder teuer bezahlen."

„Ließ er sich wieder bezahlen?"

„Ja, junger Freund! Nicht aus landesväterlicher Fürsorge bemüht der Herzog sich um die Rettung des Landes. Ihm ist es lediglich um die Füllung seiner Kasse zu tun, in der stetig Ebbe herrscht. Jedes Privilegium muss mit großen Summen

54

erkauft werden, dazu kommt noch ein ansehnliches Präsent an seine Privatkasse und für die Zukunft stehen die Steuern von den gewonnenen Ländereien in Aussicht. Fürwahr, ein gutes Geschäft!"

Nicht ohne Bitterkeit hatte Arnold Amsinck diese Worte gesprochen. Dann erzählte er von dem Erfolg ihrer bisherigen Arbeiten. Mit gutem Erfolg hatte man im Sommer 1624 begonnen, den gekauften Besitz, der bis dahin nur im Sommer zur Weide benutzt werden konnte, durch den Bau von Deichen vor der Überschwemmung zu schützen. Schon nach drei Jahren war die Arbeit glücklich beendet, trotzdem mehrere Sturmfluten arge Störungen verursacht hatten. Das Land erwies sich als sehr ertragreich. Auf Bullingland, außerhalb des Deiches, ließen die Brüder Amsinck eine hohe und stark befestigte Warft aufführen, wie sie in dieser Größe keiner im Lande jemals gesehen hatte, und darauf ein stattliches Haus bauen, das im Volke das „Hamburger Haus" oder, seiner weißen Mauern wegen, auch das weiße Haus genannt wurde. Die Brüder glaubten jetzt ihren Besitz gesichert zu haben und dachten an neue Erwerbungen, als die große Oktoberflut von 1634 alles wieder zerstörte. Nur das Haus war stehen geblieben, die Deiche aber durchbrochen und das Land verwüstet. Es war ein schwerer Schlag für Rudolf und Arnold Amsinck, besonders für Letzteren, der mit ganzer Seele an dem Unternehmen hing, aber sie ließen den Mut nicht sinken und gingen mit fester Zuversicht an die Arbeit, das verlorene Land zurückzuerobern und neues zu gewinnen. „Der Herzog hat sich bereit erklärt, uns durch neue Privilegien zu unterstützen. Die Sache wird in der nächsten Zeit geregelt werden." Arnold Amsinck machte mit den Fingern eine Bewegung, als wenn er Geld zählte. „Diesmal wird noch alles in Ordnung kommen; ich habe einflussreiche Gönner am Hofe. Aber es heißt, auf der Hut sein! Wenn mich nicht alles täuscht, machen sich dort Einflüsse geltend, die verhängnisvoll für viele Nordstrander werden können. Neulich waren wieder einige Herren aus Flandern beim Herzog – gewöhnliche Bürger und noch dazu fremden Glaubens, und doch hat sie der Herzog besonders ausgezeichnet und zu sich an den Tisch gezogen. Ich habe so meine eignen Gedanken dabei –"

Die beiden jungen Leute horchten erwartungsvoll auf.

„Ich möchte sie noch nicht aussprechen. Überhaupt bleibt alles, was ich über den Herzog äußerte, unter uns. Ich kann mich darauf verlassen?"

„Gewiss!"

„Ich wusste es! Wenn ich nicht Vertrauen zu Euch hätte, würde ich selbstverständlich ein solch delikates Thema nicht berührt haben. – Aber jetzt zu Euren Angelegenheiten, Hinrich Oldenburg. Eure Eltern sind, wie auch ich bestätigen kann, ertrunken. Sie sind bei der Odenbüller Kirche christlich beerdigt worden. Doch das habt Ihr inzwischen ja schon erfahren. Zufällig bin ich in der Lage, über ihren Nachlass einige Auskunft geben zu können. Der Landbesitz in Röhrbeck wird nur schwer wieder zurückzugewinnen sein; er gehört zu denjenigen Ländereien, die täglich überflutet werden. Es scheint so, als wenn sie nicht mehr so hoch liegen wie früher. Ich habe mit vielen kundigen Leuten darüber gesprochen, die auch der Meinung sind, dass mit der Sturmflut eine Landsenkung verbunden ist. Alte Leute, die dieses Land vor der Eindeichung gekannt haben, erinnern sich noch, dass es damals nur durch die höchsten Herbst- und Winterfluten unter Wasser gesetzt wurde, und jetzt gehört es zu den Ausnahmen, wenn es einen Tag trocken bleibt. Aber ganz will ich Euch die Hoffnung nicht rauben; vielleicht kommt doch noch die Zeit, dass Ihr wieder Euren Nutzen daraus ziehen könnt. Vorläufig hat es aber für Euch keinen Wert. An den Mauern des Hauses nagt das Wasser Tag für Tag; eine starke Sturmflut kann es ganz zerstören. Alles Hausgerät haben die Wogen hinweggeführt, und hat Euer Vater Geld- und Wertsachen im Hause gehabt, so werden sie jetzt wohl auf dem Meeresgrunde liegen oder von Strandräubern gestohlen sein."

„Ich bin also arm", unterbrach ihn Hinrich mit bebenden Lippen.

„Nein! Zum Glück hatte Euer Vater einige Kapitalien an Husumer ausgeliehen. Wenn auch die Schuldurkunden untergegangen sind, so waren die Gläubiger doch so ehrlich, sich auf die Aufforderung des Landschreibers hin zu melden. Die Kapitalien belaufen sich nach den vom Landschreiber geführten Listen auf 32 000 Reichstaler. Das ist eine ansehnliche Summe, von der freilich das Erbteil Eurer Schwester noch abgehen würde, wenn sie noch am Leben ist. – Eure Nachforschungen nach ihr sind aber ohne Erfolg gewesen, wie man mir erzählt hat?"

„Doch nicht so ganz, Herr! Der Ausflug mit Lars Nielsen war allerdings ganz ergebnislos. Der Mensch wusste nicht einmal mehr die Stelle anzugeben, wo er die Spange – ich habe Euch auf dem Moor davon erzählt – gefunden hatte. Er führte mich kreuz und quer über das Feld, bis die Flut kam. Da wurde ich ungeduldig und nun sagte er, er habe sich geirrt und eine verkehrte Richtung eingeschlagen. Aber am andern Tage würde er mich sicher zur Fundstelle führen. Sicherlich hatte er es nur auf den guten Tagelohn abgesehen, den ich ihm zugesagt hatte. Als wir abends auf das Moor zurückkehrten, hatte ich das Glück, einen alten Bekannten zu treffen, der meine Schwester einige Wochen nach der Flut gesprochen hatte. Sie soll sehr in sich gekehrt gewesen sein und nur wenig gesprochen haben. Damals hat sie sich noch in der Stadt aufgehalten. Nun machte ich mich voller Hoffnung auf nach Husum und suchte alle bekannten Familien auf, aber keiner hatte sie den ganzen Winter über gesehen. Sie soll zuletzt ein sonderbares Wesen gezeigt und sich ganz von den andern abgesondert haben, auch nicht mehr in die Kirche gegangen sein. Ich hatte immer den Eindruck, als ob man mir etwas verschwieg. Auf mein Drängen erfuhr ich endlich, dass man sie im Verdacht der Sektiererei habe. Die Witwe des Stallers, Hermann Hoyer von Eiderstedt, Anna Ovena, soll eine Anhängerin der Lehre David Joris sein und hier viele Personen für ihren Glauben gewonnen haben. Die Sekte hielt ihre Andachten in einem Hause in der Großstraße ab. Die Anna Ovena, die eine große Poetin sein soll, ist eine Feindin der Priester und der öffentlichen Gottesdienste. So hat man mir erzählt; ob dies alles wahr ist, vermag ich nicht zu sagen. Mir ist bisher weder etwas über David Joris noch über die Anna Ovena zu Ohren gekommen. Man hält die Lehren David Joris für höchst verdammlich und seine Prophetin, die Anna Ovena, für eine exaltierte, fantastische Frau. Wenn es wahr ist, dass meine Schwester dieser Sekte angehört, so wird man sie wohl unter ihren Anhängern finden, die sich in großer Zahl in den umliegenden Dörfern aufhalten sollen."

Arnold Amsinck nickte.

„Ich würde an Eurer Stelle die Spur verfolgen. Soviel mir bekannt ist, soll die Sekte besonders im Kirchspiel Hattstedt verbreitet sein. Der Hattstedter Arzt, Nikolaus Teting, hat sich öffentlich zur Lehre Weigels, Schwenkfelds und David Joris bekannt. Er hat jahrelang mit seiner ganzen Familie auf Hoyerswort, dem Gute der Anna Ovena Hoyer, gelebt und dort seine Gottesdienste abgehalten. Ich selbst bin mehrfach mit der Frau in Berührung gekommen und habe von ihr einen guten Eindruck gewonnen."

„Von der Sektiererin?"

„Nun, ich habe mich seit jeher wenig darum gekümmert, wie es meine Mitmenschen in Religionssachen halten. Der Religionen und Konfessionen sind so viele und die Zahl der guten und schlechten Menschen ist in allen wohl gleich verteilt. Ich muss allerdings gestehen, dass ich unter denjenigen, die sich abseits halten und Leiden und Verfolgungen aller Art wegen ihres Glaubens erdulden, häufig – weit häufiger als unter der großen Menge – Menschen gefunden habe, die sich in Wirklichkeit Christi Lehren zur Richtschnur nehmen."

Betroffen schauten die beiden Freunde den Sprecher an.

„Herr Amsinck", erwiderte Hinrich Oldenburg, sinnend vor sich niederblickend, „auch mir sind manchmal ähnliche Gedanken gekommen, ich habe mich ihrer aber erwehrt. Ich sagte mir stets: Wohin soll das führen? Der Weg ist uns ja klar vorgezeichnet und die geringste Abweichung führt uns an Abgründe. Und dann musste ich eines Freundes in Wittenberg, eines jungen Niederländers gedenken –"

„Johann van der Lieth?", fiel ihm Martin in die Rede, wobei er ihn verständnisvoll anblickte.

„Ja, den meine ich! Er hatte das Studium der Gottesgelahrtheit ergriffen, wurde aber durch einen Franzosen in philosophische Irrlehren eingeführt, die ihn geradewegs zur Atheisterei führten. Er gab sein Studium auf und reiste in die Heimat zurück. Was aus ihm geworden ist, weiß ich nicht; sicherlich wird er elendiglich verkommen sein."

Martin Pistorius schüttelte leicht den Kopf.

„Eure Toleranz in der Religion, Herr, scheint auch mir zu weit zu gehen. Nehmt's mir nicht übel, aber ich habe mich stets treu zur lutherischen Kirche gehalten und die Überzeugung von der Wahrheit ihrer Lehren kann mir nichts in der Welt erschüttern!"

„Davon ist ja auch nicht die Rede", erwiderte Amsinck lächelnd dem ganz in Eifer geratenen jungen Mann. „Nichts liegt mir ferner, als Euch in Eurem Glauben wankend zu machen. – Doch, die Zeit ist schon vorgeschritten und ich habe noch eilige Geschäfte zu erledigen. Herr Pistorius, Ihr könnt Euren Posten am Dienstag antreten – heute ist Donnerstag."

„Sofort, wenn's Euch recht ist, Herr!"

„Nein! Ich möchte Euch Eurem Freunde noch nicht nehmen. Sicherlich könnt Ihr ihm behilflich sein auf der Suche nach seiner Schwester. Aber mein Haus steht euch beiden zu jeder Zeit offen. Ich hoffe, dass ihr von diesem Anerbieten Gebrauch machen werdet."

Die beiden jungen Leute verbeugten sich und reichten ihm zum Abschiede die Hand. Dann verließen sie das Zimmer.

* * *

„Noch vor Eintritt der Flut", sagte Hinrich, als sie draußen auf der Warft standen und Umschau hielten, „können wir das Festland erreichen. Vielleicht bleibt das Land heute auch ganz trocken; der starke Ostwind hält das Wasser zurück. Ich schlage vor, dass wir sofort abmarschieren; gegen Abend sind wir dann im Wirtshaus, wo unsere Pferde stehen, dort übernachten wir, reiten morgen nach Hattstedt und wenn wir meine Schwester dort nicht finden, durchsuchen wir die Umgegend. Bist du hiermit einverstanden?"

Martin bejahte und beide machten sich sofort auf den Weg. Arnold Amsinck saß vor dem Fenster am Schreibtisch und kramte eifrig in seinen Papieren.

Sie riefen ihm einen Abschiedsgruß zu, der freundlich erwidert wurde.

„Ein Mann, den ich bewundern muss, Hinrich! Ich kenne seinesgleichen nicht! Er hat etwas Ungewöhnliches an sich – Fürstliches möchte ich es nennen. Als Ratgeber eines Königs würde er sicherlich Großes leisten. Wenn irgendeiner, so ist Arnold Amsinck der Mann dazu, das arme Land zu retten – er, mit seinem weiten Blick und seiner unbeugsamen Tatkraft!"

„Und mit seinem Geld! Das ist nun einmal ein Haupterfordernis; ohne Geld richtet auch das größte Genie hier nichts aus. Nun, die Amsincks sind schwerreiche Leute –"

Rasch schritten sie weiter über das Land mit seiner durch die tägliche Salzflut verkümmerten Pflanzendecke. An vielen Stellen hatte das Wasser den Rasen weggerissen und tiefe Löcher in den Boden gewühlt, in denen Wasser blinkte. Bald hatten sie die Grenze des früheren Weidelandes erreicht und betraten jetzt die eigentlichen, aus einer ebenen Schlickmasse bestehenden Watten.

„So sieht das ganze Land nach einigen Jahrzehnten aus, Martin, wenn die Eindeichungen missglücken. Auch hier war einst fruchtbares, von Menschen bewohntes Land. Siehe dort die halbkreisförmig aus dem Boden ragenden Steine! Das ist ein Brunnen, und daneben hat vor hundert Jahren ein Haus gestanden. Ein großer Kirchhof alles, so weit du schaust!"

Traurig schaute Hinrich vor sich nieder.

Als sie den Fuß aufs feste Land setzten, brach der Abend an. Die weißen Mauern des Hamburger Hauses hatten ihnen in den grellen Strahlen der untergehenden Sonne noch einen Gruß zugesandt. Nun begann es zu dämmern und auch das Haus tauchte unter in das Grau seiner Umgebung. Es war eine beschwerliche Wanderung gewesen auf dem glitschigen Boden. Ermüdet warfen sie sich auf den Strand hin, setzten aber bald ihre Wanderung wieder fort. Als sie das Dorf erreicht hatten, war schon alles zur Ruhe gegangen und nur mit Mühe konnten sie, fortwährend von einem kläffenden, bissigen Hunde belästigt, den Wirt herausklopfen, der ihnen wieder auf dem Boden ein Lager bereitete. Sie schliefen fest und traumlos.

Am andern Morgen ließen sie nach einem einfachen Imbiss ihre Pferde satteln, beglichen ihre Zeche und ritten dann weiter.

Gegen Mittag langten sie in Hattstedt an. Sie begaben sich zuerst nach dem Diakonus Volkhardus Paysen, der sie sehr höflich empfing und, als Hinrich sein Anliegen vorbrachte, in bewegliche Klagen über das böse Sektenwesen ausbrach, das leider in seinem Kirchspiel besonders um sich gegriffen habe. Er kannte alle, die sich von der Kirche abgewandt hatten.

„Sie verschmähen den Gottesdienst und das heilige Sakrament und halten ihre ärgerlichen Versammlungen in ungeweihten Räumen ab. Auch manche Fremde finden sich zu diesen Zusammenkünften ein. Ob Eure Schwester darunter ist, vermag ich nicht zu sagen. Gerne stelle ich aber meine Dienste zur Verfügung, um Eure Schwester zu suchen. Heute Abend versammeln sie sich wieder und es wird Euch nicht schwerfallen, Zutritt zu erlangen. Geht doch ihr ganzes Sinnen und Trachten dahin, Seelen in ihre Netze zu fangen. Ihr braucht Euch nur zu melden und werdet sicherlich nicht abgewiesen."

Am Abend machten Hinrich und Martin sich voller Erwartung auf den Weg.

Das Haus, in dem die Sekte ihre Versammlung abhielt, lag abseits vom Dorf.

Als sie in die offen stehende Tür traten, war der Flur schon voller Menschen. Männer und Frauen drängten sich in dem engen Raum, in dem es so dämmerig war, dass man einzelne Gesichter nicht zu unterscheiden vermochte. Dennoch wurde die Anwesenheit der Fremden bald bemerkt. Ein alter Mann trat auf sie zu und frug:

„Ihr Herren, gehört ihr zu unserer Gemeinde? Wir kennen euch nicht!"

„Nein! Unser Wunsch ist nur, eurer Versammlung beizuwohnen."

„Sucht ihr die Wahrheit?"

„Wer suchte sie nicht?"

„Oder wollt ihr unsern Frieden stören?"

„Keine böse Absicht hat uns hierher geführt. Ihr könnt unbesorgt sein; von uns habt ihr nichts zu befürchten."

„Nun, so seid uns willkommen!"

In diesem Augenblick wurde die zu einem großen Raum (dem Pesel) führende Tür aufgemacht und die Menge strömte hinein.

Das Gemach war von einer trüb brennenden Öllampe spärlich erhellt. Hinter einem mit einem weißen Laken bedeckten Tisch, auf dem ein aus Holz geschnitztes Kruzifix stand, saß ein junger Mann mit mageren, bleichen Wangen. Er blickte auf ein Buch, das aufgeschlagen vor ihm auf dem Tisch lag.

Nun las er mit wenig erhobener, aber eindringlicher Stimme: „Und ich sahe einen neuen Himmel und eine neue Erde. – Und ich sahe die heilige Stadt, das neue Jerusalem, von Gott aus dem Himmel herabgefahren, zubereitet als eine geschmückte Braut ihrem Manne. Und ich hörete eine große Stimme von dem Throne her, die sprach: Siehe da, eine Hütte Gottes bei den Menschen; und er wird bei ihnen wohnen, und sie werden sein Volk sein und er selbst, Gott mit ihnen, wird ihr Gott sein. Und Gott wird abwischen alle Tränen von ihren Augen; und der Tod wird nicht mehr sein, noch Leid, noch Geschrei, noch Schmerzen wird mehr sein; denn das Erste ist vergangen. Und der auf dem Throne saß, sprach: Siehe, ich mache alles neu!"

Und nun begann er, die Worte der Schrift zu deuten. Er sprach in seltsam prophetischer Weise von der nahen Wiederkunft Christi auf Erden und der Herrlichkeit ohnegleichen, die er den Gläubigen bereiten werde. Seine Rede war erst leise und monoton, und häufig stockte er, bald aber hob sich seine Stimme und nun flossen seine Worte wie ein mächtiger Strom dahin. Seine Augen flammten und die totenblassen Wangen nahmen die Farbe des Lebens an. Atemlos hingen die Zuhörer an seinem Munde.

Hinrich achtete wenig auf die Rede, immer wieder ließ er seine Augen, die sich allmählich an die Dämmerung gewöhnt hatten, suchend durch die Menge schweifen. Die meisten kehrten ihm den Rücken zu, da er weit nach hinten stand; auch einige Mädchen waren darunter, deren Gesicht er noch nicht gesehen hatte. Eines derselben saß auf einem Schemel – dicht am Tische – so niedrig, dass es aussah, als wenn sie zu den Füßen des Redners kauerte. Hinrich musste immer wieder seinen Blick auf diese Gestalt richten; etwas schien sie an sich zu haben, das ihn an seine Schwester erinnerte. Er versuchte, sich durchzudrängen, um in ihre Nähe zu kommen; die Menschen standen aber so dicht gedrängt, dass jede Vorwärtsbewegung eine Störung verursachte.

Der Redner endete seine Ansprache mit einem innigen, flehenden Gebet. Die Zuhörer falteten die Hände und sprachen am Schlusse wie aus einem Munde „Amen!"

Nun kam etwas Bewegung in die Menge, einige sprachen leise miteinander, andere, die vom Stehen müde geworden waren, rührten die Beine. Der Redner wischte sich mit einem Tuche den Schweiß von der Stirn, dann erhob sich das junge Mädchen zu seinen Füßen und sprach einige Worte zu ihm. Nach einer kurzen Pause erhob er sich wieder und sagte mit leiser, doch vernehmlicher Stimme:

„Wir singen das Lied ‚Ach Gott, mein Herr!', das unsere viel geliebte Schwester Anna Ovena gedichtet hat, als die Hand des Herrn schwer auf ihr lag."

Und nun sang die Gemeinde:

„Ach Gott, mein Herr, wie wunderbar
Spielest du mit den Deinen,
Führest sie in Not und Gefahr,
Lässest sie rufen und weinen.
Stellst dich fremd und von ihnen weit,

Dass sie für großem Herzeleid
Gar zu verzagen meinen.

Du führst sie über Berg und Tal,
Durch Unglück vielerhande,
In großem Trauren mannigmal
Zu Wasser und zu Lande;
Sie sind wie ein Schiff auf dem Meer,
Werden getrieben hin und her
Durch Unehr und durch Schande."

Weiter kam der Gesang nicht. Kurz vorher hatte das Mädchen am Tische ihren Kopf gewandt. Der Schein der Öllampe fiel ihr gerade ins Gesicht, Hinrich zuckte zusammen und stieß dann erregt seinen Freund an:

„Das ist sie!"

„Jenes Mädchen dort, das uns jetzt das Gesicht zuwendet?"

„Ja, es ist meine Schwester – zweifellos!" Und hierbei hob er unwillkürlich die Rechte, als wenn er ihr zuwinken wollte.

Diese Bewegung erregte ihre Aufmerksamkeit. Erst richtete sich ihr Blick ruhig auf den jungen Mann, dann weiteten sich ihre Augen und ein Freudenschrei entflog ihrem Munde. Schnell sprang sie von der Stufe herab, auf der sie gestanden hatte, und drängte sich durch die Menschen, die ihr überrascht Platz machten. Auch Hinrich schob jetzt rücksichtslos seine Nachbarn beiseite und nach einigen Herzschlägen lagen die Geschwister sich in den Armen.

Erst ging ob der plötzlichen Unterbrechung der Andachtsübung ein Murren durch die Versammlung. Bald aber hatten die Nächststehenden erfasst, um was es sich handelte.

Jauchzend rief einer:

„Unsere Schwester Karen hat ihren Bruder gefunden!"

Und nun kamen alle in freudige Bewegung. Man drängte sich neugierig und teilnehmend an die beiden heran.

Auch der junge Redner verließ seinen Platz. Er streckte Hinrich die Hand entgegen und sagte in herzlichem Ton:

„Willkommen in unserer Mitte! Unsere liebe Schwester hat stets mit großer Sehnsucht Eurer gedacht. Briefe, die sie an Euch abgesandt hat, müssen verloren gegangen sein, denn Ihr ließet nichts von Euch hören."

„Wir, mein Freund hier und ich, haben eine lange Wanderung hinter uns; schon im Herbst vorigen Jahres, kurz nachdem das Land hier von dem großen Unglück heimgesucht wurde, verließen wir Wittenberg, haben uns dann viele deutsche Städte und Länder angesehen und sind erst seit einigen Tagen hier angelangt. Dadurch erklärt es sich, dass ich die Briefe nicht erhalten habe. Sonst, daran werdet ihr nicht zweifeln, wäre ich sofort in meine unglückliche Heimat zurückgekehrt."

Dann nahm er die Rechte seiner Schwester in seine Hände und sagte:

„Ihr werdet nichts dagegen haben, wenn ich mich mit meiner Schwester zurückziehe?"

Der andere schwieg einen Augenblick. Er zog die Stirn zusammen, sodass sich eine scharfe Falte zeigte. Ein scharfer Blick flog blitzschnell über die drei, dann erwiderte er rasch:

„Doch! Wo wäre ein besserer Ort, dem Allmächtigen Dank zu bringen für das Wiedersehen, als hier? Wir sind eine große Familie, tragen Freud und Leid miteinander, und das Glück unserer lieben Schwester Karen ist auch unser Glück. Verweilet noch ein wenig in unserer Mitte – oder willst auch du, Karen, uns jetzt schon verlassen?"

„Nein, Meister!", erwiderte sie bestimmt. „O bitte, lieber Bruder, bleibe noch bei uns ein Stündchen! Du sollst sehen, wie wunderherrlich es in der Gemeinschaft der Gläubigen ist."

Ein schwärmerischer Zug zeigte sich auf ihrem blassen Gesicht.

Martin ließ lange seine Augen auf ihr ruhen; ihre Weigerung, sofort mit ihrem Bruder zu gehen, erweckte in ihm eine unangenehme Empfindung. Dieses schöne Wesen so ganz den Irrlehren einer Sekte verfallen – schade, schade!, sagte er sich. Dennoch machte das Mädchen einen tiefen Eindruck auf ihn, weil er in ihr das weibliche Gegenstück Hinrichs, seines „Herzbruders" fand. Die Ähnlichkeit mit ihrem Bruder war unverkennbar, nur waren ihre Züge weicher und von einem eigentümlichen Liebreiz umflossen.

Nur widerwillig bequemte Hinrich sich zu bleiben; er ließ Karen aber nicht von seiner Seite.

Der junge Mann hielt wieder eine Ansprache; es schien aber Müdigkeit und Erschlaffung über ihn gekommen zu sein, denn eintönig flossen seine Worte dahin. Als er geendet hatte, erhob sich, vom Geist getrieben, ein älterer Mann aus der Mitte der Versammlung. Es waren nicht ungeschickt verbundene Bibelsprüche, die er mit ungelenker Zunge und seltsamer Betonung vorbrachte. Man merkte es ihm an, dass die Sprache Luthers ihm ungewohnt war.

Dann vereinigten die Anwesenden sich wieder in dem Singen eines Liedes und hiermit hatte die Andacht ihr Ende erreicht.

Es war drückend schwül in dem von Menschen überfüllten, niedrigen Gemach gewesen. Wunderbar erfrischend wirkte die kühle Nachtluft auf Hinrich und Martin, als sie ins Freie traten.

Hinrich hielt seine Schwester an der Hand, die er zärtlich drückte.

„Karen, wo wohnst du?"

„Der alte Bandik – du kennst ihn ja, ein entfernter Verwandter von uns – hat mich in sein Haus genommen. Auch er ist gläubig und durch ihn hab ich das Heil gefunden!"

„Der alte Bandik? Es ist ein redlicher Mann und ich zweifle nicht, dass du gut bei ihm aufgehoben bist. Wir begleiten dich; diese Nacht kannst du noch dort bleiben, dann kommst du mit mir!"

Nun gingen sie durch das nachtschlafende Dorf, von dem Gekläff der Hunde verfolgt.

Karen erzählte mit tränenerstickter Stimme von dem furchtbaren Elend nach der Flut und dem Tod ihrer Eltern. Wie durch ein Wunder war sie vor dem Untergange bewahrt geblieben; am Tage vorher war sie mit einer sich zufällig bietenden Gelegenheit in die Stadt gefahren, um Einkäufe zu machen. Sie hatte die Absicht gehabt, noch am selben Tage zurückzukehren; die Rückfahrt war aber durch das furchtbare Unwetter unmöglich gemacht und so war sie in der verhängnisvollen Nacht in der Stadt geblieben. Auch hier war das Wasser bis zum Marktplatz gestiegen und hatte viel Schaden angerichtet. Als am andern Morgen aber die Kunde von den unbeschreiblichen Verheerungen in die Stadt gelangte, da hatte sich der Bevölkerung eine furchtbare Aufregung bemächtigt; waren doch alle mehr oder weniger durch Blutsbande, Freundschaft oder Geschäftsinteressen mit den heimgesuchten Nordstrandern verbunden. Leider war es ihr nicht vergönnt gewesen, die Leichen ihres Vaters und ihrer Mutter zu sehen. Sie hatte die Nachricht, dass ihre Eltern gefunden seien, erst erhalten, als die Leichen mit vielen andern gemeinsam der Erde übergeben waren. „Und nun", fuhr sie fort, „erfasste mich die Verzweiflung und ich wurde irre an Gott. Sah ich doch, dass gute und vortreffliche Menschen einen schmählichen Untergang gefunden oder ihr Hab und Gut verloren hatten und bettelarm geworden waren, und Gottlose und Bösewichte von dem Strafgericht verschont geblieben waren, ja, sich noch an den verstreuten Gütern bereicherten. Wo blieb da die Gerechtigkeit Gottes? Und es schien mir alles ein blindes Ungefähr – damals war mein Sinn noch nicht erschlossen. Nun aber weiß ich, dass zwischen dem, was die Welt gerecht und ungerecht nennt, kein sonderlicher Unterschied ist, denn gleich weit entfernt von Gott sind die Gerechten und die Ungerechten."

Hinrich schüttelte missbilligend den Kopf und Martin, der schweigend neben den beiden herging, wandte sich unmutig zur Seite.

„Karen, es tut mir weh, solche Ketzereien aus dem Munde meiner Schwester zu hören. Glaubt denn ihr in eurer kleinen Gemeinschaft allein ein Gott wohlgefälliges Leben zu führen? Das wäre ein verdammenswerter Hochmut."

„Hinrich, du weißt nicht, was du sprichst; solange dir die Erleuchtung fehlt, kannst du nicht über uns urteilen!"

Hinrich seufzte; er hatte keine Lust, so kurz nach dem Wiedersehn sich mit seiner Schwester in Religionsstreitigkeiten einzulassen. Er hoffte aber, sie bald von ihrem Wahne zu befreien, und nahm sich fest vor, sie nicht länger in dieser verderblichen Umgebung zu lassen. Schon am andern Tage wollte er für sie in der Stadt ein Unterkommen suchen.

Als sie das Haus des alten Bandik erreicht hatten, sahen sie erst, dass ihnen jemand gefolgt war. Er drückte sich in den Schatten eines Baumes, Martins scharfe Augen aber erkannten ihn.

„Siehe dort, Hinrich, der Mensch ist uns nachgegangen! Ein unangenehmer Geselle –"

Auch Karen lenkte ihre Augen nach dem Baum. Dann rief sie – und in ihrer Stimme lag ein freudiger Klang:

„Der Meister!"

Martin stieß ein kurzes Lachen aus.

„Der Meister!", wiederholte er ärgerlich. Dann murmelte er einige Worte vor sich hin, aus denen Hinrich „Seelenfänger" herauszuhören glaubte.

Als der Mann merkte, dass er beobachtet wurde, entfernte er sich.

Nun klopften sie an die Tür und nach einigen Augenblicken wurde die obere Hälfte aufgemacht. Eine alte Frau steckte den Kopf heraus.

„Bist du es, Karen?"

„Ja, Merret, ich bin's! Denke dir, welch ein Glück, ich habe meinen Bruder gefunden! Hier ist er!"

Nun öffnete die Frau die Tür ganz und nötigte die Draußenstehenden zum Eintreten.

„Einen Platz auf der Bank können wir Euch für die Nacht anbieten, wenn Ihr damit vorlieb nehmen wollt."

Hinrich lehnte dankend ab, da ihre Pferde in der Wirtschaft standen und sie dort für sich Nachtquartier bestellt hatten.

„Wie geht es Bandik?", erkundigte Karen sich teilnehmend.

„Schlecht, er kann das Bett nicht verlassen. Wie sehr hat er es bedauert, von dem Gottesdienste fernbleiben zu müssen."

Die Frau ließ nicht nach mit Bitten, doch einen Augenblick näher zu treten. Ihr Mann würde sich freuen, Hinrich wiederzusehen. Es blieb ihnen nichts anderes übrig, wenn sie nicht unhöflich erscheinen wollten, als der Einladung zu folgen.

Bald saß Hinrich vor dem Bett des alten Bandik und erzählte ihm, wie es gekommen sei, dass er jetzt erst zurückgekehrt und keine Nachricht aus der Heimat erhalten habe. Die Frau hatte eine kleine Öllampe angezündet, die an einer eisernen Kette von dem Balken hing. Der Alte lag in einer Wandbettstelle, von der die Schiebetüren weggezogen waren. Die tiefen Falten in seinem kleinen, alten Gesicht traten in der spärlichen Beleuchtung, die starke Schatten warf, scharf hervor. Hinrich hätte ihn nicht wiedererkannt, so war Bandik in den wenigen Jahren seiner Abwesenheit gealtert.

Während die beiden sich unterhielten, hatte Martin die Schwester seines Freundes ins Gespräch gezogen.

Sie standen am Fenster, von dem sich ihre Gestalten in dunklem Umrisse abhoben; das Licht der Lampe war hier fast wirkungslos.

Erst antwortete sie einsilbig auf Martins Fragen, allmählich aber wurde sie lebendiger. Martin vermied es erst, von der großen Flut und deren Folgen zu sprechen, um nicht schmerzliche Erinnerungen zu wecken; bald aber wurde er inne, dass ihre Gedanken sich noch immer mit dieser Katastrophe beschäftigten, soweit sie nicht von der neuen Glaubensgemeinschaft abgelenkt waren. Für alles andere schien sie gar keinen Sinn zu haben. Seine Augen wichen nicht von ihren Zügen; nie glaubte er etwas Holdseligeres gesehen zu haben. Und während sie so miteinander Zwiesprache hielten, reifte der Entschluss in ihm, nichts unversucht zu lassen, sie der Gemeinschaft zu entreißen, an der sie jetzt mit ganzer Seele hing. Die Versammlung hatte auf ihn einen abstoßenden Eindruck gemacht, und er begriff nicht, wie ein so feingeartetes Mädchen wie Karen sich unter diesen einfachen, ja niedrigen Menschen wohlfühlen konnte.

Währenddessen hatte Hinrich im Gespräch mit dem Alten die Äußerung fallen lassen, dass er für seine Schwester ein Unterkommen in der Stadt suchen werde.

Bandik schwieg, sichtlich unangenehm berührt, einige Augenblicke. Dann kam es stockend über seine Lippen:

„In die Stadt willst du sie mitnehmen? Sie wird uns fehlen. Wir haben uns so an sie gewöhnt, dass wir uns das Leben gar nicht mehr ohne sie denken können. Ist es nicht so, Mutter?"

Seine Frau stimmte eifrig zu.

„Und dann – glaubst du, dass sie dort besser aufgehoben ist?"

„Wo ist sie wohl besser aufgehoben als bei Euch! Aber eins, ich rede offen, gefällt mir hier nicht!"

„Und das wäre?" Bandik schaute ihn scharf an.

„Eure Gemeinschaft! Verzeiht, aber ich kann nicht anders sagen: das Wesen, das ihr hier treibt, stößt mich ab."

„Das macht, weil du noch in der Finsternis wandelst."

Und nun wurde der Alte aufgeregt; er überschüttete Hinrich mit Bibelsprüchen und Gesangbuchversen, bis er zuletzt fast erschöpft wieder in die Kissen sank.

Kaum hatte er geendet, so begann seine Frau. Sie suchte Hinrich in unbeholfener Weise klarzumachen, dass die Geistlichkeit nicht nur überflüssig, sondern verderblich und die Sakramente leere Formen seien. Das Kirchen- und Werkchristentum sei ein Gräuel und Scheuel vor Gott, alles komme auf die innere Erleuchtung an. Das himmlische Reich stehe nahe bevor, und sich auf dieses vorzubereiten, sei die Aufgabe ihrer Gemeinschaft. Und nun erzählte sie von dem Leben unter den Brüdern und Schwestern, die den Unterschied zwischen Reich und Arm verwischt hätten. Der Wohlhabende gebe freudig von seinem Gut, um den Armen zu kleiden und zu sättigen.

Im Gegensatz zu ihrem Manne, der in seine Rede fromme Sprüche flocht, liebte sie es, mit plattdeutschen Ausdrücken ihre Worte zu würzen. Zuletzt kam sie in einem zornigen Erguss wieder auf die Pfaffen zu sprechen, die sie für alles Unheil in der Christenheit, auch für das nun fast siebzehnjährige Kriegselend im Heiligen Römischen Reich Deutscher Nation verantwortlich machte, und schloss mit den derben Worten der Anna Ovena Hoyer:

De Papen sünd Apen,
De Düwel hett se geschapen.

Hinrich und der inzwischen mit Karen hinzugetretene Martin ließen schweigend den Sermon über sich ergehen. Hinrich wunderte sich im Stillen über den Redefluss der Alten, sah aber, wie tief der neue Glaube in ihr Wurzel gefasst hatte und dass ein Ankämpfen dagegen zwecklos sei. Die Leidenschaft, mit der die beiden Alten die Lehren ihrer Sekte verfochten, blieben nicht ohne Eindruck auf ihn, und wie er die Frau so reden hörte, wollte es ihm manchmal scheinen, als wenn sich über manche der vorgetragenen Ansichten reden ließe. Er schwieg daher und schaute nachdenklich vor sich nieder.

Einen ganz anderen Eindruck hatten die Worte auf Martin gemacht. Das Blut war ihm zu Kopfe gestiegen, und kaum hatte die Frau ihre Worte beendet, als er hervorstieß.

„Das ist die gotteslästerlichste Ketzerlehre, die mir jemals zu Ohren gekommen ist. Sie erinnert fast an die Glaubenssätze der verruchten Wiedertäufer in Münster. Aber ihr haltet zurück mit vielem. Wie stellt ihr euch zur Obrigkeit?"

Bandik hatte sich wieder erhoben. Auch ihm hatten sich die eingefallenen Wangen rot gefärbt, und mit scharfer, aber etwas zittriger Stimme erwiderte er:

„Die Obrigkeit? Was geht uns die Obrigkeit an."

„Aha! Dachte ich es doch! Sie ist also für euch nicht vorhanden! Ihr kümmert euch nicht um Gesetz und Recht!"

„Wir tragen das Gesetz in uns selbst und halten uns nur vor Gott verantwortlich! Was die Obrigkeit aber von uns fordert, dem kommen wir nach, wenn es nicht gegen Gottes Gebote verstößt. Widerstehet nicht dem Übel!, ist eines unserer vornehmsten Gebote."

Martin lachte kurz auf. Dann besann er sich ein wenig.

Hinrich fasste ihn beim Arm und flüsterte ihm zu:

„Bitte, Martin, rege die Alten nicht mehr auf. Komm, wir gehen!"

Martin wollte der Aufforderung schon folgen und wandte sich ab. Dann aber drehte er sich rasch um und sagte:

„Noch eins möchte ich von euch hören. Wie haltet ihr es mit der Ehe?"

Es war, als wenn die beiden einen Schlag auf den Mund bekommen hätten, denn sie schwiegen und wechselten eigentümlich bestürzte Blicke. Endlich nahm der Mann das Wort und sagte:

„Ich weiß nicht, was Ihr mit dieser Frage beabsichtigt. Glaubt Ihr etwa, dass wir Vielweiberei treiben? Dann irrt Ihr Euch sehr! Wir halten es mit der Ehe wie alle, die sich Christen nennen."

„Ihr verwerft aber das Priestertum –"

„Darin habt Ihr recht", fiel Bandik ein, „und so halten wir auch den Segen des Priesters für überflüssig. Uns genügt es, wenn zwei, die sich angehören wollen, diesen ihren Willen vor Gott und der Gemeinde erklären! Ihre Ehe gilt uns so heilig und unverletzlich wie früher der in der Kirche geschlossene Bund."

„Es will mir scheinen, dass diese Lehre Euch selbst nicht ohne Bedenken ist, denn Eure Worte klingen mir nicht so zuversichtlich als sonst!"

„Junger Mann, wir haben ein langes Leben hinter uns, sind alt geworden in Unglauben und Irrtum, da ist es wohl zu verzeihen, wenn unsere Auffassungsgabe nicht allem ganz gewachsen ist."

„Nein, täuscht Euch nicht selbst; im Innern Eures Herzens seid Ihr von der Verderblichkeit dieser Lehre überzeugt. Ich bitte Euch, wohin soll dies führen! In meinen Augen ist ein solcher Bund nichts anderes als ein Konkubinat! Glaubt Ihr denn, dass ein so formloserweise zusammengegebenes Paar ein langes Leben in Liebe und Treue zusammenhalten wird?"

„Warum denn nicht, wenn sie beide gläubigen Herzens sind?"

In scharfem Ton kamen diese Worte aus der Tür.

Alle wandten überrascht den Kopf.

Dort stand der „Meister" hocherhobenen Hauptes und mit seltsam flammenden Augen.

Martin und er maßen sich mit ihren Blicken.

Dann fasste Martin das Wort auf und warf ihm schneidend zu:

„Nur wenn beide gläubigen Herzens sind, worunter Ihr wohl versteht, dass sie Euren Lehren folgen – sonst nicht?"

„Nein und tausendmal nein. Eine Ehe zwischen Gläubigen und Ungläubigen ist keine Ehe und ein Ärgernis vor Gott und der Gemeinde!"

„Das sind ja herrliche Lehren, die Ihr predigt! So hat ein Weib, das Euch folgt, das Recht, sich von ihrem Mann zu trennen?"

„Sicherlich, wenn er im Unglauben verharrt!"

„Wisst Ihr auch, dass ein solches Bekenntnis Euch reif für den Scheiterhaufen macht?"

Zum ersten Mal sah er die Lippen des Meisters sich zu einem Lächeln verziehen.

„Glaubt Ihr, dass Ihr mich mit dieser Drohung schreckt? Nein – dann kennt Ihr mich nicht, kennt Ihr keinen Gläubigen! Und wenn man auch zehn Scheiterhaufen um mich entzündete, sie würden mich nicht hindern, die Wahrheit zu künden. Wie könnt Ihr das, was ich sage, so entsetzlich finden? Habt Ihr doch lange genug in der Welt gelebt, um zu wissen, dass eine unglückliche Ehe die Hölle auf Erden ist. Und eine Ehe kann nicht glücklich sein, wenn der eine Teil hierhin und der andere dorthin strebt."

„Nun, ich höre", warf Martin mit Hohn dazwischen, „die Ehe habt Ihr so gut wie beseitigt. Nach Euren Grundsätzen ist es ja ein Kinderspiel, sie wieder zu lösen und einen neuen Bund zu schließen! Ich fürchte nur, die Ehen in Eurer Gemeinschaft werden nicht sehr dauerhaft sein!"

Karen hatte sich an die Seite ihres Bruders geflüchtet, der mit beiden Händen ihre Rechte umschlossen hielt. Ein heftiges Zittern ging durch ihren Körper. Mit großen angstvollen Augen schaute sie den Meister an. Schon im Begriff, seinem Gegner eine heftige Antwort zu geben, fiel sein Blick auf Karen. Seine zum Sprechen geöffneten Lippen schlossen sich, er zuckte verächtlich die Achseln und trat auf das Mädchen zu.

Dann legte er seine Rechte auf ihr Haupt.

Hinrich machte eine unwillige Bewegung und zog seine Schwester näher an sich, um sie von der Berührung des Meisters zu befreien.

Er aber ließ sich nicht beirren; seine Blicke senkten sich tief in ihre Augen und da war es Hinrich, als wenn Karen eine unwillkürliche Bewegung machte, sich seinem festen Druck zu entziehen. Sie zitterte nicht mehr, ihre Glieder wurden ruhig, fast starr.

„Schwester im Herrn, – Karen, deine Seele liegt offen vor mir, wie ein aufgeschlagenes Buch. Und ich habe darin gelesen, solange ich dich kenne, und alles lauter und rein gefunden – bis auf diese Stunde! Du warst eine Begnadigte, ein seliges Kind Gottes schon hier auf Erden. Und nun kommt der Widersacher und will alles verwischen, was Gottes Finger deiner Seele eingeprägt hat, das aber leide ich nicht; du gehörst uns, der Gemeinde der Gottseligen, und wenn auch alle Teufel kämen, dich uns zu entreißen, nicht soll es ihnen gelingen. Ich kenne dein Herz; ich habe gesehen, wie du das göttliche Wort gierig von meinen Lippen gesogen hast und wie du unablässig meinen Spuren gefolgt bist – große Freude habe ich darob empfunden. Denn du warst mir die Liebste unter allen, wie dem Heiland der Jünger Johannes –"

„Erbärmlicher Schuft!", brauste Martin auf, der sich nicht mehr zu halten vermochte, „höre auf mit deinen gotteslästerlichen Reden! Dich mit dem Heiland zu vergleichen!"

Der Meister achtete nicht auf die Unterbrechung. Nur seine Rede änderte ihren Ton ein wenig; während er bisher innig und eindringlich gesprochen hatte, hob sich seine Stimme jetzt und wurde schärfer.

„Und so lasse ich dich nicht! Und um dich für ewig an uns zu binden, so erkläre ich dich hiermit im Angesichte des allmächtigen Gottes, der auf uns niederschaut, und vor unserm Bruder und unserer Schwester" – er deutete mit der Hand auf die beiden alten Leute – „für mein rechtmäßiges Ehegemahl!"

Kaum hatte er das letzte Wort ausgesprochen, so hob Martin seinen Arm und versetzte dem Meister mit geballter Faust einen Schlag ins Gesicht. Mit einem klagenden Laut stürzte der Getroffene hintenüber, wobei er mit dem Kopf gegen den Tisch schlug. Langhin fiel er auf den Fußboden.

Mit einem markerschütternden Schrei entriss Karen sich den Armen ihres Bruders, der starr und sprachlos dastand, und warf sich jammernd über den Meister.

Der alte Bandik hatte sich im Bett erhoben, wirre Worte über die zitternden Lippen hervorstoßend. Er machte Anstalt, sein Lager zu verlassen, seine Frau aber hielt ihn zurück.

„Beruhige dich, Vater, es wird nicht so schlimm sein. Bleibe liegen!"

Dann kniete sie nieder neben den jungen Mann. Er rührte kein Glied, und wie sie den Kopf zurechtlegen wollte, der ganz nach hintenüber lag, da rann es feucht und warm über ihre Hände.

„Er blutet!", schrie sie auf und schlug entsetzt die Hände über den Kopf zusammen.

Nun horchte Martin auf, der bis dahin mit zusammengebissenen Zähnen und noch immer geballter Faust am Tische gestanden hatte. Er trat näher und bückte sich, um die Wunde zu sehen. Karen aber stieß ihn mit aller Gewalt zurück, sodass er fast gefallen wäre, wenn er nicht am Tische einen Halt gefunden hätte.

„Hinweg, Mörder!"

Martin ließ sich aber nicht abschrecken.

„Es war ein böser Zufall; es lag mir fern, ihn ernstlich zu verletzen. Ich verstehe etwas von der Wundarzneikunst, hindert mich nicht, wenn Euch das Leben des Mannes lieb ist!"

Sie sah ihn fast verständnislos mit weit aufgerissenen Augen an; als er sich aber wieder über den Verwundeten beugte, hielt sie ihn nicht mehr zurück.

„Frau", befahl er, „die Lampe und ein leinenes Tuch."

Die Frau hakte die Öllampe los und setzte sie auf den Tisch, sodass der Schein auf den Kopf des Meisters fiel. Martin gewahrte jetzt eine klaffende Wunde über der Stirn, aus der das Blut unablässig hervorrieselte. Auf dem Boden hatte sich schon eine Lache gebildet, die in dem trüben Schein fast schwarz aussah. Nur die rinnenden Tropfen warfen dunkelrote Lichter.

Auch Hinrich, dem der mit Blitzesschnelle sich abspielende Vorfall fast die Fassung geraubt hatte, war hinzugetreten. Mitleidig ruhte sein Blick auf dem totenbleichen Gesicht des Mannes, der ihm noch vor wenigen Augenblicken das Gefühl des Hasses eingeflößt hatte. Jetzt erst sah er, dass der Führer der Sekte im Grunde ein schöner Mann war; die edel geschnittenen Züge verrieten allerdings den Schwärmer. Der furchtbare Schmerzensausbruch seiner Schwester hatte ihm einen Blick in ihr Herz eröffnet, der ihn aufs Schmerzlichste berührte; dennoch versuchte er es nicht, sie von der Seite des Mannes zu entfernen.

Inzwischen hatte die Frau aus einem Behälter unter der an der Wand angebrachten Bank ein Stück weißes Leinen hervorgesucht. Martin legte jetzt mit nicht ungeschickter Hand einen Verband um den Kopf des Verwundeten. Dann prüfte er seinen Puls und sagte:

„Der Mann lebt; er hat nur das Bewusstsein verloren. Ich hoffe, dass es bald wieder besser mit ihm wird. Es tut mir aufrichtig leid, dass meine Erregung diese Folgen gehabt hat. Aber wir können den Mann hier nicht auf der Diele liegen lassen –"

„Nein", stimmte die Frau eifrig bei; „ich trete ihm mein Lager ab. Leget ihn hier aufs Bett."

Eilig schob sie die Schiebetüren des zweiten an der Wand angebrachten Bettes zurück. Vorsichtig fassten und hoben Hinrich und Martin den Bewusstlosen auf und taten, wie ihnen geheißen.

Karen hielt mit sanfter Hand sein Haupt. Das weiße Tuch färbte sich rot. Als sie ihn gebettet hatten, erneuerte Martin vorsichtig den Verband. Karen nahm an seinem Lager Platz und ließ mit ängstlicher Spannung ihre Blicke auf seinem Gesichte ruhen. Mit angehaltenem Atem horchte sie: Es war ihr gewesen, als ob seine Lippen sich bewegten. Und nun entfuhr ihnen, leise wie ein Hauch, aber ihrem angespannten Sinne doch vernehmbar, ein Seufzer.

Sie bedeutete den andern durch Handbewegung und aufhorchenden Ausdruck ihres Gesichts, jedes Geräusch zu unterlassen. Dann beugte sie sich über ihn und hörte nun deutlich, wie er tiefer Atem holte.

Auch Martins Augen lagen wie gebannt auf ihrem Gesichte. Furcht und Hoffnung spiegelten sich in ihren Zügen. Nun zuckte es freudig um ihre Lippen, und da zog es ihn hin zu dem Bette; er beugte sich über den Verwundeten, der sich in diesem Augenblicke regte. Ein Laut der Erleichterung entfuhr seinem Munde und freier atmete er auf; es hatte doch ein Druck auf seiner Brust gelegen. Zum Mörder geworden sein, wenn auch ohne Absicht, der Gedanke hüllte ihm die ganze Zukunft in Nacht. Wie er so sein Haupt vorgebeugt hielt, spürte er den leisen Atem Karens und er konnte der Versuchung nicht widerstehen, einen Herzschlag lang seine Wange an Karens Wange zu drücken. Dabei fühlte er ihre Locken auf seiner Stirne spielen. Das Blut stieg ihm zum Herzen. Sie achtete erst nicht auf die Berührung, da ihre ganze Aufmerksamkeit auf den Verwundeten gerichtet war; dann aber rückte sie mit einem Ausdruck des Abscheues von ihm weg und fuhr sich mit der Hand über die Wange, als wenn sie etwas Ekles wegwischte.

Martin konnte sie nicht missverstehen; er hatte das Gefühl, als ob sie ihm einen Schlag ins Gesicht versetzt hätte, und in tiefer Beschämung trat er einige Schritte zurück.

Hinrich deutete das Benehmen seiner Schwester richtig; nur glaubte er, dass Martin sie unabsichtlich berührt habe. Die beiden Alten hatten von dem Vorfall nichts gemerkt.

Martin fasste sich jedoch bald wieder und sagte in möglichst ruhigem und gleichgültigem Ton:

„Es scheint keine Gefahr mehr vorhanden zu sein. Er regt sich schon, das volle Bewusstsein wird bald wiederkehren. Die Wunde ist nicht groß und ihre Heilung dürfte schnell vor sich gehen. Die Blutung hat auch aufgehört; seht, das Tuch bleibt ganz weiß. Ich werde hier noch bleiben, um auf alle Fälle zur Hand zu sein, wenn er Hilfeleistung bedürfen sollte, aber du, Hinrich, kannst ruhig in die Wirtschaft gehen. Der

Morgen wird nicht fern sein, und du hast einen langen, strammen Tag hinter dir. – Aber – nimm deine Schwester mit!"

„Mein Platz", erwiderte Karen mit harter Stimme, „ist an der Seite des Meisters. Ihn darf und werde ich nicht verlassen!"

„Da hast du recht!", erwiderte die Frau zustimmend. – „Keiner von uns darf einen Bruder oder eine Schwester verlassen, wenn sie der Hilfe bedürftig sind."

„Ich sage dir, Hinrich: nimm deine Schwester mit!", wiederholte Martin festen Tons.

Nun hatte der Verwundete die Augen aufgeschlagen; erst blickte er irren Auges umher. Er wusste offenbar nicht, wo er sich befand. Dann aber erblickte er Karen; ein mattes Lächeln flog über sein Gesicht. Nicht ohne Anstrengung – man merkte es der langsamen und zitternden Bewegung an – erhob er den Arm und streckte ihr die Hand entgegen. Mit einem Freudenschrei fiel sie am Bette nieder, ergriff die dargebotene Hand, bedeckte sie mit Küssen und jubelte:

„Meister, Meister – du lebst! O Gott im Himmel, habe Dank!"

Rot vor Ärger und Zorn trat Martin an Hinrich heran.

„Siehst du, wie es mit deiner Schwester steht, wie sie ganz und gar dem Menschen verfallen ist? Bei dem Andenken deiner Eltern beschwöre ich dich, Hinrich, entferne sie aus diesem Hause; nimm sie auf der Stelle mit dir!"

Hinrich rief Karen zu, ihm zu folgen.

Sie erhob sich. Wie eine Bildsäule stand sie da, die Augen vor sich niedergeschlagen. Dann sagte sie tonlos:

„Ich kann nicht!"

Nun schmeichelte er:

„Karen, liebste Schwester, mit Angst und Schmerzen habe ich dich gesucht und meine Freude war unermesslich, als ich dich vor einigen Stunden fand. Ich werde dir eine Heimat bereiten und – ja, auch dein Glaube soll mir heilig sein, das gelobe ich dir. Nur gehe mit mir!"

Nun schaute sie ihn ernst an.

„Was du sagst, ist alles schön und gut, und ich glaube dir, dass du deine Worte halten wirst. Aber ich kann nicht – dem

Manne gehöre ich an für Zeit und Ewigkeit. Vor einer Stunde noch hätte ich dir folgen können, jetzt ist es zu spät."

„Nein, Karen, das ist es nicht. Seine Worte sind wie Spreu, die im Winde zerstiebt; sie haben nicht die Kraft, dich ewig zu binden."

Sie schüttelte den Kopf und sann ein wenig nach.

„Lass mir Bedenkzeit bis zum Mittag; ich muss erst mit mir hierüber ins Reine kommen."

„Das sei dir gerne gewährt, Karen; aber du folgst mir trotzdem. Ich erfülle nur meine brüderliche Pflicht, wenn ich dich mit mir nehme. Das Weitere wird sich finden."

Sie schwankte.

Wie hilflos schweiften ihre Blicke von ihrem Bruder nach dem Meister. Da ließ sich dieser vernehmen:

„Karen, folge deinem Bruder! Du bist mir sicher genug; ich weiß, nichts wird und kann dich bewegen, deinem Glauben und mir untreu zu werden."

Erschöpft hielt er inne.

Karen sank wieder vor seinem Bette nieder und drückte ihre Lippen auf seine Hand. Dann stand sie auf und sagte ruhig:

„Ich bin bereit! Gehen wir!"

Hinrich empfahl noch der Alten, sich des Verwundeten anzunehmen. Dann entfernten sich die drei schweigend, Karen mit gesenktem Haupte an der Seite ihres Bruders. Martin folgte einige Schritte hinterher.

Im Osten glomm schon ein heller Streifen, der Vorbote des nahen Tages. Es war ein prächtiger Sommermorgen; die Vögel regten sich im Gezweig und ließen ihre Stimmen erschallen. Köstlich frisch war die Luft, und Martin atmete tief auf, als er aus der dumpfen Stube ins Freie trat.

Der Wirt wurde aus dem Bette geklopft und war nicht wenig erstaunt, dass die Zahl seiner Gäste sich vermehrt hatte. Während die beiden Männer ihr Lager auf dem Boden aufsuchten, wurde für Karen in der Stube ein Bett auf der Bank zurechtgemacht. Alle taten aber an diesem Morgen kein Auge zu. Hinrich versuchte einige Male, mit seinem

Freunde über das Vorgefallene zu sprechen. Der aber war wortkarg, finster und verschlossen.

Als nach kurzer Zeit ein heller Schein durch die Spalte des Daches fiel, erhob er sich.

„Wohin willst du?", frug Hinrich.

„Frage nicht! Du wirst es zeitig genug erfahren. Um Mittag bin ich wieder hier!"

Dann stieg er die Leiter hinunter in die Tenne. Die Hühner hatten schon ihren Platz verlassen und standen gackernd vor der Tür, bis der Knecht kam und ihnen aufmachte.

Martin erkundigte sich nach dem zur Stadt führenden Wege. Der Knecht, der noch schlaftrunken aus den Augen schaute, beschrieb ihm den Weg so umständlich, dass Martin nicht fehlgehen konnte. Er ging bei der Kirche vorbei, die weit in das Meer hinausschaute, dessen leichtgewellte Fläche in den ersten Strahlen der Morgensonne wie mit flimmerndem Golde überzogen schien. Dahinter lag hell und klar das von der großen Flut verschonte Gebiet der Insel Nordstrand. Deutlich sah er die Flügel einer Mühle sich in dem leichten Winde drehen.

Der breite, sandige Weg, die Heerstraße an der Westküste zwischen dem Süden und dem Norden der cimbrischen Halbinsel, zog sich durch eine weite Heide dahin, die sich zur Linken bis zum Horizonte ausdehnte. Vor ihm lag die Stadt, aus deren roten Ziegel- und braunen Strohdächern sich der Turm der Sankt-Marienkirche schlank in die Lüfte erhob. Trotz der frühen Morgenstunde war die Straße schon recht belebt. Schwere, mit drei und vier starkknochigen Pferden bespannte Lastwagen, die mit allerlei Stückgütern beladen waren, während unten in klirrenden Ketten große Fässer hingen, kamen ihm entgegen. Sie waren noch in der Nacht in der Stadt aufgebrochen; verschlafen nickten die Fuhrleute auf ihrem Sitz oder gingen neben ihrem Gefährt her, um sich den Schlaf zu vertreiben. Auch allerlei Fußvolk war schon auf den Beinen; Bauern und Bauernweiber mit großen Tragkörben, in denen sie ihre Waren zur Stadt brachten, reisende Händler und Vaganten.

Nach kaum einer Stunde betrat er die Straßen der Stadt, in

der schon reges Leben herrschte. Er erkundigte sich nach der Wohnung des Stallers von Nordstrand, von Bestenborstel, der seit der Oktoberflut seine Wohnung in der Stadt aufgeschlagen hatte. Ihm war, wie Martin vernommen hatte, auch die zeitweilige Verwaltung der Südergoesharde, zu der auch das Kirchspiel Hattstedt gehörte, übertragen worden.

Der Staller wohnte in einem stattlichen Patrizierhaus mit hohem Treppengiebel in der Großstraße. Martin wurde sofort vorgelassen. Der hohe Beamte war erst ein wenig zugeknöpft, als er aber erfuhr, dass er einen studierten Mann vor sich habe, erwies er sich als sehr zugänglich und leutselig. Martin schilderte ihm die Zustände in Hattstedt, wie die Sekte immer weiter um sich griffe und dem lutherischen Glauben Abbruch tue.

Der Staller antwortete mit einem bedauerlichen Achselzucken. Viel ließe sich dabei nicht machen; die Geistlichkeit zwar trete mit all ihrer Macht und ihrem Einfluss den Irrlehrern und ihren Anhängern entgegen, aber – leider habe die Hauptanstifterin, die enthusiastische Witwe des Eiderstedter Stallers Hermann Hoyer, Anna Ovena, eine einflussreiche Gönnerin an der Herzogin Augusta, die ihre Residenz auf dem Schlosse vor Husum habe. Die hohe Frau hielt selbst treu zur lutherischen Kirche, aber –

Der Staller zuckte wieder die Achseln. Nun aber erzählte Martin ihm mit erregten Worten, dass der Führer der Sekte in Hattstedt es verstanden habe, die Schwester seines Freundes, Hinrich Oldenburg, in sein Garn zu locken.

Der Staller folgte der Erzählung mit sichtlicher Teilnahme.

„Karen Oldenburg!", sagte er dann bewegt; „ihr Vater war mir ein Freund und sein Tod ist mir tief zu Herzen gegangen. Ja, wenn die Sachen so stehen! Diesem Einzelfalle gegenüber ist es Pflicht der Obrigkeit einzuschreiten, wenn sie auch der ganzen Bewegung gegenüber leider noch machtlos ist."

„Es ist die höchste Eile vonnöten. Der Mensch hat eine unbegrenzte Macht über das Mädchen; wenn er nicht heute unschädlich gemacht wird, morgen ist es vielleicht schon zu spät."

Der Staller nickte.

„Der Mann muss ins Stockhaus! Ich treffe sofort meine Anordnungen!"

Er reichte Martin zum Abschiede die Hand, der sich mit tiefem Bückling empfahl.

Als Martin aber draußen über den Markt durch das Gewühl der Käufer und Verkäufer, zwischen den Brot- und Fleischschragen hindurchging, hatte er fast kein Auge für seine Umgebung. Er konnte die Empfindung nicht loswerden, als wenn er feige gehandelt habe. Einen wehrlosen Feind in die Hände der Obrigkeit zu liefern: war das ritterlich gehandelt? Dann aber sagte er sich wieder, dass es kein anderes Mittel gäbe, das Mädchen aus den Händen dieses Mannes zu befreien, der sie ins zeitliche und ewige Verderben bringen würde. Jawohl – auch ins ewige Verderben, und das war das Ausschlaggebende: er rettete Gott eine Seele, vielleicht viele Seelen, und da war jedes Mittel recht. Den Verführer des Volks unschädlich zu machen – und wenn auch durch Verrat und Hinterlist – konnte kein Verbrechen sein. So suchte er das seelische Gleichgewicht wiederzufinden; es gelang ihm aber nur unvollkommen. Einmal war es ihm, als wenn es in ihm auflachte: Alles, was du dir vorredest, ist doch nur Selbsttäuschung, Lug und Trug. Die Beweggründe deines Handelns sind einzig Leidenschaft und Eifersucht – nichts anderes.

Er schlug bei der Rückkehr nicht die Heerstraße ein, sondern ging quer über die Heide, die ihre letzten Ausläufer, lange, schmale Streifen, die sich zwischen Äckern dahinzogen, bis dicht an die Stadt entsendete. Fehl gehen konnte er nicht, da der hohe spitze Turm der Hattstedter Kirche, der selbst in meilenweiter Entfernung den Schiffern als Wahrzeichen diente, ihm den Weg zeigte. Das braune Kraut war hier kürzer und, wie es schien, auch dürrer als in der Heide, die er mit Hinrich erst vor wenigen Tagen durchwandert hatte; nur eben reichte es ihm über den Knöchel. In seiner Linken blinkte noch immer die See, von der jetzt ein leichter Wind wehte.

Das Meer lässt unablässig seinen Atem über das Land

gehen, sagte er sich, und hindert die Pflanzen am Gedeihen. Auch die Bäume und Sträucher, die spärlich über die kahle Fläche verteilt waren, redeten hiervon eine deutliche Sprache: Die Gewalt des Windes hatte die Zweige nach Osten gedrängt, an der andern Seite zeigten sie nur spärliches Laub. So war hier alles beeinflusst vom Meer: von der Krone der Schöpfung, dem Menschen an, in dessen Schicksal es gewaltsam eingriff und dessen Eigentum es spielend zerstörte, bis zum kleinsten Kraut. Und wie er so dahinschritt, trat zwischen ihn und das Meer ein mit dichtem Eichengestrüpp bewachsener Hügel und verdeckte seinen Augen die Mitte der ihm sichtbaren, blinkenden Fläche. Es war ein eigentümliches Bild; täuschend glich es einem Riesenvogel, der dicht über der Erdoberfläche mit silbernen Flügeln dahinschwebte. Selbst der Kopf und die Augen fehlten nicht. Er sah sie ganz deutlich, wenn er die Augen ein wenig zukniff: Ein runder Eichenbusch auf dem Hügel gestaltete sich zum Kopf und eine mit Ästen durchbrochene Lücke im Laubwerk zu einem hellen Augenpaar. Er musste an seinen Traum gedenken, und es erschien ihm rätselhaft, dass auch der ihm das Meer in Gestalt eines Vogels gezeigt hatte.

Ganz in Betrachtung der Erscheinung vertieft, überhörte er es fast, dass neben ihm ein leichter Fuß vorüberhuschte.

Es war ein großer, sehr mangelhaft bekleideter Knabe, der mit seinen schlanken, bis über die Knie unbekleideten Beinen im Laufschritt Martin nachgeeilt war. Eine ganz verblichene, früher offenbar blaue Jacke ließ seine braune Brust offen. Das wirre, dunkle Haupthaar war unbedeckt; um die Füße hatte er Lederlappen gebunden, um sich an dem starren Kraut nicht zu verletzen.

Martin bemerkte ihn erst, als er schon einige Dutzend Schritte vorbei war. Da drehte der Junge sich um, zeigte ihm lachend seine weißen Zähne, machte ihm eine lange Nase und rief ihm mit seiner hellen Stimme zu:

„Pi-Pi-Pi-storius! Pi-Pi-Pi-storius!"

Dies wiederholte er ununterbrochen, bis er hinter einem Gebüsch verschwand.

Martin war sehr unangenehm berührt von dem frechen Betragen des Bengels, der ihn offenbar verhöhnte. Wie kam er dazu und woher in aller Welt wusste er seinen Namen?

Jetzt beschleunigte er seinen Schritt.

Kaum hatte er den Hügel einige Schritte hinter sich, als das Bild sich vollständig verschob. Von einem Vogel war nichts mehr zu sehen; da lag wieder die glatte Fläche der See.

Kurz vor dem Dorf begegnete ihm ein Bauer, der mit schwerfälligem Fuhrwerk in einen Heideweg bog. Kaum hatte er Martin erblickt, als er mit dem Ausdruck höchster Verachtung vor ihm ausspuckte. Dann hielt er die Pferde an, ergriff einen Spaten und machte Anstalt, vom Wagen zu steigen.

Martin blieb ruhig stehen und fasste den Mann fest ins Auge.

„Willst du etwas von mir?"

Der Mann erwiderte nichts, besann sich aber und setzte sich wieder zurecht. Dann rief er Martin einige Worte auf Friesisch zu, die dieser nicht verstand, die aber augenscheinlich keine Schmeicheleien enthielten, hieb auf die Pferde ein und fuhr rasch davon.

Als er weiterging, kam er bei einigen Frauen vorbei, die vor der Tür eines kleinen Hauses standen und sich eifrig unterhielten. Eine zeigte mit dem Finger auf ihn, und nun schwiegen plötzlich alle. Kaum aber war er ein wenig weitergegangen, als der Ruf „Mörder; an den Galgen mit dir!" von der Frau, die die Aufmerksamkeit auf ihn gelenkt hatte, gellend hervorgestoßen wurde.

Siedend heiß schoss ihm das Blut zum Herzen. Was bedeutete das? Doch nicht den Tod des jungen Mannes? Er eilte jetzt durch die Dorfstraße zur Kirche, in deren Nähe das Wirtshaus lag. Um schneller zur Stelle zu sein, ging er über den Kirchhof.

Hier traf er den Pastor, der ihn anrief.

„Junger Herr", sprach der ihn an, wobei er scherzhaft drohend den Finger emporhob, „was macht Ihr für Geschichten? Das ganze Dorf habt Ihr in Aufruhr gebracht. – Na, dem

Menschen kann die Lektion nicht schaden, und die Gemüter seiner Anhänger werden sich wieder beruhigen!"

„Wie steht es mit ihm?", frug Martin in atemloser Spannung. „Lebt er?"

„Lebt? Solche Kreaturen lässt der Fürst der Finsternis nicht fahren; die sind ihm zu nützlich auf der Welt. Verzeiht! Die Worte klangen lästerlich. Das Leben der Menschen steht allein in der Hand des Allmächtigen. Aber der Zorn reißt einen manchmal zu unbedachten Worten hin. Solltet Ihr etwa Angst um ihn haben, so kann ich Euch beruhigen: Er lebt und ist so wohlauf, dass er heute schon seine Gläubigen empfängt, die in Scharen zu ihm strömen!"

Martin atmete erleichtert auf.

„Man rief mir hier schon Mörder zu und wünschte mich an den Galgen!"

„Beruhigt Euch! Diese Enthusiasten übertreiben gar zu gern. Aber ich kann Euch nur raten, Euch beizeiten von dannen zu machen, denn das Volk ist ergrimmt auf Euch. Man kennt Euch, Ihr seid gestern in der Versammlung von allen Teilnehmern gesehen worden. Eure Tat hat sich rasch rundgesprochen, und es ist nicht unmöglich, dass sich einer oder der andere an Euch vergreift. Denn alle schwören auf den Meister, wie sie den gottvergessenen Schelm heißen, und sie stehen für ihn ein, Mann für Mann. Es ist leider Gottes hier so weit gekommen, dass der wahre Diener Gottes kaum so viel hat, um sich ein neues Gewand zu kaufen, von der Liebe und Achtung der Gemeinde ganz zu geschweigen, während sich einem hergelaufenen Ketzer alle Herzen und Hände öffnen."

Der Pastor warf einen wehmütigen Blick auf sein schwarzes Tuchkleid, das große, blank gescheuerte und fadenscheinige Stellen zeigte und in der Tat dringend der Erneuerung bedurfte.

Martin benutzte die Unterbrechung, um sich von dem geschwätzigen Mann mit einem flüchtigen Gruß loszumachen.

Als er den Kirchhof verließ, erblickte er schon das Wirtshaus. Unter einer breitästigen Linde saß Hinrich mit seiner

Schwester an einem Tisch. Das Herz schlug ihm, als er das Mädchen sah, und dabei überkam ihn ein so starkes Gefühl der Scham, dass er sich am liebsten gedrückt hätte, um ihr nicht unter die Augen zu kommen. Dann schämte er sich wieder dieser Feigheit. Was hatte er sich denn im Grunde zuschulden kommen lassen? Nichts – und doch –

Langsam trat er näher, gab Hinrich die Hand, der sie ihm kräftig schüttelte, und rief Karen einen Gruß zu. Sie beachtete ihn aber nicht, dankte nicht einmal durch ein Neigen des Hauptes, und ihre Augen schienen ihn nicht zu sehen.

„Wie habe ich dich gesucht, Martin! Kein Mensch wusste, wo du geblieben warst, bis der Knecht mir erzählte, dass du in aller Morgenfrühe den Weg zur Stadt eingeschlagen hattest. Was hast du in Husum zu tun gehabt?"

Martin war in peinlicher Verlegenheit. Er hatte sich schon in Gedanken eine Ausrede zurechtgelegt, das Benehmen Karens rief aber einen tiefen Groll in ihm wach. War er Luft für sie, gut – sie sollte ihn beachten! Und nun erzählte er wahrheitsgetreu, dass er den Staller aufgesucht habe, um den Sektenführer unschädlich zu machen. Er beobachtete dabei aufmerksam das Gesicht Karens; sie zuckte mit keiner Miene; nur einmal war es ihm, als wenn ihre Lippen sich zu einem leichten, schmerzlichen Lächeln verzögen.

Als er geendet hatte, richtete sie ihre Augen fest auf ihn und frug, scharf betonend:

„Und der Lohn?"

Da er nicht gleich antwortete, fuhr sie in demselben Tone fort:

„So etwas tut man doch nicht umsonst. Selbst Judas erhielt dreißig Silberlinge für seinen Verrat!"

Das Wort traf ihn; er wurde bleich und fuhr empor, eine heftige Erwiderung auf den Lippen. Sie aber ließ ihn nicht zu Worte kommen. Hoch richtete sie sich auf und rief ihm zu:

„Glaubt Ihr, dass Ihr mir etwas Neues erzählt habt? Die Kunde ist Euch vorausgeeilt und augenblicklich rüsten sich alle Gläubigen, Euren Anschlag zuschanden zu machen. Seht Ihr – dort!"

Sie erhob die Hand und zeigte auf einige Bauern, die dem Kirchhof zueilten. Die Leute trugen in der Hand dreizackige Heugabeln. Aufgeregt sprachen sie miteinander; einzelne unverständliche Laute drangen bis zur Linde.

Martin lenkte flüchtig sein Auge auf die beiden Bauern, dann schaute er wieder auf Karen. Wie schön war sie in ihrem Zorn! Und er fühlte sich gedemütigt, wie ein Schuljunge, der von seinem Lehrer abgekanzelt wird. Langsam und leise kam es aus seinem Munde:

„Ihr beurteilt meine Handlungsweise falsch. Ich bin kein Judas – so wenig, wie der andere ein Heiland ist. Vielleicht kommt noch einmal die Zeit, wo ich Euch gestehen kann, was mich zu diesem Schritt getrieben hat!"

Ihre Augen begegneten sich wieder. Einen Augenblick verschwand der feindselige Ausdruck aus ihrem Gesicht; seine heißen Blicke schlossen ihr das Verständnis seiner Worte auf und fast verwundert schaute sie ihn an. Aber das alles überwältigende Gefühl des Hasses gewann gleich wieder die Oberhand, und ihre Lippen schürzten sich zu einem hochmütig-verächtlichen Lächeln.

Hinrich rückte unruhig hin und her. Der Streit zwischen seinem Freunde und seiner Schwester war ihm höchst peinlich.

In diesem Augenblicke wurde er einen sonderbaren Aufzug gewahr, der auf der Heerstraße langsam näher kam. Froh, eine Ablenkung gefunden zu haben, machte er die beiden anderen darauf aufmerksam.

Dem Anscheine nach war es ein Trupp abgedankter Landsknechte, wie man sie in diesen kriegerischen Zeitläuften häufig auf der Landstraße sehen konnte. Auch der Wirt, der vor der Tür mit dem Reinigen eines Bierfasses beschäftigt war, legte die Hand über die Augen und schaute hinaus.

„Ah!", rief er belustigt aus, „die Husumer Stadtwache mit ihrem Weibel an der Spitze. Hüte dich, Owe Knudsen; jetzt werden sie dich kriegen!" Dabei lachte er, dass er sich den Bauch halten musste.

Die herannahende bewaffnete Macht bot in der Tat einen

komischen Anblick. Sie setzte sich aus sieben mit langen Spießen bewaffneten Männern zusammen. Drei von der Schar lahmten und einer hatte einen Buckel, zwei waren ganz kleine unansehnliche Gestalten, und nur der mit grimmiger Miene voranschreitende Weibel erfreute sich eines langen geraden Wuchses, aber sein rechtes Auge war mit einem großen, schwarzen Pflaster verklebt. Der Weibel trat mit wichtiger Miene auf den Wirt zu und rückte ihm so nahe auf den Leib, dass dieser sich ängstlich zurückzog; denn die Büttel waren unehrlich Volk, und jeder Christenmensch, der etwas auf sich hielt, scheute sich vor ihrer Berührung.

Er forderte für sich und seine Gefährten einen Trunk Bier. Der Wirt holte einen Tisch heraus und stellte ihn in die Nähe der Scheune hin. Dann brachte er eine große, mit einem schwarzen Kreuz bezeichnete Holzkanne herbei, die eigens für die zur Polizei und zu den richterlichen Exekutivbeamten gehörenden Personen, in erster Linie also für den Scharfrichter, den Frohn und den Schinder, dann aber auch für den Büttel und seine Gehilfen, den Bettelvogt und andere Unehrliche bestimmt war.

Die sieben ließen wohlgemut die Kanne von Mund zu Mund kreisen und noch zweimal füllen. Sie waren recht schlaff und matt angelangt; der reichlich einstündige Marsch auf dem sandigen Wege und in der brennenden Sonne hatte sie arg mitgenommen. Alle standen sie längst nicht mehr in besten Jahren; schlecht gepflegt und mit allerlei Gebresten an Kopf, Brust und Gliedern behaftet, besaßen sie wenig Widerstandskraft. Da tat ihnen im Schatten der Scheune der kühle Trunk unsäglich wohl und ihre Gesichter nahmen allmählich einen unternehmenden Ausdruck an.

Nachdem sie sich gestärkt hatten, rief der Weibel den Wirt zu sich heran, bezahlte die kleine Zeche und erkundigte sich dann nach der Wohnung des Owe Knudsen. Hierauf zog er ein Papier aus der Brust seines schmierigen und vielfach geflickten Kamisols. Es war ein von dem Staller von Bestenborstel unterschriebener und mit dessen Siegel versehener Befehl, Knudsen ins Stockhaus einzuliefern.

Der Wirt las das Schriftstück und erteilte nach einigem Zögern die Auskunft:

„Den werdet ihr im Hause des alten Bandik finden."

Nun brachen die sieben auf, was nicht so leicht vonstatten ging. Denn ehe sie wieder auf ihren Beinen standen, ereigneten sich allerlei kleine Unfälle. Dem Kleinsten und Schwächsten war offenbar das starke Braunbier zum Kopfe gestiegen; er befand sich in einer furchtbar lustigen Stimmung und fuchtelte mit seinem Spieß so unvorsichtig umher, dass die Nase des Weibels und der Buckel des Verwachsenen in ernstliche Gefahr gerieten. In dem hierdurch entstehenden Wirrwarr kamen zwei Mann zu Fall, die nun mordsmäßig zu schimpfen anfingen. Mit Donnerstimme suchte der Weibel wieder Ordnung in seine Mannschaft zu bringen, was ihm denn endlich auch gelang. Nun machte der Trupp eine Schwenkung und lenkte dann in einen mit Gras bewachsenen Weg, bis er vor dem Hause des alten Bandik Halt machte.

Von der Linde aus konnte man das von blühenden Holunderbüschen umgebene Haus deutlich liegen sehen. Eine Schar Kinder und einige Frauen hatten sich dem Trupp angeschlossen und sahen neugierig dem kommenden großen Ereignisse entgegen. Gespannt und erregt verfolgten auch die drei unter der Linde den Vorgang.

Nach einigen Minuten, die er dazu benutzt hatte, den Schweiß sich von der Stirn zu trocknen und einige mahnende Worte an seine Untergebenen zu richten, betrat der Weibel das Haus. Alle versuchten jetzt, sich näher heranzudrängen, wurden jedoch von den Spießen der Stadtknechte zurückgehalten. Es dauerte nicht lange, so trat Owe Knudsen hervor; gleich hinter ihm folgte der Weibel.

Knudsen trug ein weißes Tuch um den Kopf. Hocherhobenen Hauptes schritt er vor dem Häscher her. Als Karen seiner ansichtig wurde, entfloh ein leichter Schrei ihren Lippen; sie hob die Hände zum Himmel empor, verhielt sich aber sonst ganz ruhig.

Einer der Stadtknechte verscheuchte mit vorgestreckter Waffe das Frauen- und Kindervolk, das kreischend auseinanderstob. Dann legte der Weibel Fesseln um die Hände des Gefangenen, der alles ruhig mit sich geschehen ließ. Nun setzte sich der Trupp wieder in Bewegung, der Weibel mit dem Gefangenen voran. Sie mussten denselben Weg zurückgehen. Als sie näher kamen, konnte man unter der Linde deutlicher die Gesichter unterscheiden. Knudsen war sehr bleich. Um seine stolz geschwungenen Lippen lag ein Ausdruck unsäglicher Verachtung. Als er Karen sah, leuchteten seine Augen auf und sein Mund verzog sich zu einem herzgewinnenden Lächeln. Er nickte ihr zu und sagte im Vorbeigehen:

„Ängstige dich nicht! Der da an deiner Seite will es böse machen, Gott aber wird es gut machen!"

Karen sank auf die Knie nieder und ein Tränenstrom entquoll ihren Augen. Weit streckte sie die Arme aus und rief mit erstickter Stimme:

„Meister, Meister!"

Ein furchtbarer Groll bemächtigte sich Martins. Ohne zu wissen, was er tat, fasste er Karen bei den Schultern und riss sie empor. Sie aber entwand sich ihm mit einem heftigen Ruck, dass er zur Seite taumelte und gefallen wäre, wenn er nicht an dem starken, unter der Eiche angebrachten Tisch eine Stütze gefunden hätte.

Owe Knudsen hatte mit brennenden Augen und zuckenden Lippen dem blitzschnell sich vollziehenden Vorgang zugeschaut. Trotz der Erregung, in die die Behandlung Karens ihn versetzt hatte, kam kein Wort über seine Lippen. Aber mit einem Blicke traf er seinen Gegner bis in die innerste Seele. Herrgott, was ist das!, schrie es in Martin auf. Ist dieser Mensch ein Gott oder ein Teufel? Wie von einem Blitz getroffen, senkte er die Augen. Es lag in dem Blick Owe Knudsens, den er Martin entgegenschleuderte, ein furchtbarer, ein göttergleicher Hohn, dass ihm das Blut in den Adern erstarrte. In dem Augenblicke wurde ihm klar: Mit dem Manne vermagst du dich nicht zu messen, der ist aus anderem Stoffe geschaffen als du, armer Erdenwurm.

Inzwischen hatte sich der Kirchhof mit Menschen gefüllt. Dicht gedrängt standen sie an der Pforte, vorne wohl fünfzig

Männer und hinter ihnen Weiber und Kinder. Die Männer schauten finster und drohend drein; alle waren mit Sensen und Heugabeln bewaffnet.

Der Gefangene musste bei der Kirchhofspforte vorbeigeführt werden, wenn man nicht mit ihm einen weiten Umweg machen wollte. Als der Weibel die Menschenmenge sah, machte er Halt und beriet mit seinen Untergebenen, was zu tun sei. Der plötzlichen Gefahr gegenüber verloren alle den Kopf. Endlich einigte man sich dahin, umzukehren und den Weg durchs Dorf zu nehmen. Kaum aber hatten die Bauern auf dem Kirchhof diese Absicht bemerkt, als sie sich durch die Pforte drängten und hinunterstürmten. Kein Wort wurde laut, stumm gingen sie zum Angriff über; nur in der Schar der Frauen summte es von zischelnd geführten Gesprächen, wie in einem Bienenschwarm.

Der Weibel trieb Knudsen zur Eile an, der aber kehrte sich nicht an die Mahnung; er blieb vielmehr stehen und schaute sich um. Nun waren auch schon die ersten der Bauern herangekommen. Der vorderste, ein langer dürrer Mensch mit hagerem, von grauen Bartstoppeln bedecktem Gesicht, kniff den Mund zusammen und machte die Augen ganz klein. Dann streckte er seine dreizackige Heugabel vor und setzte sie dem Weibel, der in der Angst seinen Spieß weggeworfen hatte, auf den Leib.

„Mensch, Peter Nören, sei vorsichtig mit dem Ding!"

„Ich will dich nur ein wenig kitzeln, wenn du vernünftig bist und den Mann laufen lässt, sonst –"

Die Spitzen der Heugabel mussten aber ein wenig durch das dünne Sommerwams des Weibels gedrungen sein; denn plötzlich machte er einen Luftsprung und stieß Töne hervor wie ein getretener Frosch. Mit seinen Untergebenen wurde man schneller fertig; sie ließen sich ohne Weiteres die Spieße abnehmen und in die Scheune sperren. Einer öffnete wieder die obere Hälfte der Tür und rief, ob es menschlich sei, arme Gefangene in dieser Hitze verdursten zu lassen. Lachend rief man den Wirt herbei, der den armen Teufeln die mit Husumer Bier gefüllte Kreuzkanne brachte.

Dem Gefangenen löste man die Fesseln. Bevor man aber hiermit ganz fertig war, trat der Pastor an das Volk heran, um ihnen wegen des Aufruhrs und Widerstands gegen die Obrigkeit und der verdammten Sektiererei eine geharnischte Strafpredigt zu halten. Er kam aber nicht weit; erst hörte man ruhig zu; als er aber auf Knudsen zu schimpfen begann, ging ein Murren durch die Menge, das stärker und stärker wurde.

Endlich traten zwei Männer hervor und rückten ihm mit ihren Heugabeln auf den Leib.

Nun färbte sein Gesicht sich hochrot und seine Stimme nahm einen kreischenden Klang an; er ließ sich aber noch nicht einschüchtern, sondern sprach von der Rotte Kora und dem Höllenpfuhl.

„Verdammter Pfaffe!" In höchster Wut warf einer seiner Angreifer mit der Heugabel nach ihm. Sie verfing sich in seinem Gewand und riss große Fetzen heraus.

Dann raffte der Mann die Heugabel wieder auf und trieb ihn vor sich her auf den Kirchhof. Hier gelang es dem Pastor, in eine nur angelehnte Seitentür der Kirche zu schlüpfen, die er von innen verrammelte.

Der Bauer stieß noch einige Male fest mit dem Fuß gegen die Tür und ging dann schimpfend davon.

Schlimmer war es Martin ergangen. Das erbitterte Volk, voran die Weiber, drängte sich an ihn, spie ihn an und riss ihm in einem Augenblick fast die Kleider vom Leibe. Da drang ein Mann mit einer Sense auf ihn ein, und kaum hatten die andern es bemerkt, als der vielstimmige Ruf die Luft durchbrauste:

„Schlagt den Hund tot!"

Hinrich fasste mit seiner ganzen Kraft den Arm des Mannes, der schon zum Streiche nach dem Kopfe Martins ausholte, und verhinderte damit die Tat. In demselben Augenblick drängten aber schon andere mit ihren Werkzeugen hinzu und kein Mensch hätte Martin retten können, wenn nicht Knudsen mit durchdringender Stimme, sodass es weithin über den Platz schallte, gerufen hätte:

„Dem Mann krümmt kein Haar! Ist denn der Teufel in euch gefahren, dass ihr Böses mit Bösem vergelten wollt?"

Einer aber von den Bauern, der eine schwere, eiserne Stange trug, vermochte seine Hand nicht mehr zurückzuhalten: sausend fiel die Waffe nieder und traf Martins Schulter, dass er ächzend zusammensank.

Nun wurde ein missbilligendes Gemurmel in der Menge laut; der Mann, der den Schlag geführt hatte, stand da und rührte sich nicht. Ein strafender Blick des Meisters hatte ihn getroffen, der seine Glieder zu lähmen schien.

Hinrich löste das Kleid seines Freundes und streifte es ihm von der Schulter, die sich rasch dunkel färbte. Jede Berührung der verletzten Stelle rief heftige Schmerzen hervor.

„Ich merke es", sagte Martin, „der Knochen ist zerschmettert! Lass mich nur ruhen, ruhen!"

Schmerzlich stöhnte er auf. Dann verschwand die ganze Umgebung aus seinem Bewusstsein.

Als er wieder die Augen aufschlug, sah er, dass Owe Knudsen, der sich über ihn beugte, ihn mitleidsvoll anschaute.

„Fasst den Mann vorsichtig und tragt ihn ins Haus. Dann gehe schnell einer zur Stadt und hole einen Arzt. Ich mache es euch zur heiligen Pflicht, für ihn zu sorgen, als wenn es euer Liebstes wäre. Ich werde meine Hände nicht über ihn halten können, denn meine Zeit hier ist um. Ich gehe in die Fremde, zu eurem eignen Besten. Man wird mich verfolgen und die Streiche, die für mich bestimmt sind, werden auch euch treffen. Aber ich werde wiederkommen – ja, gewiss, bald werde ich wieder in eurer Mitte sein. Haltet derweil fest an den Lehren unserer heiligen Gemeinschaft. Lebet wie Brüder und Schwestern untereinander; stehet euch bei in Not und Gefahr und in den Drangsalen des täglichen Lebens. Dass eure Liebe auch die Außenstehenden und nicht zuletzt eure Feinde umfassen soll, brauche ich euch nicht zu sagen. Aber", und nun hob sich seine Stimme und seine Augen flammten auf, „auch die Kreatur sollt ihr lieben. Der Tiere des Feldes, der Vögel unter dem Himmel, der Fische im Wasser sollt ihr euch erbarmen, denn Gott lebt auch in der Kreatur."

Es entstand ein Wehklagen unter den Weibern.

„Der Meister will uns verlassen, der Meister will uns verlassen!", tönte es vielstimmig aus dem Volke.

Einige, die neben ihm standen, warfen sich auf die Erde und drückten ihre Lippen auf seine Schuhe.

Da fassten zwei Männer ihn, hoben ihn empor und trugen ihn auf ihren Schultern.

Ganz hinten rief eine dünne Kinderstimme ein Wort, das man erst nicht verstand; bei der Wiederholung klang es aber deutlicher und nun fielen alle in den Ruf ein.

„Hosianna, Hosianna!", tönte es aus dem Munde der Menge, und die Mauern der Kirche warfen den Widerhall wie jubelnd zurück.

Ein Taumel hatte das Volk erfasst. Es wogte hin und her. Dreimal trugen die beiden Männer Owe Knudsen um die Linde; dann nahmen ihn andere auf ihre Schultern und nun zogen sie ins Dorf, umschwärmt und gefolgt von den Gläubigen.

Der Triumphzug bewegte sich über den Kirchhof. Plötzlich stockte man. Was war das? Die Glocken im Turm wurden angeschlagen, erst unregelmäßig, dann aber ordneten sich die Schläge zu einem bestimmten Takt und folgten schneller und schneller aufeinander. Es war Sturmgeläute, mit dem der Pastor in der Kirche die Bewohner des ganzen Kirchspiels zur Hilfe herbeirief.

Die schauerlichen Töne, die man sonst nur in Feuersnot und bei großen Sturmfluten zu hören gewohnt war, verfehlten auf viele ihre Wirkung nicht. Der Jubel verstummte, einige Frauen trennten sich mit ängstlich verlegenen Mienen von dem Zuge.

Auf den dringenden Wunsch Owe Knudsens ließen die Männer ihn wieder auf die Erde herab. Nun begann man eifrig zu beraten und fasste den Beschluss, den Führer zunächst in Sicherheit zu bringen.

Ein Bauer lief nach seinem nur wenige Schritte vom Kirchhofe gelegenen Hause, spannte in einigen Minuten einen Wagen an, den er mit Owe Knudsen bestieg, und fuhr dann rasch davon.

Man rief dem Meister noch einige Abschiedsworte nach, dann eilte jeder nach Hause.

Aber noch immer brauste das Sturmgeläute über das Land dahin. Als die ersten Männer aus den nächstgelegenen Dörfern eintrafen, herrschte die tiefste Ruhe im Dorfe. Auf die Frage, was denn los sei, wurde ihnen ein Achselzucken zuteil. Der Pastor habe sich in der Kirche eingeschlossen und mache den Spektakel; vielleicht sei er verrückt geworden.

Nun gingen die Männer, denen sich inzwischen noch andere angeschlossen hatten, nach der Kirche.

Der Pastor konnte durch eine Schallluke den Kirchhof übersehen. Als er die Leute herbeieilen sah, ließen seine Hände von den Glockensträngen. Dann stieg er schleunigst herunter und öffnete die Tür. In seinem zerrissenen Gewand und mit dem hochroten, von dicken Schweißperlen bedeckten Gesicht bot er einen erbarmenswürdigen Anblick. Er pustete mächtig und das Sprechen wurde ihm schwer.

„Weshalb habt ihr uns hierher gerufen?", sagte der eine Mann nicht ohne Unwillen.

„Weshalb? Das ganze Dorf steht in Aufruhr! Das sind die Früchte der Sektiererei! Weder Gott noch Obrigkeit wird mehr respektiert. Und seht, wie sie sich nicht scheuen, sich an dem Diener Gottes zu vergreifen!" Mit wehmütiger Miene zeigte er die Fetzen seines Gewandes.

Und nun begann er, weitläufig das Vorgefallene zu erzählen. –

Es sammelten sich immer mehr Männer an, und um den Hinzukommenden die Sache verständlich zu machen, musste er immer wieder von vorne anfangen. Das wurde den andern aber schließlich langweilig und so entfernten sie sich wieder. Einige lachten, andere ärgerten sich und schimpften über die unnötige Unterbrechung ihrer Arbeit.

Als der Pastor mit seinem Bericht zu Ende war, da hatte er noch drei Zuhörer, die den Kopf schüttelten. Auch diese verfügten sich wieder heim; zu machen war doch nichts mehr.

Der Pastor begab sich in seine Wohnung. Er hatte das Gefühl, als wenn er eine Demütigung erlitten habe.

Als er die Kirchhofspforte öffnete, zog die Husumer Stadtwache vorbei mit aufgepflanzten Spießen, aber etwas geknickt. Besonders der Weibel, der die Hand auf den Magen drückte, schien ganz heruntergekommen zu sein.

Martin lag im Wirtshaus auf einem Bett, Hinrich wich nicht von seiner Seite. Der Arzt kam nach einigen Stunden und legte einen Verband an. Er stellte fest, dass der linke Schulterknochen gebrochen war; die Heilung würde lange Zeit in Anspruch nehmen.

Gegen Abend verfiel Martin in Fieber. Er redete wirres Zeug. Besonders schien seine Fantasie sich mit Karen und Owe Knudsen zu beschäftigen. Nach einer ruhigen Pause fing er plötzlich an, und auf seinem Gesicht prägte sich tiefer Schmerz aus:

„Ich flehe dich an, schlage mich, schlage mich! Lass mich deine Hand fühlen, nur nicht dies Erbarmen, diese Liebe! Feurige Kohlen – o ja, sie brennen, wie nichts in der Welt! – Bist du mehr als andere Menschenkinder? Ein Gottessohn? O nein, das bist du nicht; dann wäre deine Rache nicht so furchtbar! Du bist der Teufel und dein Tun ist eitel Bosheit! Feurige Kohlen, feurige Kohlen – Owe Knudsen, lösche die Glut, lass mich deine Hand fühlen, denn ich habe unrecht an dir getan. Schlägt kein menschliches Herz in deiner Brust? Vergelte es mir, vergelte es mir; ich flehe dich an!"

Kurz darauf trat der Wirt ein und überreichte Hinrich einen Brief.

„Von meiner Schwester?"

Der Wirt nickte.

Hastig brach er, böser Ahnungen voll, das Schreiben auf.

Sie teilte ihm in kurzen Worten mit, dass sie Owe Knudsen gefolgt sei. Er möge nicht nach ihr forschen, es sei doch vergeblich. „Dir den Segen Gottes, dem andern – Vergebung", schlossen die wenigen Zeilen.

Hinrich sprang empor; er wollte hinauseilen, um seine Schwester zurückzuhalten.

„Ist Karen noch hier?"

Der Wirt verneinte.

„Vor zwei Stunden ging sie nach Bandik; diesen Brief brachte ein kleiner Junge."

Nun sank Hinrich auf den Stuhl zurück. Er sah ein, es hatte keinen Zweck. Dann legte er die Arme auf den Tisch und ließ den Kopf darauf niedersinken.

Drittes Buch

In einer aus rohen Brettern zusammengefügten Hütte saßen Hinrich und Martin bei einem einfachen Imbiss. Sie trugen hohe, mit Schlick bedeckte Stiefel, und auch ihre Kleidung verriet nicht, dass sie den bevorzugten Ständen angehörten. Ihre einfachen Kamisole waren aus starkem, eigengemachtem blauen Zeug hergestellt und die schlappen Hüte, die sie gewohnheitsgemäß etwas in den Nacken geschoben hatten, zeigten kaum die ursprüngliche Farbe mehr, so hatte der Regen sie durchwaschen. Ihre Wangen waren durch die Einwirkung von Wind und Wetter gebräunt. Man hätte sie der Kleidung nach für gewöhnliche Arbeiter halten können; aber ein vornehmer Zug in ihren Gesichtern ließ keinen Zweifel darüber, dass sie zu den Höherstehenden zählten.

Hinrich schnitt sich eine große Scheibe Brot ab, bestrich sie mit Butter und legte eine dicke Scheibe Käse darüber.

„Heute", sagte er dann, nachdem er mit gutem Appetit hineingebissen hatte, „habe ich einen Arbeiter angenommen, der seine Bitte nicht mündlich vorbringen konnte, weil er stumm war. Er wusste sich aber durch Gesten verständlich zu machen. Es war ein alter Bekannter; ich erkannte ihn gleich, er mich aber nicht. Die Jahre und das Leben müssen mich doch gewaltig verändert haben. Weißt du noch, dass wir auf unserm Ritt durch die Heide in einer nur von einem alten Mann bewohnten Hütte übernachteten?"

„Gewiss; die Nacht steht mir noch in lebhafter Erinnerung, trotzdem nun schon ein Dutzend Jahre darüber hingegangen sind."

„Dieser alte Mann, der, wie du dich vielleicht noch erinnern wirst, auf dem Hofe meiner Eltern als Schäfer in Dienst stand, hat sich heute als Arbeiter anwerben lassen. Ich traute meinen Augen kaum, als ich den alten Bonke wiedersah. Bart und Haar hat er wild wachsen lassen, in weißen Strähnen bedecken sie ihm Nacken und Brust. Seine Gestalt ist ganz zusammengeschrumpft. Man glaubt einen Unterirdischen vor sich zu haben, von denen sich das Volk so wunderbare Geschichten erzählt. Du kannst dir denken, dass es einen furchtbaren Hallo gab, als der kleine sonderbare Greis unter den Deicharbeitern erschien. Die Mehrzahl war fest überzeugt, wirklich einen Unterirdischen vor sich zu haben; nur darüber waren die Meinungen geteilt, ob sein Erscheinen Glück oder Unglück bedeute. Endlich erkannte ihn ein Nordstrander; aber obgleich man jetzt erfuhr, dass es ein alter, nahezu achtzigjähriger Schäfer sei, so sahen sie ihn doch immer noch mit scheuen Augen an. Sie würden ihn vielleicht nicht in ihrer Mitte geduldet haben – denn es ist ein furchtbar abergläubisches Volk –, wenn der starke Knud ihn nicht in seine Obhut genommen hätte. Knud ist ein Riese von Gestalt und Kraft, aber ein gutmütiger Kerl, wenn man ihn nicht reizt. Er scheint Gefallen an dem Alten zu finden und hat ihm einen Platz in seinem Zelt eingeräumt. Weißt du übrigens, woher Knud seine übermenschliche Kraft hat?"

Martin, der mit Interesse zuhörte, verneinte.

„Nun, höre, was das Volk erzählt: Du kennst ja seinen Spaten, das Riesenwerkzeug, eigens für ihn gemacht, mit dem er dreimal so viel Erde herauszuheben vermag als ein anderer. Nun will man beobachtet haben, dass in dem Stiel eine Höhlung ist, in der eine Hummel mit einem gelben Krönlein sitzet, die er täglich mit Honig füttert. Und dieser Zauber verleiht ihm die Kraft. Tatsache ist, dass er nur mit seinem Spaten arbeitet, den er mitgebracht hat, und den er nie in andere Hände gibt."

Martin verzog den Mund zu einem Lächeln.

„Glaubst du an solche Geschichten?"

Hinrich zuckte die Achseln.

„Dies mit der Hummel wird wohl nur Schnack sein; denn die Stärke sitzt doch auch in seinen Armen, wenn er den Spaten nicht in der Hand hat. Das hat er noch neulich vor dem Herzog bewiesen, der von ihm Proben seiner Kraft verlangte. Übrigens teilte mir Amsinck heute Morgen mit, dass wir bald wieder die Ehre haben werden, den Herzog zu sehen."

„Er interessiert sich ungemein für die Deicharbeiten. Das wäre schon das vierte Mal, dass er sich die Arbeiten hier ansieht."

„Ja, das hat auch seine guten Gründe, wie du weißt. Nur leider geht ihm alles nicht rasch genug vorwärts. Nun, so unrecht hat er nicht. Es muss einmal ausgesprochen werden, Martin; ich fürchte, wir stehen auf einem verlorenen Posten. Mein Vermögen, das ich in das Unternehmen gesteckt habe, ist ja längst aufgebraucht. Doch davon will ich nicht sprechen; ich habe es hergegeben, um das Erbe meiner Väter zu retten. Der unglückliche Ausgang war nicht vorauszusehen. Aber dass die Hunderttausende des Arnold Amsinck denselben Weg gegangen sind, das wiegt schwerer! Jetzt hat er auch seinen Landsitz auf Billwerder verkaufen müssen. Hat nicht, seit sein Bruder gestorben ist und dessen Erben das große Werk ihm allein überlassen haben, ein Unstern über dem ganzen Unternehmen gewaltet? Zerstörte nicht immer die nächste große Sturmflut wieder, was wir mit großer Mühe und Kosten zustande gebracht hatten? Das ist so gewöhnlich geworden, dass ich allmählich jede Hoffnung verloren habe, jemals etwas zu schaffen, das den Wogen dauernd standhält. Jetzt sind die Aussichten allerdings recht günstig; nur noch zwei Monate und wir haben den Deich geschlossen und einen großen Koog gewonnen, der viele aufgewandte Arbeit bezahlt macht. Aber war dies vor drei Jahren nicht ebenso? Und was war das Ende? Ein hinweggerissener Deich und fünfzig ertrunkene Arbeiter. Wunderbar ist es, dass Arnold Amsinck sich nicht entmutigen lässt; trotz aller Misserfolge hält er den Kopf hoch, und selbst der Schmerz, den der Tod seiner Tochter Elisabeth und seines Sohnes Wilhelm, des herrlichen Jungen, ihm bereitete, vermochte ihn nicht wankend zu machen.

Er muss eben aus anderem Holze geschnitzt sein als unsereins. Wenn ich ihn so dastehen sehe, ungebeugt, trotz seiner Jahre, und in sein Adlerauge blicke, dann ist es mir, als ob einem solchen Manne endlich doch der Sieg beschieden sein muss. Dies allein gibt mir noch Kraft auszuharren, sonst wäre ich wahrhaftig schon längst davongelaufen."

„Dies allein fesselt dich hier?"

Martin schaute seinen Freund voll an.

Hinrich blickte vor sich nieder und erwiderte langsam:

„Ich weiß, was du damit sagen willst: Sara Amsinck vor allem ist es, die mich hier hält. Und du magst recht haben. Seit sie vor zwei Jahren ihren Vater auf Amsinckland besuchte, ist sie mir nicht wieder aus dem Sinn gekommen. Weißt du, so leid es mir tat, dass Amsinck seinen Besitz in Billwerder hat verkaufen müssen – eine geheime Freude mischte sich doch in das Bedauern."

„Du schadenfroher Mensch!"

„Sara verlässt in nächster Zeit Hamburg, um ganz ihrem Vater zu leben. – Die Verwandten wollten sie nicht ziehen lassen. Es sei eine Sünde, das junge lebenslustige Mädchen in die Wasserwüste zu schicken, schrieb man dem Alten. Sie aber hat sich nicht zurückhalten lassen. Die Liebe zu ihrem Vater war größer als die Lust am Großstadtleben."

„Vielleicht spielt noch eine andere Liebe mit!"

„Du meinst?"

„Aus ihrer Neigung zu dir hat sie nie ein Hehl gemacht. Noch sehe ich euch über das Vorland der Hallig reiten, um nach Möwen zu schießen, sie immer dicht an deiner Seite! Schon damals sagte ich mir: Die beiden werden sicherlich noch ein Paar. Und ich weiß auch noch mehr: Mehr als einmal konnte ich bemerken, dass der Vater euern vertraulichen Umgang nicht ungerne sah. Wenn ihr von der Jagd zurückkamt und lachend und lebensfroh in sein Zimmer stürmtet, dann heiterte sich sein Gesicht auf und für den Rest des Tages waren alle Sorgen verscheucht."

Hinrich hatte aufmerksam zugehört. Sein ernstes Gesicht nahm einen fröhlichen, fast kindlichen Ausdruck an.

Martin schaute ihn lächelnd an.

„Weißt du, Hinrich, so wie jetzt blicktest du vor zwölf Jahren in die Welt. Was die Zeit und das Leben doch aus uns gemacht haben! Du warst immer der Leichtsinnige und ich der Vernünftige, der deiner überschäumenden Laune einen Dämpfer aufsetzen musste. Und jetzt ist es fast umgekehrt! Keiner übertrifft dich an Pflichttreue und rastloser Tätigkeit – dagegen ich – nun, du kennst mich ja; ich tue zwar meine Arbeit, aber sonst lasse ich's gehen, wie's eben geht. Und wenn nicht ein herzhafter Trunk unter guten Kameraden einem das Leben ab und zu ein wenig aufheiterte, dann möchte der Teufel die ganze Geschichte holen."

Er blickte bei diesen Worten ganz missmutig drein.

Hinrich sah ihn nicht ohne Bedauern an. Martin aber zapfte sich den Krug aus dem auf einer Holzbank liegenden Fässchen voll und tat einen langen Zug. Hierbei heiterte sein Gesicht sich wieder ein wenig auf.

Da trat ein Arbeiter in die Bude und meldete, dass einige fremde Herren beim Deich eingetroffen seien, um sich die Arbeiten anzusehen. Sie hätten nach dem Bauführer gefragt.

Hinrich stand sofort auf und auch Martin, der noch schnell seine Kanne leer trank, schloss sich ihm an.

Es war ein heißer Julitag und vollkommen windstill. Brütende Glut lag über der ebenen, von dem neuen Deich eingeschlossenen Grasfläche. Von dem tiefblauen Himmel hoben sich wie blendend weiße Striche langsam dahinschwebende Silbermöwen ab; auch einige Seeschwalben standen mit leichtem Flügelschlage beutespähend in der Luft, bis sie plötzlich pfeilschnell in die Tiefe schossen.

Der neue Deich zog sich in grader Linie nach Westen und bog dann in der Richtung eines andern Deiches scharf ab. Soweit er fertig war, vermochte man nichts von den Watten zu sehen; die Lücke aber bot einen Durchblick zunächst auf weites grünes Land und dann auf einen blaugrauen, in der Sonne blinkenden Streifen, der sich mit dem gleichfarbigen Ton des Horizontes verschmolz, und so die Grenze zwischen Himmel und Erde verwischte.

Hinrich und Martin schritten rasch auf die Baustelle zu, wo ein lebendiges Treiben herrschte. Arbeiter karrten in gleichmäßigem Abstand voneinander die Erde heran; andere stachen von dem Graslande Soden ab und belegten damit die Deichböschung, um sie gegen die Einwirkung der Wogen zu schützen, die sich in die lose Erde sonst hineingewühlt hätten. Man sprach wenig; ab und zu kam aus dem Munde der aufsichtführenden Deichbasen ein lauter Befehl oder ein Fluch, wenn irgendein Arbeiter nicht eilig genug seine Karre schob, sodass die Reihe ins Stocken kam. Fast alle hatten ihr ohnehin nur dünnes Oberkleid wegen der Hitze geöffnet. Der Schweiß stand ihnen in großen, blinkenden Tropfen auf Gesicht, Hals und Brust.

Es war eine bunte, abenteuerliche Gesellschaft, die sich hier zusammengefunden hatte. Neben halbwüchsigen Jungen, deren schmächtige Knabenglieder die schwere Arbeit noch kaum bewältigen konnten, gingen baumstarke, aus allen Himmelsgegenden zusammengewürfelte Kerle. Bauern aus den nahen Geestgemeinden des Festlandes mit gleichgültigen, stumpfsinnigen Gesichtern, entlassene und weggelaufende Musketiere und Landsknechte und andere zweifelhafte, mit allen Hunden gehetzte Menschen suchten sich hier einen guten Verdienst; denn der Amsincker kargte nicht mit dem Lohn. War doch das klingende Geld das einzige Mittel, um Arbeiter herbeizuschaffen; dass die meisten ihren sauer erworbenen Lohn abends wieder in der Marketenderbude durch die Gurgel jagten, konnte er nicht hindern, so sehr er es auch bedauerte.

An einer Stelle arbeitete eine Schar Frauen und junger Dirnen. Viele hatten ihre Männer hier, mit denen sie gemeinsam schafften, um sich einen Spargroschen zurückzulegen. Solche Ehepaare wurden stets mit offenen Armen aufgenommen; sie zeichneten sich durch Fleiß und Nüchternheit aus. Unter den Dirnen befand sich manches leichtblütige junge Ding, das seinem Liebhaber gefolgt war oder ganz allein dies wilde Leben aufgesucht hatte. Wenn sie auch nicht zurückgewiesen wurden, so durften sie doch kein Faulenzerdasein führen; in den Arbeitsstunden – und die dauerten vom frühen Morgen bis in den Abend – mussten sie wie jeder andere ihre Pflicht tun. Um ihr sonstiges Leben kümmerte man sich nicht. Hier schwirrten unablässig die Stimmen durcheinander.

„Die Weiber können doch den Mund nicht halten", sagte Martin lächelnd.

Auch Hinrich lachte.

„Kürzlich hat der neue Deichbas Momme Mommsen den Versuch gemacht, sie zum Schweigen zu bringen. Bei strenger Strafe verbot er ihnen, während der Arbeit zu sprechen. Aber schon nach einer Viertelstunde legte eine ohne Weiteres den Spaten hin und, als wenn sich alle verabredet hätten, taten die andern das Gleiche. Und dann rückten sie dem unglücklichen Manne auf den Leib, dass er sich nicht zu helfen wusste. Es blieb ihm nichts anderes übrig, als das unmenschliche Verbot zurückzunehmen."

Schon bei den ersten Worten wurde Hinrichs Aufmerksamkeit auf zwei Herren und eine junge Dame in Patriziertracht gelenkt, die sich von einem Deichbasen an der Baustelle umherführen ließen. Er brachte seine Mitteilung daher rasch zu Ende und sagte zu Martin:

„Dort sind sie! Ohne Zweifel wieder Niederländer; vorsichtig, die führen nichts Gutes im Schilde! Gehen wir langsam; mögen sie sich doch zu uns herbemühen."

Der Deichbas musste die beiden bemerkt haben, denn er machte die Fremden mit einer Handbewegung auf sie aufmerksam. Nun kamen die Herren rasch näher, während die Dame noch etwas zurückblieb.

Der Ältere der beiden trug einen aufgebürsteten Schnurrbart und einen spitzen Kinnbart, der Jüngere nur einen ebenfalls modisch emporstrebenden Schnurrbart. Breite Kragen aus kostbaren, weißen Spitzen bedeckten den oberen Teil ihrer aus glänzendem Sammet bestehenden Kleider. Sie trugen schwere Reiterstiefel mit silbernen Sporen.

Die Herren stellten sich vor als Johann van der Lieth und Quirinus in der Velten aus Valerien in Flandern.

„Johann van der Lieth? Wir müssen uns kennen – von Wittenberg her –", sagte Martin.

Nun machte der andere große Augen; als er sich die beiden genauer betrachtete, da erinnerte er sich ihrer auch, und man konnte es ihm ansehen, dass ihm das Wiedersehen aufrichtige Freude verursachte. Sein etwas verschlossenes, den Stempel ernster Gedankenarbeit tragendes Gesicht heiterte sich auf und nochmals reichte er Hinrich und Martin die Hand und begrüßte sie als alte, gute Kameraden.

Nun wandte sich Hinrich an Quirinus in der Velten und sagte:

„Euer Name, Herr, ist mir wohl bekannt. Vor Jahren war hier ein Deichgraf von Dortrecht, François in der Velten, der von den Staaten der vereinigten Niederlande den Auftrag hatte, mit Sr. fürstlichen Durchlaucht über die Bedeichung der Insel zu verhandeln. Vermute ich recht, so seid Ihr sein Sohn?"

„Der bin ich! Mein Vater hat leider das Zeitliche gesegnet. Auf seinem Totenbette hat er mir dieses Land ans Herz gelegt. Ich komme hier nicht im Auftrage der Stände, sondern in eigner Angelegenheit. Es sollte mich freuen, wenn ich etwas für dieses unglückliche Land tun könnte, das nun schon zwölf Jahre lang elendiglich darniederliegt. Vor allen Dingen aber möchte ich aussprechen, damit Ihr kein Misstrauen gegen mich hegt, dass es nicht meine Absicht ist, Euch Schwierigkeiten zu machen, sondern ich möchte eifrig mit Euch arbeiten an der Wiederaufrichtung dieses Landes. Übrigens liegt dies alles noch in weiter Ferne; zunächst ist es nur meine Absicht, mich hier unter Leitung meines in dergleichen Dingen wohlerfahrenen Freundes über die Verhältnisse zu unterrichten."

Hinrich antwortete nicht. Er machte sich so seine eigenen Gedanken. Mit einem flüchtigen Blick streifte er das Gesicht des jungen Mannes; der aber blickte ihn frei und offen an, und Hinrich hatte den Eindruck, dass er in der Tat keine Hintergedanken hegte.

Inzwischen war auch die junge Dame näher gekommen. Sie war unter Mittelgröße, aber von zierlicher und ebenmäßiger Gestalt. Kostbar und mit auserlesenem Geschmack gekleidet, machte sie den Eindruck einer vornehmen Weltdame. Unter dem großen Federhut quoll leichtgewelltes Haar, das das feine Oval ihres zarten, jetzt von der Hitze sanft geröteten Gesichtes umrahmte. Ihre etwas vollen, roten Lippen waren leicht geöffnet und zeigten einen Teil der beiden oberen, offenbar außergewöhnlich großen Schneidezähne. Sonderbarerweise entstellte dieser Schönheitsfehler sie nicht, nur gab er ihr etwas Naiv-Hochmütiges. Unter schön geschwungenen, schwarzen Brauen musterten ihre dunklen Augen neugierig und anscheinend nicht ohne Wohlgefallen das männlich schöne Gesicht und die kräftige Gestalt Hinrichs; Martin hatte sie nur mit einem flüchtigen Blick gestreift.

Quirinus in der Velten stellte sie als seine Schwester Antoinette vor. Ihr Vater habe mit großer Liebe an Nordstrand gehangen und so viel von seinem dortigen Aufenthalt erzählt, dass sie von Begierde ergriffen sei, die sonderbare Insel, von der man nicht wisse, ob sie dem Meere oder dem Lande angehöre, kennenzulernen. So habe er ihr denn gerne die Bitte gewährt, ihn auf seiner Reise begleiten zu dürfen.

Nachdem diese gesellschaftlichen Formalitäten erledigt waren, bat Quirinus um verschiedene Aufklärungen, weshalb man dies und jenes so und nicht anders mache.

Schon die Fragen zeigten, dass er ein ausgezeichneter Kenner des Deichwesens war.

Im Allgemeinen schien er von dem Gesehenen befriedigt zu sein, denn er gab oft in lebhafter Weise seine Zustimmung kund; einige Einzelheiten gefielen ihm aber offenbar nicht. Hinrich musste ihm recht geben, aber die Verhältnisse machten eine Änderung schwierig. Er verschwieg, dass mancher Übelstand auf den Geldmangel zurückzuführen war, mit dem Arnold Amsinck in den letzten Jahren zu kämpfen hatte.

Wohl zwei Stunden besichtigten sie so den Bau. Antoinette zeigte nicht nur großes Interesse, sondern auch überraschendes Verständnis für das Geschaute. Hinrich konnte nicht umhin, ihr seine Verwunderung darüber auszusprechen, was sie nicht ungerne zu hören schien.

„An meiner Schwester ist ein Deichgraf verloren", sagte Quirinus scherzend; „immer war sie lieber in der Schreibstube meines Vaters als in der Küche. Da hat er sie denn manchmal zur Hilfe herangezogen."

Inzwischen war die Mittagsstunde herangekommen. Ein Deichbas schlug zwölfmal mit einer Stange gegen eine zwischen zwei Pfählen hängende Metallplatte. Die vollgefüllten Karren wurden noch entleert; dann eilte jeder nach der gemeinsamen Mittagstafel.

Unter freiem Himmel waren drei eiserne Stangen schräg in die Erde gesteckt und oben miteinander verbunden. Hier war eine Kette befestigt, an der ein mächtiger Kessel über loderndem Feuer hing. Ringsum standen niedrige, aus Latten und Leinwand hergestellte Zelte.

Die Leute hatten furchtbar unter der Hitze gelitten. Auch den kräftigsten Gestalten sah man an, dass sie schlaff und müde waren.

Sie holten aus ihren Zelten große irdene Schalen herbei, die sie sich von dem Koch füllen ließen, der einige Dirnen zur Hilfe herangezogen hatte. Es wurde ihnen eine kräftige Erbsensuppe mit ansehnlichen Stücken Speck verabreicht; während sie aber an kälteren Tagen nie genug von dieser beliebten Speise erhalten konnten und der Kessel viel zu früh leer wurde, blieb heute weit über die Hälfte übrig. Die schwere Kost widerstand ihnen in der Hitze, der Appetit war durch den fürchterlichen Durst zurückgedrängt.

Im Nu war eine Tonne Husumer Bier geleert, die der Marketender in seiner Bude aufgestellt hatte, und eine neue musste aus der kühlen Erde hervorgehoben werden. Gottlob ruhten an ihrer Seite, einen halben Fuß mit Erde bedeckt, noch sechs andere. Der Marketender aber nahm sich vor, noch im Laufe des Nachmittags eine neue Ladung Bier zu bestellen.

Antoinette wandte sich an Hinrich mit der Frage, wann die Arbeit wieder aufgenommen würde.

„In einer halben Stunde muss wieder alles in Tätigkeit sein."

„Die armen Menschen! Seht, Herr, diesen Mann! Liegt er nicht da wie ein Sterbender? Und der soll gleich wieder an die Arbeit!"

Es war ein ältlicher, sehr hagerer Mann. Er hatte sich langhin auf den Boden geworfen, mit halbgeschlossenen Augen und weit geöffnetem Munde. Er atmete schwer und mit einem pfeifenden Geräusch. Seine nackte Brust wogte auf und nieder.

Hinrich betrachtete ihn.

„Der Mann ist offenbar krank; ich werde dafür sorgen, dass er sich erst erholt."

Antoinette warf ihm einen dankbaren Blick zu. Es gefiel ihm, dass sie ein Herz für die Leidenden hatte. Seine Blicke streiften auch die andern Insassen des Zeltes, in dem der Kranke lag. Es waren etwa zehn Mann, alle gesunde, starke Menschen, aber aufs Höchste ermattet. Und da kam ihm, angeregt von den Worten Antoinettes, ein Gedanke. Er trat auf Martin zu, der etwas abseits mit den beiden andern Herren stand.

„Wie wäre es, Martin, wenn wir die Arbeit heute etwas später beginnen ließen? Die Hitze ist furchtbar: die Leute fallen uns um!"

Martin schaute ihn erst überrascht an. Dann nickte er; der Grund schien ihm stichhaltig zu sein, aber ein Bedenken konnte er doch nicht unterdrücken: Was würden die Folgen sein? Stand nicht zu befürchten, dass die Arbeiter diese Vergünstigung später häufiger beanspruchen würden, auch wenn sie nicht nötig war?

Hinrich glaubte nicht an diese Gefahr. So heiße Tage wie der heutige waren hier selten; in der Regel war der ganze Sommer kühl.

Ohne erst einen Deichbasen herbeizurufen, schlug er dreimal mit der Stange auf die Metallplatte, dass es laut über den Platz klang. Dieses Zeichen rief alle herbei. Eilig kamen sie aus ihren Zelten hervor, und als sie ziemlich vollzählig zusammen waren, verkündete Hinrich, dass die Mittagspause heute, wegen der drückenden Schwüle, eine Stunde länger daure. Die Arbeiter sahen sich verdutzt an; so was war noch nicht vorgekommen. Dann entstand ein beifälliges Gemurmel. Auch Jubelrufe wurden laut: einige schwarzhaarige und braune Bengel von südländischem Aussehen mussten ihren lebhafteren Gefühlen in dieser Weise Luft machen.

Am lebendigsten ging es auf dem Platze her, wo die Frauen sich aufhielten. Man schwatzte und lachte dort in einem fort. Zwei junge, recht hübsche, kräftige Dirnen wollten die Gelegenheit benutzen, ihren Liebhabern einen Besuch abzustatten, die draußen vor ihrem Zelt standen und ihnen lachend zuwinkten. Der Deichbas erwischte sie aber noch rechtzeitig bei den Armen und beförderte sie mit einem kräftigen Schwung wieder ins Lager der Weiber. – Während der Mittagspause wurde die Trennung der beiden Geschlechter mit Strenge aufrechterhalten.

Antoinette war Hinrich langsam gefolgt. Mit leuchtenden Augen schaute sie ihn jetzt an; sie freute sich augenscheinlich darüber, dass ihr kaum ausgesprochner Wunsch so rasche Erfüllung gefunden hatte.

Hinrich sah mit Wohlgefallen ihre Freude. Der kleine Vorfall hatte die beiden in wenigen Minuten einander näher gebracht, als ein monatelanger gesellschaftlicher Umgang es vermocht hätte.

Sie wich nicht von seiner Seite, und bald hatte ihre Unterhaltung einen fast vertraulichen Ton angenommen.

Die Arbeiter machten es sich jetzt bequem; lang streckten sie sich in ihren Zelten hin. Einige unterhielten sich, andere versuchten zu schlafen.

Ein kleiner, brauner, aber sehniger Bursche sang halblaut ein Lied vor sich hin. Es war eine schwermütige Melodie, und seine dunklen Augen schauten sehnsüchtig ins Weite. Ein blonder Enakssohn, der neben ihm ruhte, versetzte ihm aber einen derben Fußtritt und rief ihm zu:

„Lass das Gegröle! Mach lieber die Augen zu und schlafe!"

Der Kleine fuhr empor. Tückisch flammten seine Augen auf und seine Hand fuhr nach der Tasche. Sein Nebenmann aber hob lachend den Oberkörper und hielt ihm mit eisernem Griff den Arm zurück.

„Joseph! Ruhig, ruhig! Es war nicht bös gemeint! Aber ich kann das verdammte Gegröle nicht hören; es dreht mir das Herz im Leibe herum, sodass ich heulen möchte wie ein Hund. Wir Friesen kennen das nicht; es geht uns wider die Natur. – Sitzt dein Messer übrigens so lose, dann suche dir einen andern Kameraden! Bis jetzt haben wir uns immer gut vertragen und ich hielt dich für ruhiger als deine Landsleute. Aber – du bist nicht besser als sie!"

Die Rede machte Eindruck auf den andern. Er beteuerte, nichts Böses beabsichtigt zu haben.

„Doch, ich kenne euch! Das war der Griff nach dem Messer!"

„Frisia non cantat!", sagte Hinrich, der das Gespräch mit angehört hatte, halblaut zu Antoinette.

Sie nickte lebhaft, zum Zeichen, dass sie ihn verstanden habe.

Als die Arbeiter sahen, dass man sie beobachtete, schwiegen sie und legten sich wieder hin.

Die Zelte waren in einer Reihe von Westen nach Osten aufgestellt, mit den Eingängen nach Norden. Sie standen wie Häuser in einer Straße, aneinandergebaut. Als Hinrich und Antoinette nun dicht an den Öffnungen vorbeigingen, da strömte ihnen von den Hunderten halb nackten, in Schweiß gebadeten Menschenleibern ein widerlicher Dunst entgegen.

Antoinette wandte bald voll Ekel den Kopf; der Geruch wurde ihr unerträglich. Inzwischen waren auch wieder ihr Bruder und Johann van der Lieth mit Martin herangekommen, der ihnen eine neue Rammeinrichtung gezeigt hatte.

Hinrich nötigte sie in ein leer stehendes Zelt, das etwas abseits stand und höher und geräumiger als die andern war. Das Innere schmückten rote Bänder und bunte Tücher. Es war für vornehme Gäste, besonders aber für den Herzog Friedrich von Holstein-Gottorp bestimmt.

Hinrich ließ durch den Marketender ein Fässchen vom besten Husumer Bier, Brot, Butter und Käse auftragen.

„Anderes kann ich den Herrschaften leider nicht vorsetzen. Die Erbsensuppe darf ich wohl nicht anbieten?"

Man war aber anderer Meinung und ließ sich auch ein Pröbchen aus dem großen Kessel geben. Quirinus und Johann van der Lieth leerten mit gutem Appetit ihren Teller, Antoinette schob ihn jedoch zurück. Dagegen trank sie ein Krüglein Bier und aß eine Schnitte Brot.

Während sie noch bei dem einfachen Mahl saßen, riefen zwei weithin tönende Schläge die Leute wieder an die Arbeit, Hinrich entschuldigte sich und ging hinaus. Es wollte ihm scheinen, als ob die Bewegung der Leute rascher sei als gewöhnlich. Nach einigen Minuten hatten sie alle ihre Arbeit wieder aufgenommen, während sonst noch zum zweiten und manchmal auch zum dritten Male geläutet werden musste, um die Lässigen von ihrem Lager zu treiben.

Er stellte den Gästen das Zelt zur Verfügung und zeigte ihnen die an den Seiten angebrachten, voneinander getrennten und mit Wandteppichen abgekleideten Ruhebetten. Sie nahmen das Anerbieten dankend an.

Da die Ruhe ihnen augenscheinlich nötig war, so zogen Hinrich und Martin sich zurück.

Hinrich machte sich aber gleich darauf auf nach dem weißen Hause.

Sein Weg führte ihn erst durch den neuen Koog; dann erstieg er den Deich und neben ihm dehnten sich die Watten aus. Große Veränderungen hatten die letzten zwölf Jahre hier geschaffen. Was damals, kurz nach der Flut, noch Weidegrund, wenn auch mit verkümmertem Graswuchs, gewesen war, das lag jetzt da als eine graue, in der stechenden Sonne flimmernde Schlickfläche. Hier war nichts mehr zu retten; wenigstens konnten Jahrhunderte darüber hingehen, bevor die Fläche sich wieder in grünes Land verwandelte.

Dann ging er, in Gedanken versunken, quer über das Watt. Einige ganz von Schlamm bedeckte niedrige Mauerreste waren die Überbleibsel der früheren Häuser. An einer Stelle sah man noch deutlich den Herd. Auch die Einteilung der Felder war noch zu unterscheiden. In den Tiefen stand blankes Seewasser, und eine alte Frau machte sich in der Nähe einer Ruine in einem tieferen Gewässer mit einem Netz zu schaffen. In dem Augenblick, als Hinrich vorbeiging, hob sie es in die Höhe. Es enthielt einige Handvoll durcheinanderwimmelnde kleine Schaltiere, die sie in einen Korb schüttete.

Hinrich musste sich ein wenig Ruhe gönnen. Der rasche Gang in der entsetzlichen Schwüle hatte ihn erschöpft; sein Herz klopfte rasch und das Blut stieg ihm zu Kopf.

Er bot der Frau einen Gruß, den sie freundlich erwiderte, und erkundigte sich dann nach dem Ertrage ihrer Arbeit. Sie gab ihm Auskunft, wischte sich mit ihrer Schürze den Schweiß vom Gesicht und erzählte darauf, dass sie in diesem Hause im Sommer vor der Flut noch als Gevatterin an einer Kindtaufe teilgenommen habe.

„Wer mir damals gesagt hätte, dass ich hier nach dreizehn Jahren Porren fischen sollte, den hätte ich für verrückt gehalten. Es will mir noch immer nicht in den Kopf, und häufig ist mir, als ob hier noch alles beim Alten wäre. Wenn ich hier so ganz mutterseelenallein bin, Herr, dann wird es laut um mich her; ich höre Kühe brüllen und Menschen sprechen, aber alles gedämpft, als ob es aus der Erde kömmt. Manchmal vermag ich deutlich Stimmen zu unterscheiden und verstehe Worte. Oh, wenn ich so eine bekannte Stimme höre – das ist schrecklich, Herr! Ich danke nur Gott, dass ich nichts von all dem sehen kann, was hier herum lebt. Man könnte den Verstand verlieren. – Was ist das, Herr; könnt Ihr es nicht erklären? Ich habe so viel darüber nachgedacht, kann aber nicht dahinterkommen."

Hinrich sagte, dass das alles sicherlich nur Einbildungen seien; sie dächte noch zu lebhaft an die Vergangenheit.

Nun aber nahm das Gesicht der sonst so freundlichen Frau einen ärgerlichen Ausdruck an.

„Was meine eignen Ohren vernehmen, das soll mir niemand abstreiten. Ich merke schon, Ihr versteht nichts davon, Herr. Ist es nicht dasselbe wie mit dem Flecken Rungholt, dessen Glocken man noch läuten hört? Oh, ich habe auch die Glocken von Röhrbeck und einen Leichengesang gehört, und Volkert Harrsen ist vor einem Jahr bei Mondschein über das Watt gegangen, und plötzlich war er mitten in einem Dorf und musste einem Hochzeitszuge Platz machen. Und er hat die Braut und den Bräutigam erkannt; beide sind als junge Eheleute in der großen Flut ertrunken. Oh, Ihr könnt es mir glauben, Herr; alles, was untergegangen ist, steht noch da; Ihr seht es nur nicht, und alle Ertrunkenen leben noch. – Auch mein Mann", setzte sie flüsternd hinzu und ihre Augen weiteten sich; „manchmal höre ich ihn noch –"

Hinrich hatte sich so weit erholt, dass er seinen Weg wieder fortsetzen konnte. Er fühlte sich seltsam berührt von den fast irren Reden der Alten. Es gab also Menschen, denen die Vergangenheit noch in voller Lebendigkeit dastand, die durch die längst versunkenen Dörfer schritten und die Toten reden hörten.

Nach einem halbstündigen Marsche hatte er wieder Gras unter den Füßen. Vor ihm lag das weiße Haus. Er stieg schnell die hohe Warft hinauf. Im Vorbeigehen warf er einen Blick durch das Fenster in das Geschäftszimmer. Arnold Amsinck saß vor seinem Schreibtisch in einem Lehnstuhl; er hatte den Kopf auf das Polster zurückgelehnt und schien zu schlummern.

Als Hinrich eintrat, schrak er empor; dann fuhr er sich mit der Hand über die Augen und erwiderte mit einem freundlichen Lächeln seinen Gruß.

Er war in den letzten Jahren sehr gealtert; sein Haar war fast weiß und in seinen Wangen waren einige scharfe Falten entstanden. Dennoch hatte er nichts Greisenhaftes an sich; aus seinen Zügen sprach noch immer die alte Energie und seine Gestalt war ungebeugt.

Er bat Hinrich, Platz zu nehmen. Dann sagte er wie entschuldigend:

„Die Hitze machte mich schläfrig und so nickte ich ein wenig ein. Aber selbst im Schlaf lässt das Unternehmen mir keine Ruhe. Oh, dieser Deich! Fast wie ein Dämon erscheint er mir. Tag und Nacht sehe ich ihn. Wenn ich morgens aufwache, ist mein erster Gedanke der Deich, und lege ich mich schlafen, so steht er vor mir, und keine Nacht vergeht, dass ich nicht von ihm träume. Eben, als Ihr eintratet, war es mir, als wenn ich durch den Koog ging, und wie ich nun nach dem Deiche ausschaute, da war die Lücke geschlossen, wie ein eiserner Ring umschloss er das Land. Und nun sah ich auch stattliche Gehöfte, grasende Viehherden und wogende Kornfelder, und da jubelte es in mir auf: So ist denn alles erreicht und deine Lebensarbeit nicht umsonst gewesen. Lacht mich aus, aber ich muss gestehen, dieser Traum hat mich ganz vergnügt gemacht; sonst hatte ich in meinen Träumen fast stets mit schweren Widerwärtigkeiten zu kämpfen, mit Deichbrüchen und dergleichen. – Doch, ich seh Euch an, Ihr habt etwas auf dem Herzen. Hoffentlich ist es nichts Unangenehmes."

Hinrich berichtete über den Besuch der Flamländer.

„Ich hielt es für meine Pflicht, Euch sofort davon in Kenntnis zu setzen. Soweit ich beurteilen kann, haben wir von dieser Seite nichts Gutes zu erwarten."

Arnold Amsinck war aufgestanden und durchschritt einige Male rasch das Zimmer. Dann blieb er stehen und schaute nachdenklich zum Fenster hinaus.

„Ich habe es kommen sehen und glaube kaum, dass das Unglück von den armen Nordländern abzuwenden ist. Ich persönlich habe wenig zu fürchten. Nachdem die Sache jetzt einen so guten Fortgang nimmt, stehe ich wieder gut angeschrieben beim Herzog; ihm ist es ja nur um die Steuern zu tun. Aber die andern! Sie sind nicht imstande gewesen, ihr Besitztum dem Meere wieder abzunehmen. Ich fürchte, der Herzog wird sich nicht scheuen, ihnen ihr Land zu nehmen, wenn reiche Unternehmer die Verpflichtung eingehen, es wieder deichfest zu machen."

Hinrichs Gesicht rötete sich; mit erregter Stimme sagte er:

„Das wäre aber gegen Recht und Gesetz!"

„Recht und Gesetz! Als ob die einen Deut wert wären; ausschlaggebend ist allein der Geldsack!"

„Ich kann nicht glauben, dass es dazu kommen wird. Ein so leutseliger, ja liebenswürdiger Mann wie der Herzog Friedrich sollte seine Untertanen so behandeln – nein, Herr; ich glaube, Ihr beurteilt ihn falsch!"

„Die Zukunft wird lehren, wer recht hat; ich habe meine Beziehungen zum Hofe und kann Euch nur sagen, dass dieser Schritt schon mehr als einmal erwogen ist. Wären die Generalstaaten damals auf das Anerbieten eingegangen, so hätten Hunderte Nordstrander schon vor Jahren ins Elend wandern müssen. Es ist mir damals unter dem Siegel der tiefsten Verschwiegenheit mitgeteilt worden, und ich muss es Euch dringend ans Herz legen, mit keiner Silbe dies Geheimnis laut werden zu lassen. Ich arbeite im Stillen daran, dies Äußerste von den Nordstrandern abzuwenden – Ihr wisst ja, ich habe gute Freunde und Gönner unter den Ratgebern des Herzogs –; es wäre aber alles verloren, wenn es bekannt würde, was man gegen die Unglücklichen im Schilde führt. Auch die flehendste Bitte, ihnen ihr Land zu lassen, das ihnen im Sommer doch immer noch Weide für die Schafe bietet, würde beim Herzog kein Gehör finden, ihn vielmehr für Einwirkungen von anderer Seite empfänglich machen. Denn immer noch hegt er einen geheimen Groll gegen die Nordstrander. Ihren Widerstand im Jahre 1628, als sie die zum Schutze gegen die Königlichen nach Nordstrand gesandten herzoglichen Truppen gefangen nahmen und in die Lither Kirche sperrten, kann er ihnen nicht vergessen."

Amsinck erbat sich jetzt nähere Mitteilung über die Flamländer und ließ sich eingehend erzählen, was ihr besonderes Interesse erweckt hatte und wie sie über den Deichbau urteilten. Schließlich sagte er:

„Wir dürfen uns nicht merken lassen, dass sie uns wenig willkommen sind. Sie sind unsere Gäste und müssen mit aller Höflichkeit und Zuvorkommenheit behandelt werden. Ich werde noch heute Abend beim Bau eintreffen, wenn die Luft ein wenig abgekühlt ist. Jetzt ist die Hitze mir zu stark; auch möchte ich am Nachmittag nicht fortgehen, weil ich Sara erwarte."

Hinrichs Augen leuchteten auf. Arnold Amsinck warf ihm einen raschen Blick zu; dann nahm er einen geöffneten Brief vom Tisch und sagte:

„Sie schreibt mir, dass sie heute kommen wird. Übrigens lässt sie Euch grüßen, Euch und Martin Pistorius."

Hinrich verneigte sich dankend. Er hatte schon die Absicht gehabt, sich sofort zu empfehlen, da seine Anwesenheit bei dem Deichbau wünschenswert war. Nun aber empfand er große Lust, bis zur Ankunft Saras zu verweilen. Blitzschnell überlegte er, ob sich dies möglich machen ließ. Sie musste bald eintreffen, da der Nachmittag schon halb zu Ende war; ob er nun eine Stunde früher oder später die Beaufsichtigung der Arbeiten wieder übernahm, war ja schließlich ziemlich gleichgültig, da Martin ihn vertrat. Allerdings Martin – schade, dass der in den letzten Jahren an Autorität unter den Arbeitern eingebüßt hatte, weil er nicht immer nüchtern war und so manchmal ärgerliche Szenen herbeigeführt hatte. Nun, für die paar Stunden war sicherlich nichts zu befürchten. So beschloss er denn zu bleiben.

Arnold Amsinck hatte ihn scharf beobachtet. Als er Hinrichs Zögern sah, glitt ein verstohlenes Lächeln über seine Lippen.

Um einen Vorwand für sein Verweilen zu finden, holte Hinrich aus einem großen Aktenschrank einige Pläne und Kostenrechnungen hervor, die er auf einen Tisch ausbreitete und zu studieren begann. Dann erklärte er, was auch der Wahrheit entsprach, Quirinus in der Velten habe sich nach verschiedenen Maßverhältnissen und Preisen erkundigt, die er nicht ganz genau im Kopfe gehabt habe. Um ihm keine unrichtigen Angaben zu machen, halte er es für richtig, einen kurzen Auszug zu Papier zu bringen.

So setzte er sich denn an den Tisch, nahm die Feder zur Hand und schrieb auf einen großen Bogen Zahl an Zahl.

Amsinck rief die Haushälterin herbei. Es war eine schon bejahrte, sehr korpulente Person, die stark unter der Hitze zu leiden schien; denn ihr von Schweiß bedecktes Gesicht glühte. Er forderte sie auf, zwei Krüge voll Bier zu bringen.

Pustend kam sie nach einiger Zeit wieder und setzte das Verlangte auf den Tisch.

Der kühle Trunk tat ihnen wohl; denn selbst hier im schattigen Zimmer herrschte eine drückende Schwüle.

Während Hinrich seine Auszüge machte, war Arnold Amsinck vor die Tür getreten und schaute nach dem Festlande aus. Die flimmernde Luft lag wie ein feiner Schleier vor der Höhe, sodass die ferneren Gegenstände nicht klar zu unterscheiden waren. Er strengte seine Augen an und da war es ihm, als wenn sich ein Punkt über die zwischen der Hallig und der Küste sich ausbreitenden Watten bewegte. Bald sah er, dass es ein Mensch war, der immer näher kam. Sollte es seine Tochter sein? Zuzutrauen war es ihr, obgleich er ihr in seinem Briefe empfohlen hatte, die Flut abzuwarten und sich mit einem Boot übersetzen zu lassen. Allerdings war mit dieser Wanderung eine Gefahr nicht verbunden, da sie noch leicht vor Eintritt des Wassers das Haus erreichen konnte; aber ein ziemlich tiefer Priel lag vor der Hallig, den ein nicht sehr auf seine Kleider achtender Mann wohl zu durchwaten vermochte, der für eine junge Dame indes ein großes Hindernis bildete.

„Sara!", rief es plötzlich hinter ihm, und als er sich überrascht umwandte, stand Hinrich in der Tür und schaute unverwandt in die Ferne.

„Seid Ihr schon fertig mit Eurer Arbeit?"

„Oh", warf Hinrich leicht hin, „ich brauchte nur einige Zahlen, die schnell aufgeschrieben waren. – Aber, seht dort das Mädchen! Ich glaube bestimmt, es ist Sara! Wie unvorsichtig von ihr, wenn sie doch wenigstens eine Begleitung mitgenommen hätte. Ihr gestattet, dass ich ihr entgegeneile? Unmöglich kann sie allein durch den Priel kommen; das musste sie doch wissen!"

Ohne eine Antwort abzuwarten, ging Hinrich rasch davon. Amsinck schaute ihm lächelnd nach; dann stieg auch er die Warft hinunter und schritt langsam über den üppigen Rasen, aus dem vereinzelte Strandnelken ihre blassvioletten Köpfe erhoben, dem Wattengebiet entgegen.

Hin und wieder hielt er die Hand über die Augen, um besser sehen zu können. Lag es an seinen alternden Augen, dass alles wie von einem feinen, auf und ab wogenden Dunst bedeckt erschien? Nein, bis jetzt erfreute er sich noch einer scharfen Sehkraft; die Gluthitze war es, die über dem trockenen Meeresboden brütete. Er vermochte aber doch zu unterscheiden, dass Hinrich und das Mädchen rasch näher kamen. Nun stand Hinrich vor dem Priel, der sich wie ein Silberstreifen aus dem Grau der Watten blinkend abhob. Dann wurde er kleiner. Er war ins Wasser gestiegen, das ihm bis an den Leib reichte. Als er wieder aufs Trockene gelangt war, hatte auch schon das Mädchen den Priel erreicht. Nun standen sie einige Augenblicke nebeneinander; dann hob Hinrich sie empor und trug sie durch das Wasser. Langsam ließ er sie wieder auf den Boden gleiten und gleich darauf schlug ein leiser Ton an Amsincks Ohr, der wie ein lustiges Lachen klang. Oder war es die Stimme einer weit draußen wie ein weißer Punkt am blauen Himmel stehenden Möwe?

Beim Weitergehen schienen sie sich zuerst gar nicht sehr zu beeilen; als sie aber näher kamen, löste sie sich plötzlich von Hinrich los und flog auf ihn zu. Jetzt erst erkannte er mit Bestimmtheit die Gestalt seiner Tochter und bald auch ihr Gesicht. Auch er eilte ihr entgegen.

Es war eine innige Begrüßung zwischen Vater und Tochter, die sich mehrere Jahre nicht gesehen hatten. Sie war außer sich vor Freude und schlang zärtlich die Arme um seinen Hals. Hinrich stand glückstrahlend daneben.

Nun gingen sie langsam der Hallig zu.

„Weshalb hast du nicht gewartet, bis die Flut kam, Sara? Es war doch ein Wagnis, sich so allein auf die Watten zu begeben; nicht wegen des Wassers, aber es treibt sich hier viel loses Gesindel umher."

„Daran hab ich nicht gedacht. Meine Ungeduld war zu groß, dich wiederzusehen, Vater, und so machte ich mich denn zu Fuß auf den Weg. Ich hätte ja unsern Fuhrknecht mitnehmen können, der mit Wagen und Gepäck in der Wirtschaft hält, aber was versteht so ein Hamburger Junge von den Watten; der hätte nicht riskiert, mich durch den Priel zu tragen."

„Aber wie wärest du hindurchgekommen, wenn wir dich nicht gesehen hätten?"

„Oh, das war meine geringste Sorge. Darauf war ich vorbereitet; schau mich doch einmal an, Vater."

Sie hob lachend das Kleid ein wenig in die Höhe; da sah er denn, dass sie weder Schuhe noch Strümpfe an den Füßen hatte.

„Ich kenne unsere Watten zu gut und weiß auch die Stelle, wo das Wasser des Priels kaum bis an die Knie reicht. Es ist ein kleiner Umweg von zehn Minuten. Der da – allerdings", sie neigte den Kopf lächelnd gegen Hinrich, „geht geradeaus und sucht sich natürlich die allertiefste Stelle aus."

„Und dein Fußzeug?"

„Habe ich in den Kleidertaschen untergebracht."

Sie zog ihr Kleid zu beiden Seiten auseinander. „Seht! Hier guckt ein Schuh heraus und dort ein Strumpf."

„Du bist noch immer das alte lustige Mädchen – und schreckst vor nichts zurück. Bewahre dir deinen heiteren Sinn! Hier in der Einsamkeit ist er unersetzlich! Ich fürchte nur, dass du es nicht lange bei uns aushalten wirst?"

„Sei unbesorgt, Vater! Wie habe ich mich gesehnt nach dir – nach den Watten, den Halligen und dem Meer! Hamburg ist schön, gewiss, aber schöner ist deine neue Heimat! Du hättest mich sehen sollen in der letzten Zeit, wie ich den Kopf hängen ließ und wie trübselig mir noch auf der Reise zumute war. Aber sobald ich diese Luft atmete, da war es mir, als wenn neues, frisches Blut durch meine Adern rollte, und als ich vom Festlande aus das weiße Haus in der Sonne glänzen sah, da hielt es mich nicht mehr." Sie stieß einen jubelnden Laut aus. „Siehst du dort die Möwe, Vater, wie sie sich langsam durch die Luft dahintragen lässt? Weißt du, manchmal, wenn die Mauern der Stadt mir zu enge wurden, habe ich mir gewünscht, so eine Möwe zu sein!"

Hinrichs Augen ruhten bewundernd auf ihrem, von der Hitze geröteten, fast aristokratisch fein geschnittenen Gesicht, das jetzt einen kindlich fröhlichen Ausdruck trug. Unter einer eng anliegenden, haubenförmigen Kopfbedeckung, über der sie einen großen Reisehut trug, ringelten sich dunkelblonde Löckchen hervor. Sie war von Mittelgröße und, soweit die modische, etwas steife Tracht dies erkennen ließ, von schlankem und geschmeidigem Gliederbau.

Als sie den Rasen der Hallig erreicht hatten, holte sie mit jeder Hand einen Schuh aus ihren Taschen, setzte sie auf den Boden und schlüpfte barfuß hinein.

„Willst du nicht die Strümpfe anziehen?"

Sie schüttelte den Kopf.

„Nein; es ist nur wegen der scharfen Muscheln, die manchmal im Grase versteckt sind. Es geht sich zwar etwas unbequem, aber wir haben ja bald das Haus erreicht."

Nun gingen sie alle drei nebeneinander über den Rasen. Sara erkundigte sich nach den Fortschritten der Arbeit und immer wieder richtete sie ihre Augen auf die scharfe Linie des Deiches am Horizont.

„Den ersten Abend zu Hause wirst du allein verleben müssen, Sara! – Ich habe gesellschaftliche Verpflichtungen zu erfüllen, die nicht verschoben werden können."

Und nun erzählte er ihr von dem Besuch.

„Ich gehe mit dir, wenn du es erlaubst!"

Arnold Amsinck sah sie erst etwas überrascht an, dann warf er einen fragenden Blick auf Hinrich. Er war sich offenbar nicht klar darüber, ob er die Bitte seiner Tochter erfüllen sollte oder nicht.

Hinrich verstand ihn. Etwas zögernd sagte er zu Amsinck:

„Die Flut kommt und schneidet den Weg nach Hause ab. Eure Tochter müsste dann schon die Nacht im Lager verbleiben –"

„Das wäre ja herrlich!", unterbrach sie ihn und klatschte in die Hände. „Das habe ich mir schon immer gewünscht! Lieber Vater, du gestattest es mir doch?"

„Das herzogliche Zelt habe ich den Fremden überlassen", sagte Hinrich nachdenklich; „es lässt sich allerdings noch leicht ein gutes Zelt herrichten, an Leinen und Stangen fehlt es nicht; auch Decken sind vorhanden."

Amsinck gab schließlich, wenn offenbar auch nicht ohne Bedenken, seine Einwilligung.

Im weißen Hause ließ Hinrich sich noch schnell eine Erquickung geben, dann verabschiedete er sich von den beiden, da die Zeit zur Rückkehr drängte. Amsinck und Sara versprachen, nach einer halben Stunde ihm zu folgen. Wegen der nahen Flut ließ der Gang sich länger nicht verschieben.

In seelenvergnügter Stimmung legte Hinrich den Weg über die Watten und durch den neuen Koog zurück.

Er hatte kein Auge für seine Umgebung; immer musste er an Sara denken. Besonders vergegenwärtigte er sich das erste Wiedersehen am Priel und die wonnigen Augenblicke, als er sie durch das Wasser trug.

Als er im Lager eintraf, erteilte Martin einem Deichbasen einen Auftrag. Er ging auf Hinrich zu und sagte:

„Gott sei Dank, dass du wieder hier bist! Das Frauenzimmer hat sich schon dreimal nach dir erkundigt. Vor der nimm dich in Acht, mein Junge; die wirft ihre Netze nach dir aus! – Da ist sie schon wieder!"

Bevor Hinrich noch erwidern konnte, steckte Antoinette schon den Kopf zum Zelte heraus und bald folgte das ganze bewegliche Persönchen. Sie hatte ihn bald erspäht und nun ließ sie die Augen nicht von ihm, blieb aber ruhig am Eingang des Zeltes stehen.

Die Worte Martins hatten ihn nicht gerade angenehm berührt; gegenwärtig, wo seine ganze Seele von dem Bilde der Geliebten erfüllt war, lag ihm nichts ferner, als mit einem andern, wenn auch noch so reizenden und liebenswürdigen weiblichen Wesen ein Liebesgeplänkel anzuknüpfen. Er konnte sie aber, ohne sich einer Unhöflichkeit schuldig zu machen, nicht gänzlich unbeachtet lassen.

So trat er denn, wenn auch nicht gerade eiligen Schrittes, auf sie zu. Er verbeugte sich höflich und erkundigte sich, wie ihr der Aufenthalt im Zelte gefallen habe.

Sie antwortete nicht gleich. Prüfend ruhte ihr Blick auf seinem Gesicht; der kühle Ton, in dem er die Frage an sie richtete, entging ihr nicht, ebenso wenig der gleichgültige Ausdruck seiner Mienen, während er vorher aufgeräumt und zuvorkommend gewesen war. Was mochte inzwischen vorgegangen sein?

Langsam erwiderte sie, wobei ihre Augen sich auf den Boden richteten, dass sie einige Stunden geruht habe und sich jetzt wieder sehr wohl befinde. Die bequeme und schöne Einrichtung des Zeltes habe ihren vollen Beifall gefunden.

Hinrich teilte ihr mit, dass Arnold Amsinck sich beehren würde, am Abend den Gästen einen Besuch abzustatten.

Sie neigte dankend das Haupt, antwortete aber nicht.

Es entstand eine Pause.

Hinrich sann nach, um einen Gesprächsstoff zu finden. Sie schaute ihn jetzt mit halb geschlossenen Augen an, und einmal war es ihm, als ob ihre Lippen sich zu einem leichten spöttischen Lächeln verzogen. Er fühlte sich befangen, und in seiner Verlegenheit ließ er die Augen hin und her wandern. Zum Glück gewahrte er in einiger Entfernung ihren Bruder und Johann van der Lieth, die mit einem Deichbasen rasch näher kamen.

„Die Herren haben schon einen Ausflug gemacht?", frug Hinrich, froh, einen Gesprächsstoff gefunden zu haben.

Sie nickte nur.

Wieder entstand eine Pause.

Bald waren die Herren herangekommen und begrüßten ihn.

Der Deichbas, der sie begleitet hatte, trug einen Spaten über der Schulter.

„Wir haben den Boden geprüft", sagte Quirinus; „er ist von bester Beschaffenheit – und wird sicher fünfzigfältige Frucht tragen. Möget Ihr den Deich glücklich und recht bald vollenden! Ihr habt dann ein schönes Werk zu Ende gebracht und könnt mit frischem Mut neue Unternehmungen beginnen; an Land fehlt es wahrhaftig nicht. Wenn auch vieles nicht mehr zu retten ist, so ist doch anderes, und dazu gehört dieser Koog und die hinter dem Deich nach Westen liegenden Flächen, verjüngt aus der Flut hervorgegangen. Die fortgeschwemmte fette Erde hat sich hier angesetzt und den

Boden verbessert. Ähnlich soll es, wie ich höre, mit dem Moor gegangen sein. Bestätigt sich dies, Herr?"

„Gewiss! Das wilde Moor, sonst ein unfruchtbares, mit Heide und Gestrüpp bewachsenes Land, verwandelt sich allmählich in fruchtbaren Marschboden. Allerdings nicht ohne Zutun der Bewohner, die mit unsäglicher Mühe die angeschwemmte Erde auf die höher gelegenen Ländereien geschafft haben. Ein Übriges tut die Flut; sie setzt die niedrigen Teile der Hallig häufig unter Wasser und lässt stets eine feine Lage Schlamm zurück, den sie von dem verwüsteten Lande dorthin trägt. So gelingt es den Bewohnern, sich allmählich aus ihrer Not herauszuarbeiten. Ich zweifle nicht, dass sie dereinst noch in die Lage kommen werden, ihren ursprünglichen, jetzt dem Meere schutzlos preisgegebenen Besitz wieder deichfest zu machen. Schon jetzt haben sie den Bau einer Kirche beschlossen und für das Predigeramt einen trefflichen und gelehrten Mann, Anton Heimreich, in Aussicht genommen."

Hinrich hatte nicht ohne Absicht der Möglichkeit Erwähnung getan, dass die Nordstrander, die auf dem wilden Moor ihre Zuflucht und eine neue Heimat gefunden hatten, wieder in den Besitz ihrer alten Ländereien und dadurch zu ihrem früheren Wohlstand gelangen könnten. Er gedachte nicht ohne Grimm der Mitteilung Arnold Amsincks.

Es entging ihm nicht, dass Quirinus in der Velten und Johann van der Lieth bei seinen Worten einen schnellen Blick wechselten. Und dieser Blick verriet ihm ihre Gedanken; es war ihm plötzlich klar, dass der Zweck ihrer langen Reise von den Niederlanden nach Nordstrand doch nicht so harmloser Natur sei, als sie angegeben hatten. Ohne Zweifel trugen sie sich mit Hintergedanken.

Die Fremden hatten noch mancherlei Fragen zu stellen, Hinrich war vorsichtig geworden und überlegte jede Antwort. Manches verschwieg er, was er sonst wohl mitgeteilt hätte, oder stellte es in einem für die Nordstrander günstigen Lichte dar. Er merkte bald, dass die beiden, ganz besonders aber Johann van der Lieth, von allen Verhältnissen so gut unterrichtet waren, dass der Versuch, sie durch Unwahrheiten irrezuführen, Torheit gewesen wäre. So entsprach alles, was er mitteilte, den Tatsachen; er behielt aber manches für sich, was zu wissen ihnen hätte dienlich sein können.

Sie hatten sich während der Unterhaltung ins Zelt begeben und dort Platz genommen. Während sie so saßen, betrachtete Hinrich seine schmutzigen Stiefel. Am Morgen hatte er lange beim Deich in nasser Kleierde gestanden, die jetzt in dicken, weißen Krusten angetrocknet war. Auch über sein Arbeitszeug ließ er einen flüchtigen Blick gleiten. Er war nicht gewohnt, in dieser Umgebung Wert auf seine äußere Erscheinung zu legen; feine Kleider konnte man hier nicht anlegen, sie wären in kurzer Zeit dahin gewesen. – Aber er empfand es doch unangenehm, so sehr von den herrschaftlich gekleideten Gästen abzustechen. Er beschloss, sich für den Abend umzukleiden; zugleich war dies eine willkommene Veranlassung, sich von den Gästen zu trennen, deren endloses Fragen ihm lästig zu werden begann.

Antoinette hatte sich an der Unterhaltung mit keinem Wort beteiligt. Sie saß auf einem niedrigen Schemel, sodass es fast aussah, als wenn sie auf dem Boden hockte, und spielte mit einem silbergrauen Kätzchen, Hinrich erinnerte sich, das zierliche Tier schon gesehen zu haben. Eine der jungen Dirnen hatte es vor einigen Wochen ins Lager gebracht, wo es jetzt ein freies, lustiges Leben führte, da es ihm an Nahrung nicht fehlte. Es blieb immer genug übrig, um einen kleinen Katzenmagen zu füllen.

Er entschuldigte sich und ging dann nach der Bretterbude, die ihm und Martin als Wohnung diente. Hier lag in einer verschlossenen Truhe sein Staatsanzug, den er bisher nur bei der Anwesenheit des Herzogs getragen hatte. Rasch entledigte er sich seines Arbeitsanzuges, wusch sich und zog die neuen Kleider an. Dann strich er mit einer Bürste seinen Schnurrbart in die Höhe, wie es die Mode von Standespersonen verlangte, legte noch einen schneeweißen, breiten Kragen aus Brabanter Spitzen um den Hals und zog hohe Spitzenmanschetten über die Ärmel.

Als er sich jetzt in dem kleinen Spiegel betrachtete, der an der Holzwand hing, musste er fast lächeln: aus dem Arbeiter war in einem Viertelstündchen ein Edelmann geworden, dem nur noch der Degen fehlte. Auch den hatte er in der Truhe liegen; als Studierter war er berechtigt, ihn zu tragen. Einen Augenblick überlegte er: Soll ich ihn anlegen? Dann aber fiel ihm ein, dass er auch bei den Gästen keinen Degen gesehen hatte. So verzichtete er denn darauf, sich mit diesem Abzeichen der vornehmen Stände zu schmücken.

Es war ihm fast, als ob er mit dem Werktagskleid auch die Werktagsstimmung abgelegt hatte. Er fühlte, dass er seinen Gästen jetzt freier gegenübertreten konnte; in seinem Arbeitszeug hatte er immer das heimliche Empfinden gehabt, als wenn ein Abstand zwischen ihm und den andern war. Jetzt fühlte er sich ihnen gleich. Und dann freute er sich auch, einen Abend in Gesellschaft gebildeter Menschen verleben zu dürfen, was ihm so selten vergönnt war. Ob ihre Absichten lauter waren oder nicht, sollte ihn heute Abend nicht kümmern. Vielleicht entbehrte sein Misstrauen auch jeglichen Grundes. Doch das würde sich alles später finden.

Gut gelaunt betrat er das Zelt, und seine aufgeräumte Stimmung teilte sich auch bald den andern mit. Jetzt erst fanden sie einen ungezwungenen, fast kameradschaftlichen Ton. Auch Antoinette fand bald wieder Worte, und als der Bann erst gebrochen war, geriet sie in die übermütigste Stimmung und war zu allerlei Scherzen aufgelegt.

Nachdem man ein halbes Stündchen so verplaudert hatte, ging Hinrich hinaus, um die Anordnung zum Bau des für Amsinck und Sara beistimmten Zeltes zu treffen.

Martin stand am Deiche mit den Füßen in nasser, soeben ausgegrabener Erde.

„Übertrage die Aufsicht einem Deichbasen, Martin, und kleide dich um."

„Ist der Herzog noch heute zu erwarten?"

„Nein, aber wegen der Gäste. Auch Amsinck trifft mit seiner Tochter hier ein."

Martin verzog verächtlich den Mund.

„Wegen dieser Herrschaften soll ich mir die Mühe machen? Danke, ich verzichte darauf!"

„Ich bitte dich drum! Man fühlt sich wieder einmal als Mensch, wenn man in anständigem Zeuge steckt. Und dann ist die Unterhaltung mit gebildeten Menschen doch auch nicht zu verachten."

„Findest du? Nun, ich für meine Person lege keinen Wert mehr darauf. Diese Gesellschaft", er zeigte auf die Arbeiter, „behagt mir am besten."

„Früher war es doch anders; wie häufig hast du mir nicht geklagt, hier in der Wasserwüste so von allen Quellen des Wissens und der Bildung abgeschnitten zu sein."

„Früher! Die Zeiten ändern sich, mein lieber Hinrich! Glaube übrigens nicht, dass man unter diesen Leuten der Gefahr ausgesetzt ist zu verblöden. Du verkehrst zu wenig mit ihnen – und es muss ja so sein, wegen der Autorität, ich gebe es zu –, aber du lernst sie nicht kennen. Die meisten haben ein bewegtes Leben hinter sich, haben mehr gesehen und erfahren als zehn Magister zusammengenommen. Und darunter sind Leute, die ihre eigenen Gedanken vom Leben haben, wahre Philosophen, sage ich dir. Und was die Bildung betrifft, nun, du kennst ja Boethius; er ist einer unserer besten Arbeiter, aber leider Gottes ein lockerer Geselle. Der hat so gut studiert wie du und ich und sogar als wohlbestallter Pfarrer das Wort Gottes von der Kanzel verkündet. Hätte er sich schicken können, so wäre er jetzt eine Leuchte seines Standes! Aber die Frauen! Schließlich hat man ihn mit Schimpf und Schande davongejagt. Nirgends fand er eine bleibende Stätte, aber immer behielt er den Kopf oben. Das ist ein Mensch, sage ich dir, der nicht umzubringen ist! So ein Mann wiegt mir", er warf einen verächtlichen Blick nach dem herzoglichen Zelte, „ein Dutzend von euren geleckten Gesellen auf. Und in all dem wüsten Leben hat er seine Liebe zu den Wissenschaften bewahrt. Es war mir ein Genuss, mit ihm mein geliebtes Latein wieder aufzufrischen. Einige lateinische und griechische Bücher sind seine steten Begleiter."

„Was habt ihr zusammen gelesen?"

„Nun, Ovid und Petronius."

Hinrich konnte ein Lächeln nicht unterdrücken.

„Gott ja, es ist leichtfertiges und sündhaftes Zeug. Aber man erfreut sich doch des sprachlichen Wohllauts und der Kunst des Dichters. Übrigens besitzt er auch den Homer und Horaz. Auch die werden wir zusammen lesen."

„Schade um den Menschen!"

„Schade? Nun, wie man's nimmt! Er fühlt sich nichts weniger als unglücklich; das vagierende Leben ist eben sein Element."

Hinrich schüttelte missbilligend den Kopf.

„Ich verstehe solche Menschen nicht!"

„Ja du! Früher dachte ich auch so und verdammte alles, was nicht auf dem graden Wege wandelte. Die Zeiten sind aber längst dahin! Weißt du noch, wie wir über Johann van der Lieth auf der Universität urteilten? Hielten wir ihn nicht für Zeit und Ewigkeit verloren? Und jetzt? Nun, ich brauche dir ihn nicht zu schildern. Sicherlich wirst du keinen schlechten Eindruck von seinem ruhigen und abgeklärten Wesen empfangen haben. Während deiner Abwesenheit sprachen wir lange miteinander und tauschten alte Erinnerungen aus, und dabei trat deutlich zutage, dass er seine philosophischen Ansichten, die uns damals der Inbegriff aller Gottlosigkeit zu sein schienen, noch immer nicht verleugnet. – Hierbei hat er mir eine Mitteilung gemacht, die – "

Martin stockte, als wenn er nach dem passenden Ausdruck suchte. Dann stieß er rasch und erregt hervor:

„Er hat Karen gesehen!"

„Karen?" Hinrich griff mit der Hand nach einem neben ihm in der Erde steckenden Pfahl, als wenn er eine Stütze suchte.

„Ja! Karen, deine Schwester! Sie lebt allein in Flandern. Durch Zufall hat er sie kennengelernt. Als er dann erfuhr, dass sie deine Schwester sei – dein Name war ihm wohl bekannt – hat er sich ihrer angenommen, denn – sie lebt in Armut und Elend."

„In Armut und Elend?"

„Ja, Owe Knudsen hält man schon seit Jahr und Tag wegen seiner kirchenfeindlichen Lehren gefangen, wie ich glaube, in einer kleinen, süddeutschen Stadt. Um nicht dasselbe Schicksal zu teilen, ist sie auf seinen Rat in die Niederlande geflüchtet."

„Warum ist sie nicht zu mir gekommen?"

„Nun – dein Brief hat sie wohl zurückgehalten. Schriebst du ihr nicht, als sie ihr Erbteil von dir erhielt, dass nun alle Bande zwischen euch zerschnitten seien? So etwas schlägt tiefe Wunden, Freund, die nicht so leicht vernarben!"

Hinrich biss sich auf die Lippen.

„Als sie von der Absicht Johann van der Lieths erfuhr, nach Nordstrand zu reisen, hat sie ihn dringend gebeten, dir nichts von ihr zu erzählen. Und darauf hat er ihr die Hand geben müssen. Unterwegs hat er es sich aber durch den Kopf gehen lassen, und da ist es ihm denn doch rätlich erschienen, dir ihre elende Lage nicht zu verheimlichen. Und weil er zu dir nicht davon sprechen durfte, so hat er sich des jesuitischen Kniffes bedient und mir die Sache anvertraut. Ich wollte dir erst später davon Mitteilung machen, aber – wovon das Herz voll ist, davon geht der Mund über."

Bis hierher hatte Martin ganz ruhig gesprochen, als wenn er eine gleichgültige Mitteilung zu machen hätte. Jetzt änderte sich aber plötzlich der Ton seiner Stimme. Er hob die Arme empor, und wie eine bittere Klage kam es über seine Lippen:

„Karen in Armut und Elend!"

Dann wandte er das Gesicht zur Seite, um seine Ergriffenheit zu verbergen.

In diesem Augenblick gewahrte Hinrich Arnold Amsinck und Sara. Er hatte ihr Kommen übersehen; nun waren sie schon ganz in der Nähe des Lagers.

Amsinck winkte ihm und rief ihm einige Worte zu. Deutlich hörte er das Wort „Herzog" heraus.

Auch Martin hatte dieses Wort verstanden. Überrascht sahen sie sich an. Was hatte das zu bedeuten? War der Herzog in der Nähe? Er wurde doch erst in einigen Tagen erwartet!

Neugierig ging Hinrich rasch den beiden entgegen. Als sie sich so weit genähert hatten, dass sie sich deutlich verstehen konnten, sagte Amsinck:

„Eine überraschende Mitteilung! Der Herzog trifft noch heute Abend hier mit zwei Hofleuten ein! Er wartet nur die Flut ab, um sich vom Festlande übersetzen zu lassen. Der Knecht von ‚Hoolstill' brachte mir die Botschaft, als Ihr eben das weiße Haus verlassen hattet. Es ist doch alles in Ordnung?"

„In Ordnung ist wohl alles, bis auf das Zelt! Ich habe, wie Ihr wisst, es den Fremden überlassen. Wenn der Herzog kommt, müssen sie allerdings Platz machen, das können sie uns nicht übel nehmen. Aber wohin mit den Herrschaften? Nun, es wird sich wohl Rat schaffen lassen. Zunächst muss ich Euch mit unsern Gästen bekannt machen."

Sara blickte ihn forschend an.

„Der Herzog bringt Euch wohl viel Unruhe? Ihr seid aufgeregt!"

„Der Herzog? Ach so – nein, Ihr irrt Euch!"

Er fuhr sich mit der Hand über die Stirn. Der Herzog! der war ihm gleichgültig. Aber das Schicksal seiner Schwester lag ihm im Sinn! So war er denn zum Befremden Saras auffallend schweigsam.

Dann traten sie in das herzogliche Zelt. Nach Erledigung der gesellschaftlichen Förmlichkeiten machte Hinrich den Gästen die Mitteilung, dass der Herzog bald eintreffen werde. Zu seinem Bedauern müsse er sie daher bitten, das Zelt mit einem andern zu vertauschen.

Die fremden Herren taten sehr überrascht, während Antoinette keine Miene verzog. Hinrich, in dem das Misstrauen einmal erwacht war, glaubte, einen leichten spöttischen Zug um den Mund Johann van der Lieths wahrzunehmen. Und der Gedanke schoss ihm durch den Kopf: Kam die Nachricht ihnen gar nicht überraschend? Erwarteten sie wohl gar den Herzog? War vielleicht alles ein abgekartetes Spiel?

Die Herren kamen bald in eine angelegentliche Unterhaltung mit Arnold Amsinck. Sie beobachteten ihm gegenüber eine fast ehrerbietige Haltung, wie wenn sie mit einem Höheren sprächen. Ihre Ausdrucksweise war daher zuerst gemessen und jedes ihrer Worte erschien wohlüberlegt und abgewogen; erst allmählich stellte sich ein etwas ungezwungener Ton ein.

Arnold Amsinck hielt sich streng in den Grenzen der kühlen, gesellschaftlichen Höflichkeit in Worten und Mienen.

Sara und Antoinette hatten sich nebeneinander auf eine Bank niedergelassen. Ihre Unterhaltung kam zuerst nicht weit über den Austausch gesellschaftlicher Phrasen hinaus. Das Kätzchen spielte in der Nähe und jagte, wie ein Kreisel sich drehend, nach seinem eigenen Schwanz. Als das Gespräch stockte, lockte Antoinette das Tierchen zu sich heran und nahm es wieder auf den Schoß, um es zu streicheln.

„Ein niedliches Geschöpf, nicht wahr? Ich kann mir nichts Entzückenderes denken als so ein schmiegsames und zutrauliches Kätzchen!"

Nun strich auch Sara über das weiche Fell. Hierbei berührten sich die Finger der beiden Mädchen. Sara legte ihre kräftige, aber schön geformte Hand, der man die Arbeit in Haus und Küche ansah, leicht auf die schmalen und weißen, sicherlich jeder gröberen Arbeit ungewohnten Finger Antoinettens.

„Was für eine schöne, weiße Hand!"

Nun wurde ihr Ton vertraulicher. Sara erzählte, sie habe in Hamburg die Haushaltung geführt. „Dabei werden die Hände unschön und grob." Antoinette erklärte lächelnd, dass sie für Hauswirtschaft niemals Sinn gehabt hätte. Am liebsten habe sie in der Schreibstube gesessen. So kam allmählich ein lebhafteres Gespräch zustande.

Nach einer Stunde machten sich alle auf den Weg, um den Herzog zu empfangen. Die Sonne stand tief am Horizont. Durch die Lücke des Deiches sah man jetzt deutlicher das Meer. Es war viel näher gerückt, bis an das grüne Vorland, und als man auf dem Deiche stand, da bildete auch das Watt, durch das Hinrich vor einigen Stunden noch trockenen Fußes gegangen war, eine spiegelblanke Fläche. Noch war die Flut im Steigen; mit ganz flachen Wellen kam das Wasser, nur von der eigenen, treibenden Kraft bewegt. Kein Lüftchen wehte und noch immer lag die drückende Schwüle über Land und Meer. Ein Boot war noch nicht zu sehen. Um sich die Zeit zu vertreiben, lustwandelte man am Strand und beobachtete, wie die Wellen immer näher kamen. Antoinette sammelte kleine Steine und warf nach den Möwen, die auf leichten Schwingen über ihren Köpfen dahinzogen. Quirinus hatte sich Sara genähert und unterhielt sich bald eifrig mit ihr; Johann van der Lieth und Arnold Amsinck sprachen über Deichangelegenheiten, Hinrich fühlte sich unbehaglich; es blieb ihm nichts anderes übrig, als sich Antoinette zu widmen, obgleich er hierzu nicht in der Stimmung war. Er bezwang sich aber und half ihr beim Sammeln der Steine.

Einige nahm sie aus seiner Hand; dann sagte sie: „Genug, ich danke. Es ist doch ein kindisches Spiel. Gehen wir lieber ein wenig."

Und nun gab sie ihm durch eine Bewegung zu verstehen, dass er ihr den Arm reichen möge. Dann wandelten sie langsam durch das weiche, kurze Gras, zur linken Hand den steilen grünen Deich und rechts das leicht rauschende Wasser. Die Sonne hatte den Horizont erreicht und übergoss das Meer mit einer Strahlenflut.

„Vor reichlich einem Dutzend Jahren", sagte Hinrich, „breiteten sich hier, so weit das Auge reichte, noch fruchtbare Felder mit Dörfern und Gehöften aus. Und wenn die Sonne sich ins Meer senkte, dann warfen blanke Fensterscheiben ihre Strahlen zurück. Oh – die blitzenden Fenster von Röhrbeckhof!"

Die Erinnerung überwältigte ihn so, dass er nicht weitersprechen konnte. Es war ganz gegen seine Art. Aber die Nachricht von dem Schicksal seiner Schwester hatte ihn in eine weichmütige Stimmung versetzt, sodass er die Herrschaft über sich verloren hatte.

Der Ton, der in seinen letzten Worten lag, hatte sie aufhorchen gemacht. Sie schaute ihn groß an, doch ohne dass sich Teilnahme in ihren Mienen ausdrückte. Dann sagte sie nachdenklich:

„Sicherlich war es ein Unglück, das Euer Land betroffen hat. Aber – im Grunde – was hat es groß zu bedeuten – in unseren Zeiten?"

Er schaute sie verständnislos an.

„Rast nicht eine Sturmflut über die deutschen Lande, hundertmal gewaltiger als die Oktoberflut von 1634? Auf unserer Reise habe ich einige der Verheerungen beobachtet, die diese Flut im Gefolge gehabt hat! Überall führte unser Weg uns durch verwüstete Landstriche, durch verödete Städte und Dörfer. Schon achtundzwanzig Jahre tobt sie und niemand kann ihr Ende absehen."

„Ihr meint den Krieg?"

Sie nickte.

Hinrich schaute nachdenklich vor sich nieder. Dann sagte er:

„Ihr habt recht! Auch hierher, in unser abgelegenes Land, hat diese Flut ihre Wellen geworfen, wenn auch die großen Wogen uns nicht erreichten. Als im Jahre 1628 nach der vor zwei Jahren erfolgten Schlacht bei Lutter die Nordstrander die herzoglichen Truppen in die Lither Kirche sperrten, da war ich ein siebzehnjähriger Junge. Ich erinnere mich des ganzen Spektakels noch sehr gut. – Meine Landsleute waren immer etwas gewalttätiger Natur; niemals duldeten sie ernstlich Fürstenmacht über sich."

Er sann nach.

Plötzlich schwand der gedrückte Ausdruck aus seinem Gesichte und sein Auge leuchtete auf.

Dann wiederholte er, in Nachdenken versunken:

„Niemals duldeten sie ernstlich Fürstenmacht über sich."

„Aber das Volk ist nicht mehr dasselbe!"

Nun schrak er empor und schaute sie mit grenzenlosem Erstaunen an. Hatte sie seine Gedanken erraten?

Es war ihm, als wenn sie sich fester an ihn schmiegte. Sie hatten sich von den andern weit entfernt. Die Sonne war jetzt fast ganz ins Meer getaucht; nur ein schmaler, feuriger Rand war noch sichtbar. Dann schwand auch dieser und nun nahm das Wasser mit einem Male einen bleichen, bleifarbigen Glanz an.

„Das Volk?"

Das Wort entfuhr ihm fast ohne seinen Willen.

„Glaubt Ihr, dass die langen Jahre der Not und Entbehrungen ohne Einfluss auf den Volkscharakter geblieben sind? Ich kann Euch sagen, man rechnet damit!"

„Meint Ihr?"

Nur um zu antworten, brachte er diese nichtssagenden Worte hervor. Er war so verblüfft, dass er nicht wusste, was er auf diese Andeutung erwidern sollte.

Es entstand eine Pause. Dann drehte er sich um und sagte:

„Dort kommt ein Boot. Ohne Zweifel bringt es uns den Herzog. Wir müssen uns beeilen, um noch rechtzeitig zur Stelle zu sein."

Sie schlugen den Rückweg ein. Als sie einige Minuten gegangen waren, hemmte Hinrich seine Schritte.

„Eure letzten Worte klangen mir seltsam und überraschend. Man rechnet damit, dass das Friesenvolk seinen Charakter verändert hat? Wie meint Ihr das?"

„Ich meine gar nichts!", erwiderte sie kurz. Hinrich schwieg eine Weile. Dann sagte er lachend:

„Wovon haben wir eigentlich gesprochen?"

„Von der Luft, von dem Meer, von der Sonne!"

„Und haben uns beide missverstanden!"

Sie schaute ihn verständnisvoll an und nickte dann, wobei ein lustiges Lächeln über ihr Gesicht glitt.

Viertes Buch

Leuchtend stand der Vollmond am Himmel. Trotzdem die Mitternachtsstunde nahe war, herrschte noch lebendiges Treiben im Lager. Zu Ehren des Herzogs, der nun schon drei Tage in dem neuen Kooge weilte, hatte Arnold Amsinck ein Fest bereitet.

Zwanzig Balken waren in den Boden gerammt und mit großen eisernen, mit Pech, Teer und andern brennbaren Stoffen gefüllten Pfannen gekrönt.

Als die Abenddämmerung sich über die Erde senkte, loderten ringsumher die mächtigen Fackeln auf, Tageshelle um sich verbreitend.

Einige Arbeiter waren bemüht, ihnen unablässig neue Nahrung zuzuführen. Auf einem Holzschemel saß der alte Bonke und tränkte große Stücke Tuul – Torf, auf den Watten aus tiefgelegenen Moorschichten gegraben – mit Teer. Sein kleines, verrunzeltes, schwärzliches Gesicht verschwand fast in dem weißen Wust von Bart und Haar.

Ein erst vor einigen Tagen eingestellter Arbeiter betrachtete verwundert das gnomenartige Wesen.

„Ein sonderbares Kerlchen, nicht wahr?", wandte sich ein Kamerad lächelnd an ihn. Und dann erzählte er ihm, er habe Bonke schon gekannt, als dieser noch die Schafe auf Röhrbeckhof hütete. „Die große Sturmflut raubte ihm Frau und Kinder. Er selbst rettete sich auf einen treibenden Balken, der ihn aber so hart auf den Strand schleuderte, dass er eine schwere Verletzung am Kopfe erlitt. Seit jener Unglücksnacht hat er die Sprache verloren. Viele Jahre verlebte er dann einsam in der Heide; erst vor einigen Tagen tauchte er hier wieder auf. Was ihn hierher getrieben hat, weiß man nicht bestimmt; aber die Sehnsucht nach seiner alten Heimat wird ihm wohl keine Ruhe gelassen haben."

„Was soll der alte Mann hier? Arbeiten kann er sicherlich nicht mehr!"

„Die Herren haben ihm leichte Beschäftigung gegeben. Du siehst ja, dass er sich noch immer nützlich machen kann."

„Du sagst, er hat die Sprache verloren; er murmelt aber doch unaufhörlich vor sich hin!"

„Das ist so seine Gewohnheit, aber kein Mensch versteht es."

„Weißt du, der Mensch ist mir unheimlich. Es ist gerade so, als wenn – als wenn er Zaubersprüche vor sich hin brummt."

„Rede doch keinen Unsinn!"

„Was ich dir sage: Gerade solches Wesen trug Telsche Undeert zur Schau. Die machte schon als Mädchen aus einem Taschentuch Mäuse. Das kannst du mir sicher glauben; ich hab's mit meinen eignen Augen gesehen. Ich mochte die Dirne damals wohl leiden und war viel mit ihr zusammen. An einem Sonntagabend, die Mutter war ausgegangen und wir saßen ganz allein in der Stube, da sagte sie: Nun will ich dir ein Kunststück zeigen. Nun nahm sie ein weißes Tuch aus der Tasche, ballte es in beide Hände zusammen und murmelte einen Spruch. Dann nahm sie die Hände voneinander und warf Mäuse auf den Tisch. Das Tuch war verschwunden. Husch, husch! rief sie und nun lief das Ungeziefer wild durcheinander. Die Tiere waren aber nicht wie gewöhnliche Mäuse, sondern nur halb so groß und alle weiß, mit langen, roten Schwänzen. Ich war furchtbar erschrocken. Um Gottes willen, Telsche, sagte ich, das ist ja Hexerei. Wer hat dich das gelehrt? Dann antwortete sie: Meine Mutter, aber sprich nicht davon! Ich mochte seit der Zeit nicht mehr mit ihr verkehren, hatte aber keine Ruhe. Nachts musste ich aus dem Bett nach ihrem Hause. Da saß ich dann im Garten unter ihrem Fenster und rührte mich nicht. Ich musste aber in ihrer Nähe sein, sonst war es nicht zum Aushalten. Ich wusste wohl, sie hatte mich behext. Da sagte ich eines Tages zu ihr: Gib mich frei, sonst erzähle ich es. Was? Das mit den Mäusen! Nun bedachte sie sich eine Weile, dann antwortete sie: Nun, mir ist es jetzt einerlei. Ich mag dich ohnehin nicht mehr! Aber einen kleinen Denkzettel sollst du doch haben. Nun drohte ich: Tust du mir ein Leid an, Telsche, dann bist du verloren, du und deine Mutter. Erst schaute sie mich mit ihren sonderbaren Augen an, weißt du, so von unten. Es wurde mir ganz seltsam zumute. Ich musste mit Gewalt mich bezwingen, um ihr nicht um den Hals zu fallen. Dann zeigte sie ihre weißen Zähne und lachte mir gerade ins Gesicht, drehte sich um und ging davon. Am liebsten wäre ich ihr noch nachgelaufen – aber es war etwas in mir, das rief mir unablässig zu: Halte dich, halte dich! Und ich habe mich gehalten! Schon in der nächsten Nacht konnte ich ruhig schlafen und bald dachte ich kaum mehr an sie."

„Und du hast wirklich geschwiegen?"

„Ja, ich konnte doch mein Wort nicht brechen!"

„Das war nicht recht von dir! Solche Teufelsbrut muss man unschädlich machen."

„Ja, was willst du! Das haben übrigens andere Leute getan!"

„Hat sie ihre gerechte Strafe erhalten."

„Sie und ihre Mutter! Aber erst nach Jahren. Man hatte sie wegen Zauberei ins Gefängnis gesetzt und dreimal peinlich verhört. Am andern Morgen waren sie tot."

„Der Teufel wird ihnen den Hals umgedreht haben. – Und du meinst, Bonke ist von demselben Gelichter? Sonderbar war er allerdings immer, schon als Schäfer. Er hatte den Kopf immer voll von alten heidnischen Geschichten und Liedern. Die soll er von seiner Mutter gelernt haben und die war eine ganz eigentümliche Frau –"

Der Mann betrachtete den Alten jetzt mit forschenden, fast feindseligen Blicken.

Bonke hatte eine Pause gemacht. Neben sich hatte er einen großen Haufen von teergetränktem Torf aufgestapelt. Der Vorrat war so groß, dass er sich jetzt Ruhe gönnen konnte. Er hatte die Arme mit gefalteten Händen um die Knie geschlungen und war ganz in sich zusammengesunken.

Ein anderer Arbeiter legte einige Torfstücke in die Flamme, die prasselnd und knisternd höher aufloderte und einen dichten, schwarzen Qualm in die Luft sandte. Bisher war der Rauch kerzengerade in die Höhe gestiegen, nun aber neigte er sich nach Osten. Ein leichter Wind hatte sich erhoben.

Der frische Hauch wirkte nach der tagelang anhaltenden Schwüle erquickend; denn auch die Nächte hatten nur wenig Abkühlung gebracht. Auch Herzog Friedrich, der mit den flandrischen Gästen und Arnold Amsinck vor dem Zelte saß, zog mit Behagen die angenehme Luft ein. Er nahm sein Federbarett ab und bot seine Stirn dem Winde dar. Sein fleischiges, durch Wind und Wetter dunkel gefärbtes Gesicht glänzte von Schweißperlen. Er trug einen emporgebürsteten ergrauten Schnurrbart und ein kleines Bärtchen unter den roten, vollen Lippen.

Das Lager hatte seine Talente gestellt, die mit allerlei Kunststücken und Scherzen den hohen Gast zu vergnügen suchten. Eine hübsche Dirne und ein schlanker Bursche, deren Wiege im Süden gestanden hatte, zeigten die Gewandtheit und Gelenkigkeit ihrer Glieder durch wilde Tänze, die in ihrer Heimat Sitte waren, hier aber die meisten Zuschauer fremd und seltsam anmuteten. Auch ein junger Akrobat und Kugelfänger hatte sich unter die Deicharbeiter verirrt; das Volk, durch Kriegselend heruntergekommen, hatte keinen Sinn und kein Geld mehr für solche Künste. So musste er denn notgedrungen auf andere Weise sein Brot suchen. Von seinem Handwerkszeug, dreißig goldglänzenden Kugeln und seiner bunten Künstlerkleidung vermochte er sich aber nicht zu trennen. Die schöne, biegsame Gestalt in dem flimmernden, sich eng anschließenden Gewande, das in dem gelb-roten, flackernden Scheine der Fackeln und dem weißen ruhigen Mondlicht in allen Farben glänzte und glitzerte, hielt jedes Auge gefesselt. Er begann sein Spiel mit fünf Kugeln, die er rasch nacheinander in die Höhe warf, dass sie, gleich weit voneinander abstehend, einen Bogen bildeten. Einige Male kreisten sie so in der Luft, dann vermehrte er ihre Zahl um einen Ball. Dies setzte er so lange fort, bis alle dreißig ein glänzendes Rad darstellten. Die Kunstfertigkeit fand den lebhaften Beifall des Herzogs; er ließ dem jungen Manne als Dank ein Goldstück überreichen.

Da trat ein kleiner magerer Kerl mit krummem Rücken auf, der die Fähigkeit besaß, allerlei Tierstimmen nachzuahmen. Er krähte wie ein Hahn, gackerte wie eine Ente und quiekte wie ein Ferkel. Auch die Stimme und Sprechweise von Menschen konnte er täuschend wiedergeben. Er gab einige Proben zum Besten, die großes Gelächter erregten.

„Nun zeige uns mal", rief der Herzog ihm zu, „wie ich spreche."

Der Mann kratzte sich hinter den Ohren.

„Nun, kannst du es nicht?"

„Ich könnte es wohl, aber – ich traue mich nicht!"

„Sei unbesorgt, es geschieht dir nichts. Wenn du deine Sache gut machst, bekommst du dieses Geldstück."

Nun zog der Mann erst die Lunge gehörig voll Luft; dann kam es rau und polternd über seine Lippen: „Donner und Doria, verfluchte Halunken, raus mit euch an die Arbeit oder ich werde euch Beine machen!"

Die umstehenden Arbeiter brachen in ein schallendes Gelächter aus. Mit diesen Worten hatte der Herzog am Tage vorher etliche Arbeiter, die die Mittagspausen um einige Minuten verlängerten, aus dem Zelte gejagt. Auch der Herzog öffnete seinen Mund zu einem breiten lauten Lachen. Er warf das Geldstück in einem großen Bogen dem Arbeiter zu, der es geschickt auffing, sich tief verbeugte und dann in der Menge verschwand.

Seine Lieblingsstücke hatte der Herzog sich bis zuletzt aufgespart: die Kraftproben des starken Knud. Als der kleine, krumme Kerl vom Schauplatz abgetreten war, trat Knud aus einem Zelte, nackt bis zu den Hüften. Es war eine herkulische Gestalt, dabei aber doch von schönem Ebenmaß; nur der Nacken war etwas gebogen. Er spielte zuerst mit einigen leeren Biertonnen, die er wie Kinderbälle über den Kopf warf und wieder auffing. Dann legte er sich einen Ledergurt um den Leib, an dem acht Taue befestigt waren. Jeder Strick wurde von einem Mann gefasst, und nun zogen sie mit aller Kraft; es gelang ihnen aber nicht, den riesenstarken Menschen, der sich ihnen fest entgegenstemmte, auch nur einen Zoll breit von der Stelle zu bringen. Als das Spiel so einige Minuten gedauert hatte, biss Knud die Zähne zusammen und sein Gesicht färbte sich dunkelrot. Man sah, dass er alle Kraft zusammennahm, – da – ein Ruck, und alle acht Mann purzelten auf den Boden. Ein jubelnder Beifall brach los. Dieses Kraftstück hatte man noch nicht gesehen.

Der Herzog trat auf den Mann zu, sprach ihm seinen vollen Beifall aus und bewunderte dann die Muskulatur seiner Arme. Dann ließ er zwei Tonnen Bier herbeischaffen.

„Die gebe ich heute zum Besten, wenn du beide miteinander, in jeder Hand eine, bis zur Stirn hebst."

Knud sah etwas bedenklich drein. Mit einer Tonne hatte er's versucht und es war ihm gut gelungen. Aber zwei?

Der Herzog hatte die Tonnen mit starken Stricken um-
spinnen und mit Handgriffen versehen lassen.

Knud fasste in jeder Hand eins der schweren Gefäße und
hob sie ein wenig vom Boden; dann setzte er sie wieder hin.

Nun entstand unter den Arbeitern ein Gemurmel. „Junge,
Knud, zeige, was du kannst! Du willst uns doch nicht mit tro-
ckener Kehle zur Ruhe gehen lassen?" „Fix, fix, Knud! Das
bist du deinen Kameraden schuldig!"

Knud ließ unschlüssig seine Blicke umherschweifen. In
einer der hintersten Reihen tauchte der schwarzhaarige
Kopf einer Dirne auf. Ihre brennenden Blicke hefteten sich
fest auf ihn. Als sie sah, dass auch seine Augen sie gefunden
hatten, da winkte sie mit lachender Miene ihm zu.

Er fasste plötzlich einen Entschluss und steckte die Hände
in die Schlingen. Dann hob er langsam und gleichmäßig die
beiden Tonnen in die Höhe. Die Muskeln seiner Arme spann-
ten sich, als wenn sie die Haut sprengen wollten, und seine
mächtige Brust wölbte sich stärker und stärker. Aber sein
Körper blieb trotz der furchtbaren Anstrengung in vollkom-
mener Ruhe. So hob er die schweren Lasten bis über die
Stirn, hielt sie einen Augenblick in dieser Lage und ließ sie
dann rasch sinken.

Ein unendlicher Jubel erhob sich unter den Arbeitern und
Frauen. Sie umringten Knud und beglückwünschten ihn.
Auch der Herzog hielt nicht mit seinem Beifall zurück und
belohnte ihn durch ein reiches Geldgeschenk.

Nun wurden rasch aus leeren Biertonnen und Brettern Tische und Bänke zusammengestellt. Bald saßen alle vor ihren
Krügen mit Bier, die von dem Marketender und seinen Gehilfen aus den beiden großen Tonnen fleißig nachgefüllt wurden. Es war die beste Sorte Husumer Bier, die sie sonst nicht
zu trinken bekamen, süß und klebrig, aber auch den Geist
umnebelnd. Sie saßen bunt durcheinander, Männer und
Frauen: das Zugehörige hatte sich gefunden. Eine lärmende
Lustigkeit entwickelte sich; erst ging es noch recht verträg-
lich her; dann aber fiel hier und dort ein Schimpf- und Droh-
wort, und das Aufkreischen von Weibern wurde laut. Liebe

und Eifersucht machten sich in ihren ursprünglichsten und rohesten Äußerungen geltend.

Knud war in sein Zelt getreten, um sich anzukleiden. Der Schweiß rann von seinem Körper und seine Brust wogte schwer atmend auf und ab. Er fühlte das Bedürfnis nach Ruhe und warf sich platt auf das Stroh, das ihm als Lager diente. Da ging etwas Sonderbares mit ihm vor: Ein stechender Schmerz in der linken Seite benahm ihm den Atem. Er musste sich aufrichten und starrte vor sich hin. Dann wurde ihm unerträglich übel. Immer dieselbe Geschichte nun schon seit einem Jahr nach übermäßigen Anstrengungen.

Er hatte ganz übersehen, dass das schwarzhaarige Mädchen zu ihm ins Zelt geschlüpft war. Erst als sie sich zu ihm hinsetzte und ihre Arme um seinen Nacken schlang, wurde er sie gewahr. Er war aber nicht zu Liebesgetändel aufgelegt und beantwortete ihre kosenden Worte nicht.

„Was ist dir, Knud?"

„Es wird sich schon geben! Lass mich nur in Ruhe!"

Nun rümpfte sie die Nase. Mitleid war nicht ihre Sache und mit kranken Leuten mochte sie nichts zu tun haben.

„Ich gehe hinaus, Knud! Es ist so lustig dort! Komm bald nach!"

Sie drückte ihren Kopf fest an seine Brust. Gleich stand sie aber wieder auf ihren Füßen, warf ihm noch eine Kusshand zu, und wie der Wind war sie wieder draußen.

Jetzt lag er ganz allein in seinem Elend. Der Schmerz wurde heftiger; er richtete sich auf, zog die Knie hoch und legte, die Zähne fest zusammenbeißend, den Kopf darauf. Diese kauernde Stellung brachte ihm einige Linderung. Für einen Augenblick fielen ihm die Augen zu; eine plötzliche Müdigkeit überwältigte ihn. Als er wieder aufblickte, stand Bonke neben ihm. Er beugte seinen weißen Kopf auf ihn herab und seine mitleidsvoll blickenden Augen schienen zu fragen: Was fehlt dir? Knud presste die Hand auf die linke Seite, wo es innerlich furchtbar pochte und bohrte. Dann stöhnte er laut auf.

Sanft schob der Alte Knuds Hand weg und strich mit seiner Rechten über die schmerzende Stelle. Mit seiner Linken beschrieb er dabei allerlei Zeichen in der Luft und seine Lippen murmelten unaufhörlich. Es hörte sich an wie Gesang; denn die unverständlichen Laute flossen in einem eintönigen Rhythmus dahin.

Draußen vor dem Zelt standen die beiden Arbeiter, die sich vorher schon in ihrer Unterhaltung mit Bonke beschäftigt hatten.

„Was habe ich gesagt? Hörst du es nicht? Das sind Zaubersprüche! Ich kenne das! Der Alte ist ein Hexenmeister, so wahr ich hier stehe!"

Der andere antwortete nicht; nachdem er eine Zeit lang das seltsame Gebaren des Alten mit befremdeten Blicken beobachtet hatte, nickte er aber zustimmend mit dem Kopfe.

Unter dem linden Auf- und Abstreichen Bonkes schwand der Schmerz allmählich. Auch die Übelkeit legte sich und nach einer halben Stunde war Knud so weit wiederhergestellt, dass er sich erheben konnte. Er drückte dem Alten, der ihn erfreut anschaute, dankbar die Hand.

„Bonke, komme noch ein wenig mit nach draußen – und trinke einen Krug Bier!"

Der Alte schüttelte verneinend den Kopf. Dann begab er sich in eine Ecke, zog sich aus und legte sich auf sein Strohlager. Knud holte eine Decke herbei, breitete sie über ihn und stopfte sie an beiden Seiten fest. Das alles geschah so liebevoll und sorgsam, als wenn er ein hilfloses Kind bettete.

Als Knud ins Freie trat, waren schon einige Pechfackeln erloschen und aus den übrigen züngelten nur noch kleine niedrige Flammen. Die Lust des Volkes hatte ihren Höhepunkt überschritten. Viele Arbeiter waren schon zur Ruhe gegangen, andere saßen noch in Gruppen beisammen und schwatzten.

An zwei Stellen war eine Prügelei entstanden. Die Deichbasen hatten nicht vermocht, dem Streite Einhalt zu tun. Als aber der Herzog die Kämpfe bemerkte, fuhr er mit einem furchtbaren Donnerwetter dazwischen. Seine dröhnende Stimme fuhr den Streitenden durch Mark und Bein. Sofort ließen sie voneinander. Sie wussten, es war mit dem Herzog nicht zu spaßen. Vor kaum einem Jahre hatte er einen Arbeiter, der die andern aufstachelte, „Lawey" zu machen – zu streiken –, nach Gottorf schaffen und dort kurzerhand aufhängen lassen.

Der Wind wurde stärker und stärker. Stoßweise kam er daher; in einigen Zelten verfing er sich und riss Pflöcke heraus, sodass die lose Leinwand knatterte und flatterte. Im Südwesten zeigte sich ein dunkles Gewölk, das rasch höher stieg. Auch wurde ferner Donner laut.

Hinrich schaute mit bedenklicher Miene nach dem Horizont. Durch die Lücke des Deiches blinkte die Flut in dem hellen Mondschein. Das Wasser stand nicht mehr weit ab vom Deich und doch war die Hochflut noch lange nicht da. Das war nicht zu verwundern, da Vollmond war; aber wegen der vollkommenen Windstille der letzten Tage hatte man nur ein mäßiges Höhersteigen der Flut erwartet. Jetzt war aber der Wind dazugekommen, der allmählich in Sturm ausartete. Mit der Flut würde sicherlich auch ein Gewitter kommen. Irgendwelche Gefahr war nicht vorhanden; aber es konnte doch, besonders für die Gäste, sehr ungemütlich werden, wenn das Wasser in den Koog drang. Er hielt es doch für nötig, den Herzog von seiner Beobachtung in Kenntnis zu setzen.

Der Herzog erging sich noch draußen vor dem Zelte. Er unterhielt sich lebhaft mit Antoinette, die lustig plaudernd an seiner linken Seite ging.

„Das Wasser wird hoch kommen, fürstliche Durchlaucht; möglicherweise würde es uns hier einen Besuch abstatten."

Der Herzog schaute nach Westen und dann nach dem Himmel. „Vollmond, also Springflut. Die Sache hat doch keine Gefahr für den Deich?"

„Nicht im Geringsten! Das Wasser läuft ein und nach einigen Stunden wieder ab. Höchstens kann es uns Arbeitsgeräte wegtreiben. Aber alles, was nicht ganz niet- und nagelfest ist, bringen wir in Sicherheit."

Er rief einen Deichbasen herbei, der auch prüfende Blicke nach dem Himmel warf, und trug ihm auf, sofort das Notsignal zu geben.

Nun wurde es wieder rührig im Lager. Alle strömten herbei, einige, die schon im ersten Schlaf gelegen hatten, innerlich fluchend, da sie meinten, eine Laune des Herzogs habe sie aus ihrer Ruhe gestört. Als sie aber erfuhren, dass das Wasser mächtig im Steigen sei, eilten sie alle willig an ihre Arbeit. Bald wimmelte es auf dem Platze von emsig arbeitenden Menschen. Karren, Geräte, Tische, Bänke und was sonst von dem Wasser fortgetragen werden konnte, wurde auf eine zu diesem Zweck errichtete Erhöhung, zum Teil auch auf die Deichböschung in Sicherheit gebracht. Die ganze Arbeit war in einer halben Stunde geschafft. Die Zelte ließ man stehen, da die Stangen fest in die Erde verrammt waren; hin und wieder wurden nur noch einige lose Pflöcke festgeschlagen. Nur in dem Zelt des Herzogs blieb alles unberührt. Man hatte es auf einer Warft erbaut, die zwar nur einige Fuß hoch war, aber gegen Sommerfluten genügende Sicherheit bot. Der Herzog lud die flandrischen Gäste, Amsinck, Sara, Hinrich und Martin ein, die Nacht bei ihm zu verbringen.

Erst hatte sich die dunkle, blitzesschwangere Wolke nach Westen verbreitet, wo sie einige Zeit als eine breite, blauschwarze Schicht stand; dann hob sie sich plötzlich und kam rasch höher. Nun folgte Blitz auf Blitz und dumpfgrollender Donner.

Die Arbeiter standen in dichteren Scharen auf der Erhöhung und dem Deich, schutzlos dem Unwetter preisgegeben.

Bald fielen die ersten schweren Tropfen und dann strömte der Regen in Fluten herunter. Nun stand das Gewitter über dem Lager. Tageshelle wechselte unaufhörlich mit pechschwarzer Finsternis. Da flammte plötzlich, nach einem schmetternden Schlag, der die Erde erzittern machte, ein Zelt auf. Doch nur wenige Minuten brannte es, dann löschte der gießende Regen die Flammen aus. Gleich folgte ein zweiter Schlag; nun wurde ein furchtbares Geschrei auf dem Deiche laut. Eine entsetzliche Verwirrung entstand unter den Menschen. Viele waren, wie von unsichtbarer Hand, beiseite geschleudert; in der Mitte aber sank ein Mädchen lautlos zu Boden. Es war die schwarzhaarige Dirne, die Geliebte Knuds.

Drunten aber brodelte es weiß und flimmernd durch die Lücke des Deiches und ergoss sich in einem breiten Strom über den Koog. Das Wasser war noch so flach, dass selbst der tobende Sturm nur schwache Wogen hervorzurufen vermochte; nur an den Zelten peitschte der Gischt empor.

In dem herzoglichen Zelte wurde die Unterhaltung während des Unwetters in gedämpftem Tone geführt. Selbst der Herzog bemühte sich, den gewohnten lauten Ton seiner Stimme zu mäßigen. Er war sehr still geworden, und als das Wetter am stärksten raste, faltete er seine Hände und sprach halblaut ein kurzes Gebet. Die Mädchen saßen eng zusammengerückt und sagten kein Wort. Sara zitterte und fuhr bei jedem harten Schlag furchtsam zusammen, während Antoinette äußerlich ganz ruhig blieb. Johann van der Lieth und Arnold Amsinck unterhielten sich leise miteinander; das Unwetter schien sie wenig zu berühren. Hinrich und Martin hielten sich am Eingang auf, wo auch Quirinus stand. Die drei blickten in die Nacht hinaus, ohne viel zu sprechen.

Das Wasser stieg allmählich immer höher; schon wurden die Wogen klatschend an die Leinwand des Zeltes geworfen.

Der Herzog horchte auf; unverkennbar malte sich einige Unruhe in seinem Gesichte aus.

Arnold Amsinck bemerkte es.

„Es hat nichts zu sagen, fürstliche Durchlaucht! Die Flut hat ihren Höhepunkt erreicht. Das Wasser wird bald fallen! Auf solche Sommerfluten sind wir eingerichtet."

Auch das Gewitter hatte sich ausgetobt und der Sturm legte sich. Nun atmete der Herzog wie befreit auf. Er sagte, wie zu seiner Entschuldigung:

„Ich bin kein Hasenfuß; ich fürchte mich vor Tod und Teufel nicht. Aber wenn unser Herrgott in seinem Zorne daherfährt, dann werde ich klein."

Jetzt drängte sich alles nach dem Eingang. Der ganze Koog bildete eine blanke Wasserfläche. Bald kamen einige Arbeiter vom Deich herunter. Das Wasser reichte ihnen bis an die Knie. Sie teilten mit, dass eine Dirne vom Blitz erschlagen und ein Zelt eingeäschert sei. Martin schloss sich ihnen an, um Anordnungen zu treffen. Er hatte vor dem Ausbruch des Unwetters seine Wasserstiefel angezogen, die ihm die Beine schützten.

Es war ihm ohnehin lieb hinauszukommen; er fühlte sich nicht behaglich in der Gesellschaft. Es war ihm immer, als wenn man ihn nicht für voll zählte. Oder lag es an ihm? Vermochte er sich den andern nicht anzupassen? Er hatte immer das Gefühl, als wenn er nicht mehr hierher gehörte. Und dann Karen! Noch immer musste er an sie denken, an sie und ihr trauriges Schicksal. Und das drückte ihm das Herz, machte ihn schweigsam und in sich gekehrt.

Die andern mussten notgedrungen so lange im Zelte bleiben, bis das Wasser sich verlaufen hatte. Sara und Antoinette kämpften mit der Müdigkeit. Sie sprachen wenig und manchmal überwältigte der Schlummer die eine oder andere.

Die Herren hatten um einen großen Tisch Platz genommen. Ihre Unterhaltung drehte sich um die Wiedergewinnung des untergegangenen Landes, die dem Herzog sehr am Herzen lag. Hinrich ließ nur selten eine Äußerung fallen, aber kein Wort entging ihm. So viel hatte er schon in den beiden letzten Tagen gemerkt, dass das Zusammentreffen des Herzogs mit den flandrischen Gästen kein Zufall war. Er hielt sich häufig in ihrer Nähe auf und überlegte jedes ihrer Worte. Unbedachte Bemerkungen, Blicke und Mienen hatten ihm viel von ihren Absichten verraten. Ob ihre großen Pläne, mit denen sie sich zweifellos trugen, dem Amsinck'schen Unternehmen Schaden bringen konnten? Es schien nicht so! Wenigstens hatte der Herzog, erfreut durch den raschen Fortgang des Deichbaues, sich bereit erklärt, Arnold Amsincks Privilegien noch zu erweitern und ihm neues Land zu überlassen. Quirinus in der Velten hatte sein Auge auf andere Gebiete geworfen, die bei dem nicht zerstörten Teile der Insel lagen. Für Arnold Amsinck schien von dem neuen Unternehmen also keine Gefahr zu drohen. Anders lag es aber mit den Nordstrandern! Zwei Drittel der Bewohner waren zwar durch die große Flut ums Leben gekommen, aber viele Hunderte lebten noch, und wenn ihr Land auch ganz oder zum großen Teile wertlos ge-

144

worden war, so hatten sie doch ein Eigentumsrecht darauf. Noch lag es da, wenn auch teilweise verschlickt und versandet, aber die Landgrenzen waren noch nicht verwischt. Hiervon waren auch die Ländereien der ertrunkenen Besitzer nicht ausgenommen; denn die ganze Insel war so verschwistert und verschwägert, dass alles Land durch Erbfall wieder seinen Eigentümer gefunden hatte. Mancher, der am Abend des 11. Oktober 1634 fast besitzlos war, konnte am andern Morgen als Herr über Hunderte Demate gelten und er wäre ein reicher Mann gewesen, wenn das Land Wert gehabt hätte. Der rechtliche Anspruch auf dieses Land stand ihm aber zu. Und nicht alle Grundstücke waren ganz unbrauchbar, viele lieferten im Sommer als Schafweide den Besitzern noch immer eine schöne Einnahme, die häufig ihren ganzen Unterhalt bestreiten musste. Und gerade diese Ländereien kamen für die Eindeichung zuallererst in Betracht. Sollte es wirklich in der Absicht des Herzogs liegen, alles unbedeichte Land den rechtmäßigen Besitzern durch ein bloßes Machtwort zu nehmen und es gegen eine hohe Summe an Fremde zu verkaufen? Der Gedanke war so ungeheuerlich, dass Hinrich ihn weit von sich gewiesen hätte; aber vieles, was er in den letzten Tagen gehört und beobachtet hatte, sprach für seine Richtigkeit. Und gab es kein Mittel, dieses Schicksal von den Nordstrandern abzuwenden? Wo sollten sie Recht suchen? Dem Herzog wurde es leicht, sein Vorgehen durch juristische Kniffe zu rechtfertigen. Das einzige Erfolg versprechende Mittel war – der Aufruhr – der bewaffnete Widerstand gegen die Gewalt! Und hiermit waren die Nordstrander früher stets bei der Hand gewesen, wenn es galt, fürstliche Übergriffe zurückzuweisen. Nur diesem Umstand hatten sie ihre Freiheit und Unabhängigkeit zu verdanken, wie solcher weit und breit kein Volk sich rühmen konnte. Selbst der allmächtigen katholischen Kirche gegenüber hatten sie ihre Selbstständigkeit zu behaupten vermocht. Allein unter den Friesen war dem Priester die Ehe gestattet.

Solchen Gedanken hatte Hinrich in den letzten Tagen nachgehangen. Sie beschäftigten ihn unaufhörlich. Und während die Herren ihre Pläne berieten, tauchte plötzlich ein

Bild in seiner Erinnerung auf. Er sah die tapfere Friesen-
schar, wie sie in seinen Knabenjahren die herzoglichen
Landsknechte überwältigten. Und er dachte: Wird sich Ähnliches noch einmal wieder ereignen? Dann stand das Bild des
starken Knud vor ihm. Das wäre so einer! Der würde die
Gegner zu Paaren treiben.

Nach einer Stunde hatte das Wasser sich wieder verlaufen.
Die Zelte für die Gäste und Arnold Amsinck wurden schnell
hergerichtet und die Arbeiter schafften die Geräte wieder
zur Stelle. Am Himmel erglomm der erste Frühlichtschein,
ganz fern im Nordosten erhellte noch ab und zu der Wider-
schein der Blitze eine dunkle Wolkenbank.

Alle begaben sich zur Ruhe.

* * *

Der Herzog reiste am andern Tage ab, aber Quirinus mit seiner Schwester und Johann van der Lieth blieben noch einige
Wochen. Sie machten Ausflüge in die Umgegend, besonders
nach dem wilden Moor. Auch dem Staller in Husum statteten
sie einen Besuch ab. Häufig erbaten sie sich die Geleitschaft
Hinrichs, um einen kundigen Führer mit sich zu haben. Er
stellte sich ihnen gerne zu Diensten; je mehr er mit ihnen
verkehrte, desto tiefer drang er in ihre Pläne ein.

Antoinette fehlte fast nie dabei. Sie erschien ihm sehr lau-
nisch. Manchmal war sie über die Maßen ausgelassen und
lustig, dann wieder ging sie verdrossen und übel gelaunt
umher.

„Das Frauenzimmer ist ganz in dich verschossen", hatte
Martin eines Tages zu ihm gesagt. Das Wort öffnete ihm die
Augen: Martin hatte recht! Nun versuchte er, sich möglichst
von ihr fernzuhalten. Das war aber schwer durchzuführen.
Bei der engen Gemeinschaft des Lagerlebens verging kein
Tag, dass sie einander nicht sahen.

Häufig ging er nach dem weißen Hause. Nicht immer er-
forderte es der Dienst; aber wenn er einige Tage nicht dort
gewesen war, dann hielt er es nicht mehr aus: Er musste Sara

sehen. An den Sonntagen, wo die Arbeiten ruhten, streiften sie wieder, wie vor zwei Jahren, auf den Watten umher. Sie legten, wenn die Wasserverhältnisse günstig waren, häufig weite Strecken zurück. Fast immer streifte Sara auf dem Vorlande Schuhe und Strümpfe ab, um durch die Priele waten zu können, die sonst ihrer Wanderung ein baldiges Ziel gesetzt hätten.

Die lange drückende Schwüle hatte nach dem furchtbaren Gewitter einem rauen, regnerischen Wetter Platz gemacht. An einem Sonntag klärte sich der Himmel aber auf und heller Sonnenschein lag auf Hallig, Koog und Watten. Hinrich hatte schon frühmorgens Sara zu einem Ausfluge abgeholt.

Es war die günstigste Zeit für einen Wattengang, denn die Flut sank. Das Watt war noch glitschig von dem eben abgelaufenen Wasser. Runde Quallen lagen wie weiße Kuchen auf dem grauen Grund, der von zahllosen Wasservögeln belebt war. Das Meer hatte ihnen den Tisch reich gedeckt und kreischend und flügelschlagend suchten sie sich ihre Nahrung.

Langsam gingen sie hinter dem fliehenden Wasser her, dessen Rauschen sich in die Ferne verlor. Da schlug ein sonderbarer Klang an Hinrichs Ohr. Er hemmte seinen Schritt und bedeutete durch eine Handbewegung Sara, die von ihrem Hamburger Leben plauderte, stille zu sein. Nun horchte auch sie auf. Dann schauten beide sich erstaunt, fast bestürzt an.

Es war wie das Geläute von Kirchenglocken. Allmählich wurden die Klänge stärker und nun war kein Zweifel mehr möglich: Irgendwo, und zwar in der Nähe, mussten Glocken die Gläubigen zur Kirche rufen. Es war die Zeit des Gottesdienstes. Aber ringsum gab es weit und breit keine Kirche. Sara schmiegte sich ängstlich an Hinrich. Waren es die Glocken der untergegangenen Gotteshäuser? Oder verwehte Klänge vom Festlande her? Aber die nächste Kirche lag meilenweit ab. Noch niemals hatte Hinrich einen Ton ihrer Glocken hier vernommen. Allerdings, der Wind kam aus dieser Richtung, aber – das Geläute nicht! Oder war dies nur eine Sinnestäuschung?

Hinrich und Sara standen von innerem Grauen erfasst, wie festgewurzelt. Nicht lange dauerte das seltsame Geläute;

nach einigen Minuten wurde es schwächer und schwächer, bis es gänzlich verhallt war.

Nun gingen sie langsam weiter. Er hatte ihre Hand gefasst, die sie ihm ruhig ließ. Kein Wort hatten sie je von Liebe gesprochen und doch wussten sie, dass sie einander angehörten. Als die Töne verklungen waren, schwand auch das Grauen aus ihrer Seele. Aber die harmlose, lustige Stimmung, in der sie ihre Wanderung angetreten hatten, war dahin. Ernst und feierlich war ihnen zumute.

Ihr Weg führte sie an zerstörten, jetzt ganz verschlammten Gehöften vorbei. Das Meer war im Laufe der Jahre Herr über die stärksten Mauern geworden. Nur dürftige Reste, die sich in der Farbe nicht mehr von ihrer Umgebung abhoben, waren übrig geblieben und bildeten jetzt gefährliche Fangstätten für die Wasserbewohner. In einer Mauerecke, die ihm zur Falle geworden war, schlug ein widerlicher Rochen klatschend mit dem langen Schwanze.

Hinrich machte einen Umweg um Röhrbeck herum. Er mochte die Stätte seiner Jugend jetzt nicht aufsuchen; wie es dort aussah, wusste er zur Genüge. Von seinem Vaterhause war wenig mehr vorhanden. Mitten durch den Ort hatte das Meer ein Strombett gebildet, das sich rasch zu einem schiffbaren Priel verbreitete und vertiefte. Die Strömung war hier so stark, dass sie alles, was sich ihr in den Weg stellte, mit sich fortgerissen hatte.

Hinrich hatte es so eingerichtet, dass sie gegen Mittag auf dem Moor eintrafen. Hier war im Laufe der Zeit ein umfangreiches Dorf entstanden. Das sonst mit Heide und Eichengestrüpp bewachsene unfruchtbare Land war jetzt durch den Fleiß der Bewohner zum großen Teil in nutzbringende Äcker und Wiesen verwandelt.

Sie kehrten bei einem befreundeten Bauern ein. Zu seiner Freude traf Hinrich dort den Pastor Anton Heimreich, der am Vormittag in dem Pesel für die Halligbewohner den Gottesdienst abgehalten hatte. Er schätzte diesen verständigen und kenntnisreichen Mann, der trotz seines großen Wissens – hatte er doch, um Welt und Menschen kennenzulernen, große Reisen unternommen – sein ganzes Leben der armen, kleinen Halliggemeinde widmete.

Bald waren sie, während Sara sich mit der jungen Bäuerin unterhielt, in eifrigem Gespräch. Heimreich trug sich mit zwei großen Plänen, die ihm sehr am Herzen lagen: dem Bau einer Kirche auf dem Moor und der Abfassung einer Geschichte Nordfrieslands. Er erbat sich von Hinrich Mitteilungen über die Amsinck'schen Deichbauten, die er in seinem Werk zu verwerten gedachte. Hinrich sagte ihm bereitwillig jede Unterstützung zu.

Einmal ließ der Pastor im Gespräch eine Äußerung fallen, die Hinrich aufhorchen machte.

„Man kennt die Strander gar nicht mehr, so sehr haben sie sich verändert. Ich weiß noch aus meiner Jugend und aus den Erzählungen meines Vaters, was für ein starrköpfiges und schwer zu regierendes Volk sie waren. Und jetzt sind sie folgsam wie Kinder. Das furchtbare Strafgericht hat ihren Nacken gebeugt."

Hinrich schaute nachdenklich vor sich nieder. Die Worte Antoinettens kamen ihm in den Sinn: Ihr Charakter ist nicht mehr derselbe! Hatte sie wirklich recht? Er konnte und wollte es nicht glauben.

„Das wäre ein Unglück!", entfuhr es ihm.

„Was meint Ihr?"

„Wenn die Strander wirklich so ganz anders geworden wären!"

„Nun, ich meine doch, Hoffahrt, Trotz und Halsstarrigkeit sind keine Tugenden!"

„Sicherlich nicht! Aber – im Kampfe gegen das Unrecht richtet man mit Sanftmütigkeit und Nachgiebigkeit sehr wenig aus!"

„Was wollt Ihr damit sagen?"

Hinrich hielt es für besser, seine wirklichen Gedanken nicht zu verraten. Er begnügte sich damit, die Richtigkeit seiner Worte durch einige Beispiele aus der Geschichte der Insel zu beweisen.

Der Pastor erwiderte:

„Ja, Ihr mögt recht haben. Aber – diese Zeiten sind vorbei!"

„Sie können aber wiederkehren!"

Dann wandte er sich dem jungen Bauern zu, einem großen, kräftigen Mann mit klugen Augen, der dem Gespräche aufmerksam zugehört hatte.

„Was meint Ihr, Boy? – Wenn man es wagen wollte, das Land Euch streitig zu machen, würdet Ihr nicht Leib und Leben daran setzen, es zu verteidigen?"

In den Augen des Bauern flammte es auf.

„Das sollte einer wagen!"

Wie drohend erhob er die Faust.

Hinrich sprang auf und schlug ihm freudig mit der Hand auf die Schultern.

„So ist es recht! Das ist Strandinger Blut! Und hoffentlich gibt es noch viele solcher Kerle wie Ihr!"

Der Pastor musste über die Erregung der beiden lächeln.

„Ja, Boy! Der ist noch ganz von altem Schrot und Korn."

Nach einer Stunde verabschiedeten sich Hinrich und Sara. Sie gaben vor, sich beeilen zu müssen; bald würde wieder die Flut kommen und ihnen den Weg zum weißen Hause abschneiden.

Als sie aber draußen und den Bewohnern des Hauses aus den Augen waren, gingen sie recht langsam und gemächlich nebeneinander her. Wieder fanden sich ihre Hände und glückselig lächelten sie sich an. Den scharfen Ostwind, gegen den sie ankämpften, fühlten sie kaum; sie sahen nur die sonnenbeschienenen Felder und den blauen Himmel mit den weißen, segelnden Wolken.

Sie irrten bald von dem Wege ab, der durch die bebauten Felder führte. Weiterhin lockte ein Gebüsch wie eine Oase in der ringsum bis zum Horizont sich ausdehnenden, baum- und strauchlosen Ebene. Dorthin lenkten sie ihre Schritte. Hinrich bog Äste zurück und so zwängten sie sich durch das starke, dichtverschlungene Buschwerk. Es war eine hügelartige Erhöhung, über die das Meer noch nie seine Wogen gerollt hatte, von blühender Heide überzogen.

„Wie schön!", entfuhr es Sara unwillkürlich.

Dann bückte sie sich, um sich Enzianblumen zu pflücken, die wie blaue Tupfen den rotvioletten Teppich zierten.

Hinrich wollte ihr helfen. Als er sich bückte, berührten sich ihre Wangen. Und nun schoss sie plötzlich empor, blutrot im Gesicht, aber ihr Mund und ihre Augen lachten. Auch sein Gesicht hatte sich dunkel gefärbt und man sah ihm an, dass er verwirrt war. Als er aber ihre strahlende Miene gewahrte, vergaß er alles um sich her. Er fasste ihren Kopf mit beiden Händen und presste seine Lippen auf ihren Mund. Erst ließ sie es ruhig geschehen, dann schlang sie stürmisch ihre Arme um seinen Hals.

Nun gingen sie, sich umschlungen haltend, langsam durch das blühende Kraut.

Als sie – sie wussten nicht, wie lange – ohne Augen für ihre Umgebung so gegangen waren, standen sie plötzlich vor einem kleinen, von niedrigem Eichenbusch umgebenen Tal. Blühende Heide und grüner Besenginster mit langen Schoten zog sich die Wände herab und bedeckte auch einen Teil des Bodens. Es öffnete sich dem Meere zu; vor ihren Augen breiteten sich, da die Flut noch nicht gekommen war, die grauen Watten aus.

„Dieses Tal ist mir bekannt", sagte Hinrich. Und nun erzählte er mit kurzen Worten, während sie hinabstiegen, wie Arnold Amsinck seinem Freunde Martin hier das Leben gerettet habe. Er konnte es sich nicht versagen, einige Schritte hinaus auf das Watt zu gehen. Noch konnte man den Graben deutlich erkennen, in den Martin beim Baden hineingeraten war. Er zeichnete sich von seiner Umgebung durch eine dunklere Färbung aus, und der Schlick gab dem Drucke des Fußes nach, während der Boden sonst fest und hart war.

Sara hatte sich inzwischen ein mit Moos bewachsenes Plätzchen ausgesucht und sich dort ausgestreckt. Die Luft war hier still und fast heiß; nur durch das Eichengestrüpp zu ihren Häupten rauschte der Wind. Hinrich warf sich zu ihr nieder und rückte dicht an sie heran. Sie tat, als ob sie schliefe. Dann schob er seinen Arm unter ihren Kopf und küsste sie so lange, bis sie sich atemlos aus seinem Arm losmachte.

Plötzlich sprang sie empor.

„Still! Hörst du nichts?"

Er schüttelte den Kopf.

„Es klang wie ein Schrei – ein Lachen – ich weiß nicht!"

„Du musst dich getäuscht haben. Niemand ist zu sehen!"

„Nein! Ich habe mich nicht getäuscht! Ich hörte es ganz deutlich! Es war mir, als wenn der Ton dort oben aus dem Gebüsch kam."

Hinrich richtete sein Auge forschend nach oben. Hier zeigte sich aber kein lebendes Wesen, weder Mensch noch Tier. Auch das Watt war leer; in der Ferne blitzte ein breiter Streifen in der Sonne, die kommende Flut. Eine bis in die Talmulde reichende, schmale Bodensenkung lief schnell voll Wasser.

„Es wird Zeit, dass wir uns aufmachen", sagte Hinrich. „Boy glaubt uns schon längst auf dem Heimweg und wir treiben uns noch hier in der Einöde umher."

Nun stiegen sie Hand in Hand und unter Lachen und Scherzen die recht steile Wand hinauf. Oben angekommen, sahen sie zwei Kavaliere und eine Dame, die auf dem Hauptwege der Hallig dem Strande zuschritten. Das konnten nur die flandrischen Gäste sein. Sie erschraken. Ob sie Augenzeugen ihres Treibens gehabt hatten? Dieser Gedanke trieb Sara das Blut in die Wangen.

„Komm", sagte Hinrich, „wir machen einen Umweg, um nicht mit ihnen zusammenzutreffen."

Nun schlugen sie einen schmalen Fußsteig durch die blühende Heide ein. Sie gingen rechts, während die andern die entgegengesetzte Richtung verfolgten.

„Aber kommen wir nicht zu weit vom Wege ab, Hinrich? Woher willst du ein Boot nehmen?"

„Sei unbesorgt! Ich kenne hier einen Mann, der uns gegen eine kleine Vergütung hinüberfahren wird. Es ist ein Jüte, und da er es mit der Ehrlichkeit nicht ganz genau nimmt, meidet man ihn. Dies und wohl noch mancher andere Grund hat ihn bewogen, sich abseits anzubauen. Wenn er sich ein Geschäft in einem Hause macht, so sieht man ihm genau auf die Finger; dennoch soll man manchmal einige Würste im Wiemen vermissen, wenn er fort ist. Man hätte ihm schon längst den Prozess gemacht; aber aus Mitleid mit seiner Frau und der zahlreichen Kinderschar, die sonst den Bauern zur Last fallen würden, lässt man ihn ungeschoren. Auch mich hat er einmal angeführt."

Und nun erzählte Hinrich, wie Lars Nielsen ihn vor vielen Jahren auf den Watten umhergeführt hatte, bloß um einen guten Tagelohn zu verdienen.

Die Hütte Lars Nielsens lag ganz versteckt in einem Eichengebüsch. Auch jetzt, genau wie vor Jahren, tummelte sich ein Haufen halbnackter, gänzlich verwahrloster Kinder im Sande umher. Zwischen ihnen erfreuten sich zwei magere Schweine und ein Dutzend Hühner ihres Daseins.

Lars lag lang ausgestreckt an der Mauer und ließ sich von der Sonne bescheinen. Sein Aussehen hatte sich in den Jahren wenig verändert; nur seine Haare waren grauer und spärlicher geworden.

Als er die Herrschaften kommen sah, sprang er eilfertig auf. Dann schob er vier der gaffenden Jungen beiseite, erteilte einem andern, anscheinend ohne jede Veranlassung, eine schallende Ohrfeige und fragte dann, womit er dienen könne. Zur selben Zeit steckte ein altes Weib, dem die weißen Strähnen um die eingefallenen Backen hingen, ihren Kopf neugierig durch die Türöffnung, um ihn gleich darauf wieder zurückzuziehen. Es war alles ganz wie damals, nur dass sich im Hintergrunde der Hütte noch der Kopf eines jüngeren Weibes mit pechschwarzem Haar zeigte, das ihr wirr um die Stirn hing.

Hinrich trug seinen Wunsch vor. Lars Nielsen war sofort bereit, die Herrschaften nach dem neuen Koog überzusetzen.

Hinrich erkundigte sich nach der Zahl seiner Kinder.

Lars Nielsen kratzte sich hinter den Ohren.

„Ja, Herr, so im Augenblick – wartet mal – nun, so gegen zwanzig werden es sein. Der Teufel kann Ordnung drin halten!"

„Dieses sind noch alles deine Kinder, Lars?"

„Die größeren, die größeren, Herr! Der da und der da! Verdammter Junge, sei nicht so frech und lache dem Herrn gerade ins Gesicht! Nur die größeren, Herr; die andern gehören meiner Tochter."

In diesem Augenblick trat ein junger, untersetzter Kerl mit brandrotem Haar und breitem sommersprossigem Gesicht in die Tür.

„Mein Schwiegersohn, Niels Larsen! Er wird Euch hinüberfahren, Herr!"

Lars erteilte seinem Schwiegersohn die nötigen Anweisungen, der sich darauf gleich an den nahen Strand verfügte. Hinrich und Sara folgten.

Das Wasser stand hier schon so hoch, dass es das Boot zu tragen vermochte. Niels wusste die Ruder kräftig und geschickt zu handhaben; trotzdem die Fahrt gegen den Wind ging, kamen sie doch rasch zur Stelle.

Im Koog herrschte Sonntagnachmittagstreiben. Viele Arbeiter gaben sich nach der anstrengenden Wochenarbeit der Ruhe hin. Die meisten saßen aber beim Marketenderzelt, wo Tische und Bänke aufgestellt waren, vor den gefüllten Bierkrügen, tranken, unterhielten oder stritten sich.

Wie sie so durch das Lager schritten, kam der alte Bonke aus seinem Zelt. Er nahm an einem der Tische Platz; kaum aber hatte er sich niedergesetzt, so erhoben sich die ihm zunächst Sitzenden. Die Übrigen unterbrachen ihre Unterhaltung und warfen ihm schiefe Blicke zu. Bonke schaute verdutzt um sich; dann stand er auf und ging wieder in sein Zelt. Sein von weißem Haar und Bart umfluteter Greisenkopf bewegte sich ärgerlich hin und her; dabei ließ er ein verdrießliches Knurren hören.

Hinrich trat rasch auf einen der Arbeiter zu, die vor dem Alten gewichen waren. Nicht ohne Erregung frug er:

„Was hat euch der Mann getan?"

„Bonke? Gar nichts hat er uns getan!"

„Weshalb wollt ihr ihn denn nicht in eurer Mitte dulden? Keine Widerrede, ich hab's wohl gemerkt!"

„Ihr könnt nicht von uns verlangen, Herr, dass wir mit dem Menschen verkehren!"

„Weshalb nicht?"

„Weil er ein Hexenmeister ist!"

„Bist du verrückt?"

„Gott sei Dank, noch nicht! Aber dass der Kerl Zauberei treibt, darauf nehm ich Gift. Wer anders als er hat den furchtbaren Gewittersturm gerufen? Ja, Herr, das steht fest – Sprechen kann er zwar nicht, aber an dem Tage hat er unaufhörlich eine Zauberformel vor sich hin gebrummt. Wenn auch die Worte nicht zu verstehen waren, erkannte man doch die Melodie. Es war der Sturmzauber, den auch Telsche Undeert gesungen hat, wenn sie Wetter machte, Telsche Undeert, wisst Ihr, Herr, die verdammte Hexe, der der Teufel den Hals umdrehte. O, Herr, der Mensch kann uns noch viel Unheil bringen. Wenn ich Euch raten soll, jagt ihn fort."

„Das ist ja alles Unsinn! Kein Mensch kann Wetter machen, das hat sich unser Herrgott vorbehalten. Eins aber rate ich euch: vergreift euch nicht an dem alten Mann! Sollte ich hören, dass ihm ein Leid geschehen ist, werde ich den Schuldigen zu treffen wissen, dass ihm Hören und Sehen vergeht."

Hinrich wandte sich rasch ab. Einen großen Eindruck schien seine energische Ansprache aber nicht gemacht zu haben. Der Mann ging achselzuckend davon, steckte die Hände in die Hosentaschen und pfiff vor sich hin.

Jetzt schritten die flandrischen Gäste langsam dem Lager zu. Sie mussten später mit dem Boot angekommen sein oder hatten sich noch im Koog aufgehalten. Die Herren begrüßten Hinrich und Sara mit ausgesuchter Höflichkeit. Antoinette sprach nur wenige Worte; sie gab vor, müde zu sein, und ging gleich ins Zelt. Sara war befangen; sie konnte sich nicht von dem Gedanken losmachen, dass sie und Hinrich von den Fremden unterwegs beobachtet worden seien.

Johann van der Lieth zog Hinrich in ein geschäftliches Gespräch. Es handelte sich um die Entscheidung in einer Frage, in der sie verschiedener Meinung waren. Johann van der Lieth hatte sich mit der Sache in den letzten Tagen eingehend beschäftigt, Karten angefertigt und Berechnungen aufgestellt. Er bat Hinrich, ihm die Arbeiten, die er im Zelte aufbewahrte, zeigen zu dürfen.

Hinrich erinnerte daran, dass sie die Heimfahrt nach dem weißen Hause antreten müssten; die Flut, die wegen des starken Ostwindes ohnehin nur niedrig sei, würde sich sonst verlaufen, bevor sie das Land erreichten.

„Nur auf einige Minuten", bat Johann van der Lieth. „Das Wasser hat noch nicht einmal seinen Höhepunkt ganz erreicht. Für die Heimfahrt ist es noch früh genug."

So traten sie denn in das herzogliche Zelt, das den flandrischen Gästen nach der Abreise des Fürsten wieder als Wohnung diente.

Auf eine mit Kissen belegte Ruhebank hatte Antoinette sich hingeworfen und den Kopf in die weiche Unterlage gewühlt. Sie schien für nichts Auge und Ohr zu haben. Erst als sich Hinrich und Johann van der Lieth laut unterhielten, wandte sie den Kopf und schaute empor. Mit einem Ruck setzte sie sich dann aufrecht. Eine Frage, die Sara an sie richtete, beantwortete sie nicht. Wie todmüde senkte sie wieder die Augen. Dann aber schaute sie Sara plötzlich groß und starr an.

Sara senkte die Augen. Sie fühlte, dass eine heiße Blutwelle ihr in die Wangen schoss. Nun wusste sie genug!

In diesem Augenblick sprang das silbergraue Kätzchen auf Antoinettes Schoß. Unwillig wollte sie das Tier von sich abschütteln. Es streifte mit seinen Krallen, einen Halt suchend, ihre Hand, dass auf der weißen Haut ein dünner, roter Blutstreifen aufflammte.

Antoinette zuckte zusammen; dann sprang sie auf, klammerte ihre Finger um den Hals des Tieres und schleuderte es auf den Boden. Zuckend blieb es liegen. Mit jämmerlichen Klagetönen versuchte es, sich emporzurichten; die Hinterfüße versagten aber ihren Dienst.

Sie war ganz weiß geworden. Ihre Augen funkelten und ihre Hände ballten sich. Erst warf sie einen Blick auf das in furchtbaren Schmerzen sich windende Tier. Dann wandte sie sich an Hinrich und schleuderte ihm die Worte ins Gesicht:

„Hinrich Oldenburg, was schaut Ihr mich an? Ihr wundert Euch, dass ich so grausam sein kann? Oh, Ihr werdet mich noch anders kennenlernen."

Alle waren sprachlos vor Entsetzen über diesen unerklärlichen, plötzlichen Ausbruch furchtbarster Leidenschaft.

Sara stieß einen Schrei aus und suchte Schutz bei Hinrich; Johann van der Lieth ließ seine Papiere wieder in den Kasten fallen, aus dem er sie eben entnommen hatte.

Quirinus in der Velten sprang auf und fasste seine Schwester beim Arm.

„Was hast du? Um Gottes willen, bist du von Sinnen?"

Sie aber riss sich los und sagte:

„Nichts! Lass mich!", dann wandte sie sich rasch um und ging in ihren Schlafraum.

Hinrich empfahl sich mit einigen durch die Höflichkeit gebotenen Redensarten. Alle waren aufs Peinlichste berührt. Handlung und Worte Antoinettens hatten wie ein Blitz gewirkt und mit blendender Klarheit die Lage erhellt.

Schweigsam ging das Liebespaar an den Strand, wo schon ein Boot für sie bereitlag. Kräftig führte Hinrich das Ruder. Nach kaum einer Stunde saßen sie schon im weißen Hause. Da hielt Hinrich um die Hand Saras an.

Als er am andern Tage wieder ins Lager kam, trat ihm Martin entgegen, der schon auf ihn gewartet hatte.

Hinrich machte ihm sofort Mitteilung von seiner Verlobung.

Martin drückte ihm erfreut die Hand.

„So musste es ja kommen! Du hast eine vortreffliche Wahl getroffen, mein Freund!"

Und nun erzählte er ihm, dass die flandrischen Gäste in aller Morgenfrühe ihre Sachen gepackt hätten und, sobald die Flut es erlaubte, davongefahren seien. Er habe an Hinrich ihren Abschiedsgruß zu bestellen. „Ich fürchte", setzte er hinzu, „wir haben sie nicht zum letzten Male gesehen. Als ich fragte, wohin sie zu reisen gedächten, antwortete man mir: nach Gottorf. Man will dort offenbar die Verhandlungen mit dem Herzog fortsetzen!"

Hinrich schaute nachdenklich vor sich nieder.

„Was will man uns machen? Der Herzog verlangt nichts mehr, als dass das Land deichfest gemacht wird. Und der

Ring schließt sich bald; nach zwei Monaten ist die Arbeit vollendet. Die Gewinnung neuer Köge bereitet dann keine Schwierigkeit mehr; mit der Hälfte der Kosten und Arbeitskraft lassen sich größere Flächen dem Meere wieder abgewinnen. Wir arbeiten dann mit doppeltem Eifer weiter. Was will man uns also machen; leid tun mir nur die Nordstrander!"

„Weshalb?"

„Das kann ich dir noch nicht sagen! Es ist etwas im Werke. – Nun, gehen wir ruhig der Zukunft entgegen; es wird sich alles finden!"

Ein Arbeiter ging grüßend vorbei; er hatte ein totes, silbergraues Kätzchen im Nacken gefasst. Schlaff und lang gestreckt hing der Kadaver von seiner Hand herunter. Mit einem Schwung schleuderte er das Tier über den Deich.

Hinrich schüttelte sich vor innerem Grauen.

„Komm", sagte er zu Martin, „ich habe dir noch einen neuen Plan für die Schleuse zu zeigen. Der Bau muss jetzt mit aller Kraft in Angriff genommen werden!"

* * *

Es war ein grauer, regnerischer Oktobertag. Am Morgen hatte es stark aus Norden geweht; dann war der Wind umgesprungen und kam nun steif aus Nordwest.

Der Koog ruhte jetzt im Schutze des Deiches. Vor acht Tagen war der Ring geschlossen. Aber noch fehlte es nicht an Arbeit; vor allem war der Sodenbelag noch nicht beendet. Man war eifrig dabei, die Grassoden in langen Vierecken auszustechen, an die Böschung des Deiches zu legen und festzuklopfen. Auch bei der Schleuse herrschte noch eifrige Tätigkeit; es wurde gehämmert und gesägt; dazwischen dröhnte der dumpfe Schlag der Ramme, die von zehn kräftigen Männern emporgezogen wurde. Man begleitete die Arbeit mit rhythmischem Gesang; es war ein plattdeutscher Vers, den vor einem Jahr ein Arbeiter aus Dithmarschen hier zum ersten Male gesungen hatte. Erst lachte man darüber; dann sangen einige mit und schließlich fand man, dass die Sache nicht nur scherzhaft sei, sondern auch die Arbeit zu erleichtern schien.

> Hüs em un haal em.
> De Herr, de mutt betahlen

sangen sie beim Hochziehen der Ramme. Nur wenn der schwere, eiserne Hammer auf den Balken niederschmetterte, schwieg der Gesang.

Zwischen den tätigen Leuten trieb sich der alte Bonke beschäftigungslos umher. Er hatte im letzten Monat keine Arbeit mehr angerührt; ob seine Kräfte versagten oder ob es in seinem Kopfe nicht ganz richtig war, wusste man nicht. Er gebärdete sich in letzter Zeit so sonderbar. Einmal war er nachts aufgestanden und, fast unbekleidet, bis zum Morgen im Koog umhergewandert. Das hatte sich noch zwei Nächte wiederholt. In der dritten Nacht hatte der Mann, der im Lager die Wache hielt, ihn auf dem Deiche gesehen, wo man ihn am Morgen halb erstarrt und fast besinnungslos fand. Als er am Nachmittag wieder ganz zu sich gekommen war, brummte er aufgeregt vor sich hin und schlug mit den Armen um sich. Die Leute wichen scheu vor ihm zurück, nur Knud nahm sich seiner an. Er brachte ihm das Essen ins Zelt und pflegte ihn, so gut er konnte.

Gegen Abend artete der Wind zum Sturm aus. In schweren Stößen kam er daher, schwarze, regenschwere Wolken vor sich her treibend.

Martin schaute besorgt zum Himmel auf. Das Schlimmste war, dass eine Springflut bevorstand. Er setzte Hinrich von seiner Befürchtung in Kenntnis. Beide stiegen schnell auf den Deich; der Sturm war so stark, dass sie sich auf der freien Höhe kaum zu halten vermochten. Das ganze Vorland stand schon unter Wasser, obgleich die Flut erst im Kommen war. Weißer Gischt peitschte den Fuß des Deiches.

Nicht ohne Besorgnis blickten sie in das tobende Wasser. Der Deich war zwar hoch und stark, aber es war auch ein ungewöhnlich hohes Wasser zu erwarten. Wie bei den meisten großen Fluten wirkten zwei ungünstige Umstände zusammen: Springflut mit starkem Nordweststurm.

Sie beratschlagten, was zu tun sei, um der Gefahr zu begegnen. Nach einigen Worten schon waren sie sich einig: alle Arbeiten einzustellen und sich auf die Verteidigung zu rüsten. Beide eilten hinunter, und nach wenigen Minuten schlug zum letzten Male die Ramme dröhnend auf den Balken. Die Hammerschläge und der Schrei der Sägen verstummten und die Sodengräber zogen ihre Spaten aus der Erde.

Nun begann eine andere Tätigkeit: zahllose Säcke, die man für solche Zwecke bereitgehalten hatte, wurden mit Sand und Erde gefüllt, fest zugebunden und zu hohen Haufen an der gefährdetsten Stelle des Deiches aufgeschichtet, wo die Strömung am stärksten war.

Trotz des Vollmondes wurde es früh dunkel, da der Himmel mit Wolken bedeckt war. Alle Pechfackeln wurden an den Deich geschafft, mit teergetränktem Torf gefüllt und angezündet. Aber der Sturm war so stark, dass die meisten, ehe sie recht in Brand kamen, wieder erloschen. Als es endlich mit Mühe gelungen war, die Mehrzahl zu heller Glut anzufachen, da stellte sich heraus, dass ihre Leuchtkraft nur gering war. Der Sturm blies die Flammen in Millionen knisternden Funken von der Pfanne weg.

Das Wasser stieg rasch und als die Nacht hereinbrach, da wuchs der Sturm zu einem rasenden Orkan an. Das Wasser sandte schon seinen Gischt über den Kamm des Deiches; immerhin war noch keine Gefahr vorhanden; eine Überflutung des Deiches erschien undenkbar: Man hatte ihn höher und stärker gebaut als alle Deiche vordem.

Nur wenige Augenblicke vermochten die kräftigsten Arbeiter sich oben zu halten; nach kurzem Widerstand drängte die Gewalt des Sturmes sie von der Höhe.

Da saßen sie alle an der inneren Böschung, Männer, Frauen und Mädchen, schwach von den Fackeln erhellt. Man war durchaus nicht niedergeschlagen oder ängstlich, baute man doch fest auf die Sicherheit des Deiches. Lachen und Scherzen erklang. Als eine der Dirnen, von zwei Arbeitern

hart bedrängt, den Halt verlor und die Böschung hinunter-
kollerte, da erklang ein lautes und lustiges Gelächter, das
selbst das Heulen und Pfeifen des Sturmes übertönte.

Unten am Deiche kam mit torkelndem Gang der alte
Bonke daher. In langen, weißen Strähnen flatterte sein Haar
im Winde. Er schien keinen Menschen zu sehen, denn er ging
geradezu, ganz gleich, ob ihm jemand im Wege stand oder
nicht. Alle wichen ängstlich aus.

Plötzlich blieb er stehen. Er hob die Arme empor und man
sah, dass seine Lippen sich bewegten. Im Toben des Sturmes
hörten nur die Nächststehenden die Laute, die er hervor-
brachte. Es klang wie Gesang.

„Der Sturmzauber!", entfuhr es einem der Arbeiter.

Und bald pflanzte das Wort sich von Mund zn Mund fort:
„Der Sturmzauber! Der Hexenmeister singt den Sturmzau-
ber!" Und mit abergläubischer Furcht richteten sich alle
Augen auf den kleinen, weißen alten Mann.

Ganz oben, so hoch, dass ihre mit geteerten Hüten beklei-
deten Köpfe den Deich überragten, saß eine Reihe Arbeiter.
Es machte ihnen Vergnügen, sich den emporspritzenden
Gischt um die Ohren peitschen zu lassen.

Plötzlich duckte einer den Kopf. Er griff in den Rasen, um
nicht die glatte Böschung hinunterzugleiten. Seine Augen
weiteten sich vor Entsetzen. Und doch hatte ihm das Wasser
nur ein wenig Gras und Erde an den Kopf geschleudert.

An dieser gefährdeten Stelle hatte man den Deich beson-
ders stark gebaut und die Soden vor Jahresfrist aufgelegt.
Jetzt bildeten sie eine zusammenhängende, festgewurzelte
Rasendecke.

Der Arbeiter schwieg noch; er wollte die andern nicht un-
nötig erschrecken. Vielleicht hatte es nichts zu bedeuten.
Aber untersucht werden musste die Sache. So kroch er denn,
um kein Aufsehen zu erregen, über den Deich und dort in den
sprühenden und wirbelnden Gischt hinunter, sich fest an den
Rasen klammernd, um nicht ins Wasser zu stürzen. In wenigen Augenblicken war er bis auf die Haut durchnässt; doch
darauf achtete er nicht. Gleich wurde ihm aber klar, dass

seine Befürchtung begründet war: Das Wasser, das ihm ins Gesicht spritzte, war schlammig und scharfe Körner drangen ihm in die Augen. Im Nu war er wieder oben. Hier erhob er sich und stemmte sich mit dem Rücken gegen den Sturm. Dann rief er mit gellender Stimme die Böschung hinunter:

„Gefahr, Gefahr! Deichbruch, Deichbruch!"

Der Ruf brachte blitzschnell alle auf die Beine. Hinrich stürzte hinauf, und als er an der Seite des Mannes stand, da peitschte ihm eine hohe Welle dichte Schlammmassen entgegen. Die Wogen wühlten sich mit rasender Geschwindigkeit ein Loch in den Deich.

Er stand aufrecht wie eine Säule; mit fast übermenschlicher Anstrengung bot er dem wütenden Orkane Trotz, und durch das furchtbare Heulen und Brausen drangen klar und deutlich seine Befehle.

Die Sandsäcke wurden von den Männern unter Martins Leitung auf den Deich gewälzt. Inzwischen war der Arbeiter, der den Bruch entdeckt hatte, wieder auf die Seeseite hinabgestiegen. Das Loch reichte schon bis zur halben Deichhöhe.

„Hierher!", rief er. Und nun wurden die Säcke in die klaffende Öffnung hinabgelassen.

Hinrich ließ ein langes, starkes Tau holen, das er sich um den Leib befestigte. Vier Männer hielten das andere Ende. Dann kletterte er die Böschung hinunter, um den Schaden zu untersuchen. Das Wasser reichte ihm bis an die Brust und unablässig peitschten die Wogen ihm ins Gesicht. In dieser gefährlichen Lage traf er seine Anordnungen, die Martin zur Ausführung brachte. Der Arbeiter fing seine häufig vom Sturm verwehten Worte auf und rief sie Martin zu. Immer mehr Säcke verschwanden in das gähnende Loch.

Eine Zeit lang schien die Arbeit Erfolg zu haben. Die Wogen mühten sich vergeblich, ihr Zerstörungswerk fortzusetzen; ihre Kraft brach sich an den festen Sandsäcken.

Da stieg eine große schwarze Wolke am Horizont auf. Martin sah sie herankommen und es war ihm, als wenn ein Riesenvogel sich nahte. Mit seinen Flügeln schlug das Ungeheuer die See und seine Augen sandten Blitze. Schon zweimal war ihm das Meer in Gestalt eines mächtigen Vogels erschienen. War es nur eine Vision? Je mehr er in den Himmel starrte, desto deutlicher wurde ihm das Bild: Das war keine Wolke mehr, wie das Tier seine Flügel schwang und seine Krallen ausstreckte. Und nun sank ihm plötzlich der Mut; er wusste es: Alles war vorbei. Mit dem Vogel kam das Unglück, unabwendbar. Äußerlich war er dabei ganz ruhig; er erteilte seine Befehle wie zuvor. Aber in dem Toben und Heulen der Elemente überkam ihn eine tiefe Stille.

Mit rasender Schnelle kam der Vogel geflogen. Ein furchtbares Sausen und Brausen ging vor ihm her. In seinem Gefieder trug er Wolkenbrüche, die die Luft in ein strömendes Meer verwandelten. Seine breiten Flügeln peitschten die See zu wilder Raserei und drängten sie gegen den Deich. Und das stolze Menschenwerk vermochte nicht mehr zu widerstehen. Er schlug seine Krallen in die Böschung und warf die schweren Sandsäcke wie Spielbälle auseinander. Nun war der Weg wieder frei und mit jauchzendem Getöse wälzten sich die Wogen in die Öffnung. In einem Augenblick rissen sie zu beiden Seiten, oben und unten, Schicht um Schicht herunter und bohrten sich brodelnd und zischend in das Innere hinein.

Die Stelle, auf der der Arbeiter stand, gab zuerst nach; mit einem Aufschrei versank er in die Tiefe.

Auch Hinrich wäre der furchtbaren Gewalt des Anpralls erlegen, wenn das Tau ihn nicht gehalten hätte. Langsam klomm er, Hand um Hand an das Seil legend, die Böschung hinauf. Als er, fast erschöpft von der furchtbaren Anstrengung, oben ankam, riss die Flut schon ein Stück von dem Kamm des Deiches weg.

Unter den Arbeitern entstand eine furchtbare Verwirrung; alle zogen sich schnell von der bedrohten Stelle zurück. Die Frauen, die sich noch immer an der inneren Böschung aufgehalten hatten, erstiegen jetzt den Deich. Hier hockten sie nieder oder warfen sich platt auf den Boden, um nicht von dem Orkan, der ihre schweren, vom Regen durchnässten Kleider erfasste, hinuntergeschleudert zu werden. Die Furcht ließ ihre sonst unablässig beweglichen Zungen stille stehen; nur hin und wieder wurde ein klagender Ton hörbar. Aus der Mitte drang der kräftige Schrei eines kleinen Kindes, das im Lager geboren war.

Unten am Fuße des Deiches saß Bonke; er war ganz in sich zusammengekrochen und kein Mensch hätte ihn in der Finsternis bemerkt, wenn nicht seine weißen Haare die Aufmerksamkeit eines Arbeiters auf sich gezogen hätten.

Zwei Männer stiegen hinunter, um ihn in Sicherheit zu bringen. Er wehrte mit Händen und Füßen und warf sich, als sie Gewalt gebrauchen wollten, auf die Erde. Nun fassten sie kräftig an und schleppten ihn, trotz seines Sträubens, auf die Höhe.

Da wurden in der erregten Menge Stimmen laut:

„Der Hexenmeister!"

„Wo ist er?"

„Dort! Siehst du ihn nicht? Sie haben ihn hinaufgetragen! Hätten sie ihn doch verrecken lassen!"

„Man hat gehört, dass er den Sturmzauber gesungen hat!"

„Den Sturmzauber? Und ein solches Scheusal lässt man unter Christenmenschen frei umherlaufen?"

„Der Hexenmeister ist an allem schuld!"

„Er hat den Sturmzauber gesungen!"

„Er hat den Sturmzauber gesungen!"

Ein Arbeiter beugte sich zu ihm herab.

„Er singt ihn noch!"

Nun scholl ein Wutgeheul durch die Menge.

„Hört, was ich euch sage", rief, alle übertönend, ein Arbeiter mit dröhnender Stimme: „Hinab mit ihm in die Flut! Das Meer schreit nach ihm und wird erst stille, wenn es ihn hat. Ich setze Kopf und Kragen daran, wenn meine Worte nicht die lauterste Wahrheit sind."

Und vielstimmig wiederholte sich der Ruf:

„Hinab mit ihm! Hinab mit ihm!" Fast alle teilten den uralten Volksglauben, dass das tobende Meer stille wird, wenn es sein Opfer erhalten hat.

Nun fassten ihn kräftige Fäuste und hoben ihn empor. Hinrich und Martin vermochten die Wütenden von ihrem frevelhaften Beginnen nicht abzuhalten. Da drängte sich plötzlich der starke Knud heran. Aber wohl zwanzig Mann stürzten sich auf ihn und hielten ihn zurück. Trotzdem er mit furchtbarer Kraft um sich schlug, war er doch der Übermacht nicht gewachsen. Ein kleiner, geschmeidiger Kerl brachte den Riesen von hinten zu Fall. Nun war er verloren; man hielt ihn so fest, dass er sich nicht zu rühren vermochte. Plötzlich war es, als wenn seine Kraft erlahmte. Man spürte keinen Widerstand mehr.

„Rührt euch nicht, er verstellt sich bloß! Sobald wir locker lassen, wirft er uns alle über den Haufen."

Und während vierzig Hände den starken Knud mit aller Kraft an den Boden drückten, schleuderten die Arbeiter Bonke in das brodelnde Wasser.

Und wunderbar! In demselben Augenblick ließ der Sturm nach.

Nur einmal tauchte noch der weiße Kopf Bonkes aus der Tiefe, dann riss ihn die Flut hinab.

Die Arbeiter stießen Jubelrufe aus und derjenige, der den Rat erteilt hatte, brüstete sich lachend mit seiner Weisheit:

„Habe ich es nicht gesagt? Oh, ich kenne das! Der Hexenmeister war an allem schuld!"

Kaum waren die Worte aus seinem Munde heraus, als er und eine Reihe Arbeiter mit ihm, die sich zu nahe an den Durchbruch gewagt hatten, mit stürzenden Erdmassen in die Tiefe sanken. Und nun sah man, dass der Deich ganz unterhöhlt war. Nur eine dünne Wand noch hielt das Wasser zurück.

Die Ruhe dauerte nur wenige Minuten; der Sturm hatte nur Atem geschöpft. Nun blies er mit verdoppelter Gewalt, dass der Schaum hoch über den Deich flog. Und da war das Unglück geschehen; die Wand sank zusammen. Mit furchtbarem Getöse drängte sich das Meer durch die enge Pforte, zu beiden Seiten immer größere Stücke des Deiches mit sich fortreißend.

An dem Durchbruch aber bildete sich ein Wirbelstrom, über dem Millionen emporspritzende Schaumbläschen wie eine weiße Säule standen. Das Wasser bohrte und grub sich eine breite und unergründlich tiefe Wehle. Darüber schossen die Wogen in den Koog, alles, was sich ihnen entgegenstellte, wie Kinderspielzeug zerschmetternd.

In einem Augenblick war die ganze, noch eben im Schutze der Deiche ruhende Fläche, in der schon der Pflug die Furchen für die erste Wintersaat gezogen hatte, von brandendem Wasser bedeckt.

Bleich und still schauten Hinrich und Martin auf das Zerstörungswerk. Dahin war die Arbeit vieler Jahre, unwiederbringlich verloren.

Als die Flut so urplötzlich in den Koog drang, ließen die Arbeiter, aufs Tiefste erschrocken, ihre Hände von Knud. Nun begab sich etwas Unerwartetes: Knud rührte kein Glied. Und jetzt erst merkten sie, dass er tot war.

In derselben Nacht brach der Deich noch an drei andern Stellen. Vier Wehlen waren entstanden; keine Menschenkraft reichte aus, diese tiefen Gewässer auszufüllen.

* * *

Arnold Amsinck schaute in dieser Nacht unablässig aus den Fenstern des weißen Hauses auf das wilde Wasser, das bis an die Schwelle der Tür stieg.

Als der Morgen kam und die Flut sich etwas verlaufen hatte, ging er hinaus und legte die Hand über die Augen. Von hier aus konnte er den Deich sehen.

Er stand nicht lange so. Dann ging er wieder hinein; aber er suchte eine Stütze an der Mauer und sein Schritt war unsicher.

Drinnen sank er auf einen Stuhl. Kein Laut kam über seine Lippen.

Da kniete Sara zu ihm nieder und streichelte seine Wangen.

„Vater, Vater, mein armer Vater!", kam es weinend über ihre Lippen.

Da legte er die heftig zitternde Hand auf ihr Haupt.

„Mein Kind!", sagte er und es klang wie ein Schluchzen aus seiner Stimme.

* * *

Bald nach dem Zusammenbruch des Unternehmens verließ Martin die Insel. Hinrich hatte vergebens versucht, ihn zurückzuhalten.

Nach zwei Monaten kam ein Brief von ihm. Er schrieb aus Amsterdam. Auf sechzehn eng geschriebenen Seiten gab er eine Schilderung seiner Reiseerlebnisse. Die Niederlande hatte er auf möglichst geradem Wege zu erreichen gesucht, dann schien er zweck- und ziellos umhergefahren zu sein. Zum Schlusse hieß es: „Was ich suche, habe ich noch nicht gefunden. Aber gestern habe ich wieder eine Spur entdeckt; möge sie mich zum Ziele führen."

Abermals nach zwei Monaten konnte er Hinrich in einem kurzen Schreiben Mitteilung machen, dass der Zweck seiner Reise erfüllt sei. Er hatte Karen aufgespürt. In Ryssel hatte er sie in äußerstem Elend angetroffen, und wenn nicht eine schwärmerische Jungfrau, Antoinette Bourignon, sie mit dem Allernotwendigsten versorgt hätte, so wäre sie den Hungertod gestorben. Ihre große Schwäche und Hinfälligkeit hinderten sie daran, sich ihr Brot selbst zu erwerben. Er hatte sie jetzt bei guten und ehrbaren Leuten in sorgsame Pflege gegeben, von der er das Beste hoffte.

Aber schon nach vier Wochen kam ein schwarz-geränderter Brief an Hinrich. Er meldete ihm den Tod seiner Schwester. Über ihr Ende berichtete Martin ausführlich. Sie hatte für seine Aufopferung gedankt und von ihrem Bruder gesprochen. „Dabei fasste sie meine Hand und sagte: ‚Vergib mir!' Da wurde mir das Herz groß. Ich sank vor ihrem Bette nieder: ‚Ich habe dir nichts zu vergeben; vergib du mir. Mein Unverstand und meine blinde, törichte Eifersucht allein haben alles verschuldet.' Sie aber schüttelte den Kopf. ‚Nein', sagte sie, ‚du irrst dich. Es ist Gottes Wille gewesen, du warst nur sein Werkzeug. Unser Stolz und Hochmut musste gebrochen werden. Seine Wege sind wunderbar, aber er führt alles herrlich hinaus.' Dann war es, als wenn ein Licht von ihrem Angesichte ausging; sie breitete die Arme aus und schaute starr nach der Tür. Nach einigen Augenblicken rief sie: ‚Owe, Owe!' Ich schaute mich um, aber da war nichts zu sehen.

Dann sank sie zurück in die Kissen. – Du kannst mir glauben, ihr Tod geht mir zu Herzen! Dennoch fühlte ich mich seltsam leicht. Ihr letztes Wort hat die Last von meiner Seele genommen, die mich jahrelang schwer bedrückte. – Hinrich, mein Herzbruder – um dich noch einmal mit diesem rührend schönen Worte anzureden, das noch manchmal in meine Träume klingt – reinige auch du jetzt dein Herz von jedem Groll. Vergiss, was gewesen ist, und gedenke deiner Schwester in Liebe. Glaube mir: Sie konnte nicht anders handeln, als sie getan hat."

* * *

„Owe Knudsen kehrt heute wieder zurück; ein Bauer hat ihn in Husum gesprochen!"

Wie ein Lauffeuer verbreitete sich die überraschende Nachricht durch Hattstedt.

Es war ein eiskalter Dezembertag. Bei ganz ruhiger Luft war viel Schnee gefallen; gegen Morgen kam ein starker Ostwind auf, der die ebene weiße Decke zerpflückte und auseinanderriss. Um Mittag waren die Wege so verschneit, dass jeder Verkehr stockte.

Nachmittags wurde die Dorfschaft zum Schneeschaufeln aufgeboten. Es war an einem Sonnabend, und so begann man die Arbeit beim Kirchwege, um die Bahn für den Sonntag frei zu machen.

Wohl fünfzig Männer hatten sich mit Schaufeln und Spaten eingefunden. Unter ihren fleißigen Händen flog der Schnee zu beiden Seiten in großen Klumpen über die Wälle. Auch hier bildete Owe Knudsen das Gespräch.

„Was mag er nur wieder wollen?"

„Uns bekehren! Was sonst?"

„Wie sieht er denn aus?"

„Wie früher – verrückt! Nur, dass er älter geworden ist!"

„Erinnerst du dich noch des Spektakels, als wir zu seiner Befreiung auszogen, du mit der Sense und ich mit der Heugabel?"

„Na – und ob! Die Geschichte ist mir teuer zu stehen gekommen! Als wenn es gestern gewesen wäre, sehe ich sie noch vor mir, die fünf Musketiere, die man mir zur Strafe auf den Hof gelegt hatte. Sechs Monate musste ich die Kerls durchfüttern. Donner und Blitz, das griff an den Geldbeutel. Es hatte aber doch sein Gutes, da es uns zur Besinnung brachte."

„Meinst du? Manchmal kommt es mir vor – aber du sprichst zu keinem Menschen davon, um Gottes willen nicht –, als ob es doch eine schöne Zeit war. Alles irdische Sinnen und Trachten lag uns so fern, als ob wir gar nicht in der Welt lebten. Wenn ich an einem schönen Sonntag nach saurer Arbeit vor der Tür sitze, ist mir noch manchmal so zumute. Es waren lauter Sonntage damals."

„Ach, Unsinn! War doch bloß Teufelszeug, was er uns lehrte. Hat Ehrn Volkhardus Paysen uns nicht klargemacht, dass alles aus dem Heidentum stammte? Was lehrte er uns zuletzt von dem Erbarmen mit der Kreatur? Das machte mich schon damals stutzig, muss ich dir sagen."

„Aber es heißt doch auch in der Bibel: Der Gerechte erbarmt sich seines Viehes!"

„Nun ja, seines Viehes! Aber der Tiere auf dem Felde! Wohin soll das führen! Die Anna Ovena Hoyerin hat aus Schweden geschrieben, dass sie es für verkehrt hält, Tiere zu töten. Du darfst also kein Schwein mehr schlachten! Sie hält sogar Hunde für die Flöhe, damit die armen Tiere nicht umkommen. Das ist alles Heidentum – aus Indien, wie Ehrn Volkhardus Paysen mir erzählt hat."

Als sie mit dem Kirchweg fertig waren, sahen sie, wie ein Mann von Süden her mühsam durch den Schnee stapfte, der ihm bis an den Leib ging. Häufig blieb er erschöpft stehen.

„Das ist er!"

„Wer?"

„Owe Knudsen!"

Man hatte die Absicht gehabt, jetzt diesen Weg in Angriff zu nehmen. Allein der Führer änderte plötzlich den Plan und beorderte die Truppe nach der entgegengesetzten Richtung.

Nun schauten sich alle um.

„Rasch!", rief der Führer. „Wir haben keine Zeit zu verlieren!"

Sie folgten ohne Widerrede.

Sobald es anfing zu dunkeln, begaben sich alle in ihre Häuser.

Durch die kleinen, in Blei gefassten Fensterscheiben drang der trübe Schein der Öllampen oder der Kienspäne.

Es war eine sternenlose Nacht. Der Himmel hatte sich mit Gewölk überzogen. Und nun begann es wieder zu schneien, erst kaum merklich, dann, von dem Ostwind getrieben, in dichten, scharfen Nadeln.

Owe Knudsen hatte sich durch den Schnee hindurchgearbeitet und stand jetzt, Atem schöpfend, im Dorf vor einem Bauernhause.

Drinnen schlug ein Hund an. Man hatte das Tier wegen der furchtbaren Kälte ins Haus genommen.

Nun klopfte er an die Tür. Zum zweiten und dritten Male musste er dies wiederholen. Dann wurde ein schlürfender Tritt laut. Vorsichtig öffnete der Bauer die obere Hälfte der Tür und fragte:

„Wer ist da?"

„Ich bin es, Owe Knudsen!"

Da schlug der Bauer mit einem Fluch die Tür wieder zu und drehte drinnen hörbar den Wirbel um.

Gleich darauf wurden die Fenster dunkel.

Owe Knudsen verstand, was das bedeuten sollte: Hier ist kein Platz für dich.

Noch an zehn anderen Häusern klopfte er an. Wie auf Verabredung erloschen allenthalben die Lichter, sobald er seinen Namen nannte.

Er ging weiter. Bei dem nächsten Hause wagte er aber nicht mehr anzuklopfen. Er setzte sich auf einen Stein vor der Tür. Der Hund hatte ihn aber gehört und erhob ein furchtbares Gekläff. Eine junge Frau öffnete vorsichtig, um nachzusehen, wer draußen sei. Als sie den Mann zusammengekauert auf dem Stein sitzen sah, trat sie heraus und erkundigte sich, was er wolle.

„Nur ein Nachtlager, nichts weiter!"

Die Frau, von Mitleid ergriffen, ließ ihn ins Haus.

Als aber der Schein der Lampe auf sein Gesicht fiel, erschrak sie heftig.

„Mein Gott, was hab ich getan! Ihr seid es, Owe Knudsen, und mein Mann hat es mir streng verboten, Euch einzulassen."

Er neigte das Haupt und ein schmerzliches Lächeln glitt über sein Gesicht.

„Dann gehe ich wieder!"

Sie aber ergriff ihn, als er sich umwandte, beim Arm.

„Nein, nein! Das kann ich nicht verantworten. Ihr werdet umkommen in der Kälte, denn – niemand gibt Euch Herberge. Kommt schnell, mein Mann wird gleich zurückkehren."

Und nun fasste sie ihn bei der Hand und führte ihn durch den Hausflur in die Lohdiele. Hier stand eine Leiter, die zum Boden führte.

„Dort droben verkriecht Euch ins Heu! Wartet, ich hole Euch noch eine Decke!"

Nach wenigen Augenblicken kam sie wieder mit einer großen Decke.

„Haltet Euch aber ganz ruhig und kommt nicht früher herunter, bis ich Euch Bescheid gesagt habe. Und dann nehmt noch dies, Ihr seid gewiss hungrig!"

Sie gab ihm zwei dicke Schnitten Schwarzbrot und ein großes Stück Speck.

Er drückte ihr dankbar die Hand.

Dann stieg er die Leiter hinauf. Der Hund aber wollte nicht still sein; sie musste ihn züchtigen, um ihn zu beruhigen.

Nun ging sie nach der Stube und wartete auf die Rückkehr ihres Mannes, der zu einem Nachbarn gegangen war. Sie saß ganz still und schaute erst immer auf einen Fleck. Sie suchte die wirren Gedanken, die auf sie einstürmten, zu ordnen. Was für eine sonderbare Welt! Damals war sie es gewesen, die zuerst Hosianna gerufen hatte. Ihre Mutter hatte am Tage vorher aus der Bibel vorgelesen und da war ihr das fremde Wort im Gedächtnis haften geblieben. Nun nahm sie die Bibel von dem am Balken angebrachten Bord, schlug die ihr wohl bekannte Stelle auf und las: „Viele aber breiteten ihre Kleider auf den Weg. Etliche hieben Maien von den Bäumen und streuten sie auf den Weg. Und die vorne vorgingen und die hernach folgten schrien und sprachen: Hosianna, gelobt sei, der da kommt in dem Namen des Herrn! Gelobt sei das Reich unseres Vaters Davids, das da kommt in dem Namen des Herrn, Hosianna in der Höhe!" Und jetzt? Oh, sie wusste wohl, worauf die Männer es abgesehen hatten. Alle, auch die erst Widerstrebenden, hatten sich das Wort gegeben, ihm, wenn er vorsprechen sollte, die Tür zu weisen und die Lichter zu verlöschen. Würde man ihn dann morgen irgendwo im Schnee erfroren finden, nun – umso besser! Damals Hosianna, Hosianna! und jetzt: Steiniget, steiniget ihn! Was war das Richtige? Sie zerbrach sich den Kopf, dass die Stirne ihr schmerzte, vermochte aber nicht zur Klarheit zu kommen.

Als ihr Mann kam, frug er gleich:

„Ist er hier gewesen?"

Sie schrak aus ihren Gedanken empor:

„Wer?"

„Nun, wer anders als Owe Knudsen!"

Einen Augenblick zögerte sie, dann verneinte sie in bestimmtem Tone, klappte die Bibel zu und legte sie wieder aufs Bord.

In der Nacht wachte der Mann mehrmals auf.

„Weiß Gott, was der Hund hat!"

„Was sollte er wohl haben! Er ist es nicht gewohnt, nachts drinnen zu sein."

Als ihr Mann wieder schlief, stand sie aber auf, ging nach dem Hausflur, wo der Hund lag, öffnete die Tür und jagte ihn hinaus. Sie fürchtete, dass er zum Verräter werden könnte.

In aller Frühe – ihr Mann lag noch in festem Schlaf – zog sie sich an und stieg auf den Boden.

„Ihr müsst Euch gleich auf den Weg machen, Owe Knudsen!"

Er erhob sich sofort und folgte ihr.

Dann ging sie eilig nach der Küche, wickelte ihm Speck, Wurst und Brot in ein Tuch und übergab es ihm.

„Zur Wegzehrung! Und dann, Owe Knudsen, Glück auf den Weg und denket einmal an mich!"

Er war mit ihr in die Küche gegangen. Der Schein der Öllampe fiel ihm ins Gesicht. Sie wunderte sich, dass er so ruhig und heiter aussah. Und wie sie ihm nun in die Augen blickte, da wurde ihr ganz seltsam zumute. Es war ihr, als wenn etwas sie niederzwang. Sie musste an sich halten, um nicht in die Knie zu sinken, und das Wort „Meister, Meister" kam auf ihre Lippen.

Er aber legte die Hand auf ihr Haar und sagte:

„Ich danke dir, meine Tochter!"

Dann ging er hinaus. – Das war alles gewesen, was er gesprochen hatte, ein gleichgültiges Wort, und doch, wie ging es ihr durch Mark und Bein.

Sie musste sich am Herd festhalten. Den ganzen Tag über war sie still und in sich gekehrt.

Nach zwei Jahren erhielt sie wieder die erste Kunde von ihm. Er lebte in einer wilden, weiten Heide, fern von allen Menschen. Der Mann, der ihn dort gesehen hatte, erzählte, dass er ein armseliges Leben führte, aber ein wunderbares Wesen an sich habe. Auf die Frage, ob er sich nicht nach Menschen sehne, habe er lächelnd den Kopf geschüttelt.

Pastor Volkhardus Paysen aber sagte, als man ihm davon Mitteilung machte, wegwerfend: „Nichts als Mönchs- und Heidentum! Der wahre Christ zieht sich nicht in die Einsamkeit zurück, wo der Teufel sein Spiel treibt."

Dann zog er seinen neuen Mantel an und stieg mit zufriedenem Lächeln in den Wagen, um in die Stadt zu fahren. Seine Verhältnisse hatten sich sehr verbessert, seit er neben seinem Pfarramte in Hattstedt den wohlbesoldeten Posten eines Hofpredigers auf dem Schlosse in Husum erhalten hatte.

* * *

Arnold Amsinck war ein gebrochener Mann. Er konnte den furchtbaren Schlag, der die Arbeit seines ganzen Lebens endgültig vernichtete, niemals ganz verwinden. Nach einigen Jahren zwar, als Hinrich und Sara schon den Bund fürs Leben geschlossen hatten, versuchte er es noch einmal, dem Meere Trotz zu bieten. Aber das Unternehmen blieb in den Anfängen stecken; es fehlten ihm die Mittel, große Pläne durchzuführen.

Von Gottorf aus fand er keine Förderung mehr; auf seine schriftlichen Vorstellungen wurde ihm nicht einmal eine Antwort zuteil. Auch die Räte des Herzogs, die ihm früher, als er mit vollen Händen gekommen war, so bereitwillig ihre Dienste zur Verfügung gestellt hatten, schwiegen. Erst nach langem Warten erhielt er von einem der Hofleute, der ihm ein wenig persönlicher Freundschaft bewahrt hatte, ein Schreiben, aus dem er entnahm, dass Quirinus in der Velten, der zu längerem Aufenthalt nach Gottorf geladen war, jetzt ganz die Gunst des Herzogs gewonnen habe. Da auch die Schwester des Niederländers mitgekommen sei, so habe dies Veranlassung zu allerlei Gerede gegeben. Aber der Herzog sei nicht ganz frei von Schuld zu sprechen, dass ein solcher Klatsch aufkommen konnte, denn er habe die junge Dame auffällig bevorzugt. Zum Schluss fügte der Schreiber des Briefes noch eine Nachschrift hinzu, die in ihrer Kürze und Offenheit von den vorhergehenden, gewundenen und vorsichtig abgefassten Zeilen merklich abstach. Sie lautete: „Noch eins, aber unter dem Siegel der strengsten Verschwiegenheit: Wie ich erfahre, soll Se. fürstliche Durchlaucht den Verdacht hegen, dass Euer Tochtermann, Hinrich Oldenburg, heimlich die Nordstrander gegen ihn aufstachelt. Diesem Verdacht habt Ihr es in erster Linie zuzuschreiben, dass Ihr in seiner Gunst gefallen seid. Ob etwas Wahres an der Sache ist, kann ich von hier aus natürlich nicht beurteilen; aber den Rat möchte ich Euch erteilen: Bietet Euren ganzen Einfluss auf, um Hinrich Oldenburg von diesem wahnsinnigen Beginnen abzubringen. Es würde für Euch und für ihn ein schlimmes Ende nehmen."

Arnold Amsinck gab Hinrich den Brief. Er war von den Plänen seines Schwiegersohnes wohl unterrichtet und billigte sie. Hinrich hatte sich aber vorgenommen, erst dann einen entscheidenden Schlag zu führen, wenn der Herzog seinen Plan, den alten Nordstrandern ihr Land zu nehmen, zur Ausführung brachte. Die Nordstrander ließen sich, wie ihm die Erfahrung gezeigt hatte, jetzt aus ihrer Ruhe und Gleichgültigkeit nicht aufrütteln. Aber er hoffte, dass sie Mann für Mann aufstehen würden, wenn man es wagte, ihren Besitz anzutasten. Dann würden sie die Fremden aus dem Lande werfen und, wie ihre Voreltern, für Recht und Freiheit mit Leib und Leben kämpfen.

An einem schönen Sommertage des Jahres 1652 pilgerten die Bewohner des wilden Moores mit erregten Mienen zum Gottesdienst. Es hatte sich herumgesprochen, dass der Pastor Anton Heimreich aus der herzoglichen Kanzlei in Gottorf ein umfangreiches Schriftstück erhalten habe, das sie zu armen Leuten machte. Immer hatte Hinrich davon gesprochen, dass es so kommen würde, aber man hatte es ihm nicht glauben wollen. War denn kein Recht und keine Gerechtigkeit mehr in der Welt?

Die Sonne schien heiß durch die Fenster des Pesels, in dem noch immer der Gottesdienst abgehalten wurde. Der Raum war gedrängt voll, obgleich heute nur die Männer gekommen waren. Vor der Predigt wurde nur ein Vers gesungen, dann bestieg Anton Heimreich die Kanzel mit ernstem, fast finsterem Gesicht. Er sprach nur ein Viertelstündchen über das Sonntagsevangelium. Dann machte er eine Pause und ließ seine Augen über die Gesichter der Männer schweifen, die ihn mit ängstlicher Erwartung anschauten. Nun griff er sich an die Brust und lockerte sich das Gewand. Es war, als wenn er sich Luft verschaffen musste. Dann nahm er ein großes Schriftstück in die Hand und begann zu lesen, zuerst langsam und monoton:

„Wir von Gottes Gnaden, Friedrich, Erbe zu Norwegen, Herzog zu Schleswig, Holstein etc., tun kund und bekennen hiermit für Uns, Unsere fürstlichen Nachkommen und Sukzessoren in der Regierung und vor männiglichen, wie das, nachdem Wir gesinnet, Unser ertrunkenes Land Nordstrand nach jetzigem Zustande durch fremde Partizipanten mit Gottes gnädiger Hilfe wieder bedeichen zu lassen, zu dem Ende bei Uns sich die Edeln, Unserer Liebe besondere, Herr Joseph de Schmidt, Herr Alewyn von der Wordt, Herr Abraham von der Werken und Herr Deichgraf Quirinus in der Velten untertänigst haben angemeldet, auch gewisse Konditionen und Artikule, wie hierunter verzeichnet, vorgeschlagen, die Wir in Deliberation haben genommen, und mit ihnen darüber traktieren lassen, und endlich nach reiflicher und wohlerwogener Sachen mit denselben folgendermaßen beständig und feste geschlossen:

Erstlich dass von Sr. Fürstlichen Durchlaucht hiermit den Hauptkontrahenten und ihren Partizipanten vergönnt, vergeben und eingetan werden alle Ländereien, Mede, Eiländer, Anwüchsen und Moore des ganzen Landes Nordstrand, wie dasselbe anjetzo befindlich ist und folgendes aufwerfen und anwachsen wird, nichts ausgeschlossen und in Sonderheit zugleich darunter begriffen –"

Anton Heimreich zog ein Tuch aus der Tasche und trocknete sich den Schweiß von der Stirn. Dann ballte sich seine auf der Kanzel liegende Hand zur Faust und mit erhobener Stimme, die die innere Erregung des Lesers verriet, wiederholte er die letzten Worte und fuhr dann fort:

„Und in Sonderheit zugleich darunter begriffen alle Ländereien der Landeigener, die vormals sein bedeicht gewesen und wieder ertrunken sein, und das alles –"

Hier musste er eine Pause machen, denn unter den Männern entstand eine solche Unruhe, dass seine Stimme nicht mehr durchzudringen vermochte.

Hinrich stand an der Tür. Mit gespanntester Aufmerksamkeit beobachtete er die Versammlung. Die allgemeine Bewegung ließ seine Augen aufleuchten und wie ein Frohlocken flog es über sein Gesicht.

Als wieder Ruhe eingetreten war, las Anton Heimreich weiter, Abschnitt nach Abschnitt. Den neuen Unternehmern waren unerhörte Privilegien und Freiheiten zugesichert; unter anderem war ihnen ein eigenes Landrecht verliehen.

„Und gelobet Se. Fürstliche Durchlaucht für Sich und Seine Nachkommen, dass Sie, auf Ersuchen der Hauptkontrahenten und Partizipanten einige Soldaten zu ihrem Gehorsam halten wollten, um das Volk in Zwang zu halten –"

Bei diesen Worten lachte Hinrich bitter auf. Anton Heimreich warf ihm einen missbilligenden Blick zu, dann fuhr er fort und seine Stimme zitterte jetzt:

„Es sollen auch kraft dieses hiermit alle vorigen Kontrakte oder gegebenen Oktroyen oder Privilegien, die über dies ganze Land, oder ein Teil desselben Landes Nordstrand vor diesem von Sr. Fürstlichen Durchlaucht mit jemand konzipieret oder gemachet sein möchten, wie auch dieselben sein mögen, hiermit von Sr. Fürstlichen Durchlaucht annulliert und nichtig gemacht sein –"

Hinrich ballte die Hände. Also Arnold Amsincks Befürchtungen hatten sich als richtig erwiesen. Er biss die Zähne zusammen und richtete seine Augen starr auf den Prediger.

Die Männer waren, nachdem die erste Aufregung sich gelegt hatte, ganz still geworden. Anton Heimreich schaute verwundert auf seine Gemeinde hinunter. Dann fuhr er fort:

„Was auch anlanget der alten Einwohner übergebliebene Häuser, die noch im Lande sein oder auf dem Moore neu erbauet sein würden, mögen selbige die Hauptkontrahenten und Partizipanten, da sie ihnen gefallen, nach Wardierung unparteiischer Leute behalten und alsdann an die alten Eigener bezahlen, oder, daferne sie dieselben nicht begehren sollten, die alten Eigener derselben gehalten sein und bleiben, auf der Hauptkontrahenten Ansinnen von Stund an abzubrechen und selbige ohne Widerrede wegzuführen."

Als der Prediger diese Worte verlesen hatte, trug sich etwas Seltsames zu. Hinrich traute seinen Sinnen nicht. Er fuhr sich mit der Hand über die Stirn; es war nicht möglich, es musste eine Täuschung sein.

All diese wettergebräunten Männer, die Sturm und Not unerschrocken ins Auge schauten, neigten die Köpfe und – weinten. Ein hörbares Schluchzen ging durch den Raum. Auch Anton Heimreich schaute mit größtem Befremden, ja

Bestürzung auf die Versammlung; er hatte eine ganz andere Wirkung von seiner Vorlesung erwartet. –

Hinrich verließ das Haus, bevor der Gottesdienst sein Ende erreicht hatte. Er musste Luft schöpfen, und während man drinnen noch einen Choral sang, ging er draußen erregt auf und ab.

Dann strömte die Menge ins Freie. Alle ließen die Köpfe hängen und schauten mutlos drein; vielen standen noch die Tränen in den Augen.

„Du weinst?", rief Hinrich einen Bauern an, „und warst doch sonst so ein Held! Pfui, schäme dich!"

Der Mann nahm den Vorwurf ruhig hin.

„Was willst du", sagte er, „der Schlag war zu hart. Betteln gehen kann ich jetzt mit meiner Familie. Man hat mir mein Land genommen und wird mir auch das Haus nehmen. Wie haben wir gekämpft mit Not und Armut, meine Frau und ich, und jetzt, wo wir ein wenig vor uns gebracht haben, nimmt man uns alles, alles. – Das ist hart –"

Er legte die Hand über die Augen, um die stärker hervorbrechenden Tränen zu verbergen.

„Und du lässt dir das gefallen? Wozu hast du deine Fäuste!"

Der Mann sah an Hinrich vorbei, antwortete aber nicht.

Auch auf andere, die das Gespräch mit angehört hatten, blieben die Worte gänzlich ohne Wirkung. Nur ein junger, kaum zwanzigjähriger Bursche blitzte Hinrich mit kühnen Augen an.

„Das war ein Wort!", rief er, „wir lassen uns unser Land nicht rauben! Tun wir uns alle zusammen und jagen die Fremden hinaus. Und mit dem Herzog werden wir auch fertig!"

Die meisten schauten erschrocken auf. Der Vater des jungen Mannes, ein stämmiger, fünfzigjähriger Bauer, ergriff seinen Sohn fest beim Arm und schüttelte ihn, dass ein Wehlaut seinem Munde entfuhr.

„Kein Wort mehr, Bengel! Du bringst uns alle noch tiefer ins Unglück."

Nun war wieder alles ruhig.

Hinrich ließ seine Blicke von Mann zu Mann schweifen. Da fand sich aber auch nicht ein Gesicht, auf dem etwas anderes als Sorge und tiefe Niedergeschlagenheit ausgeprägt war.

Nun stieg ihm flammende Zornröte in die Wangen. Verächtlich kehrte er den Männern den Rücken und ging rasch davon.

Es war Hochwasser. Sofort nahm er ein Boot und fuhr nach dem weißen Hause. Niemals hatte er den Weg so schnell zurückgelegt; er peitschte das Wasser mit den Rudern, dass der Gischt emporspritzte.

Arnold Amsinck saß in einem weichen Lehnstuhl vor dem Fenster, müde und gleichgültig. Schneeweißes Haar umwallte seine eingefallenen Wangen.

Hinrich stürmte zur Tür herein, noch immer tobte der furchtbare Zorn in ihm. Er warf seinen Hut in die Ecke, holte tief Atem und stieß einen keuchenden Laut aus.

„Du bist erregt, mein Sohn! Wie haben die Strander die Kunde aufgenommen?"

Nun stellte Hinrich sich gerade vor Arnold Amsinck hin, ballte die Hände zusammen und sagte überlaut:

„Wie sie die Kunde aufgenommen haben? Oh, das kannst du dir nicht denken, Vater! Geflennt haben sie wie die Weiber, statt mit den Fäusten dreinzuschlagen!"

Er sank auf einen Stuhl und ließ seine Rechte schwer auf den Tisch fallen.

Dann wurde seine Stimme leiser, aber es klang wie Zähneknirschen dazwischen:

„Man hat sie richtig geschätzt in Gottorf, die Memmen. Was sagte doch Antoinette in der Velten? Man rechnet damit, dass ihr Charakter nicht mehr derselbe sei? Oh, das verschlagene Weib war gut unterrichtet! Ja, die Strander Friesen sind anders geworden seit der Flut. Sonst saß ihr Schwert so lose in der Scheide, dass sie die geringste Unbill blutig rächten, und jetzt haben sie für den himmelschreiendsten Rechtsbruch, den jemals die Welt geschaut, nicht einmal ein zorniges Wort!"

Er stützte den Kopf auf die Hand und versank in finsteres Brüten.

Da legte sich ihm eine weiche Hand auf das Haupt und es war ihm, als wenn ein linder, warmer Strom von ihr ausging. Er wandte sich um und zog Sara, sein Weib, zu sich nieder. Wange an Wange saßen sie so da, bis sein Herz ruhiger schlug.

* * *

Hinrich suchte sich bald einen andern Wirkungskreis. Er konnte nicht mit ansehen, wie die Nordstrander unnachsichtig von Haus und Hof getrieben wurden. Viele wanderten aus: Die meisten fanden in Brandenburg eine gastliche Aufnahme. Andere traten bei den neuen Herren in Dienst oder arbeiteten für kargen Lohn an den Deichen.

Arnold Amsinck starb nach einigen Jahren, ein armer, müder Greis, „traurig seines vormaligen Wohlstandes gedenkend", wie es in der Chronik heißt, „und dabei ansehen müssen, wie das wütende Meer von allen Seiten zuschlug, wie der Deich nach und nach von der See gänzlich weggerissen und das Land wieder zu einer Hallige geworden, wie es 1624 gewesen."

* * *

Über dem wogenden Wasser schreit unablässig die Seeschwalbe.

Ein blonder Knabe folgt mit aufmerksamen Augen ihrem kreisenden Fluge.

„Wie heißt der Vogel", fragt er den alten Schiffer, der bei ihm am Strande der Hallig steht.

„Das ist ein Backer, mein Junge. Ein böser Herzog, der vor Jahren über dieses Land regierte, hat die Bauern von Haus und Hof gejagt und ihr Land für schweres Geld an fremde Herren verkauft. Zur Strafe verwandelte Gott ihn und seine Ratgeber in diese ewig unsteten Vögel. Jetzt fliegen sie schreiend und klagend umher und können keine Ruhe finden."

Lange stand der Knabe noch am Ufer und schaute auf das blinkende, allmählich verebbende Wasser. Die Erzählung des Schiffers hatte sich tief in seine Seele gegraben.

Über den Halligen und Watten schreit unablässig die Seeschwalbe. Das Volk erzählt sich, dass sie erst dann zur Ruhe kommen wird, wenn das ganze alte Nordstrand wieder aus den Fluten entstanden ist.

Darüber können freilich noch Jahrhunderte vergehen, aber die Zeit wird kommen. Immer mehr Lahnungen und Dämme schieben sich ins Meer hinaus und helfen neue Köge bilden. Und wo jetzt noch der Schiffer seinen Anker wirft, wird nach Menschenaltern der Pflug seine Furchen ziehen und der Wind durch Kornfelder streichen.

Solange aber wird der Schrei des Backers das Gedächtnis an den bösen Herzog im Volke nicht verlöschen lassen.

Nachwort

„*Nach der Flut*" ist eine von sechs größeren Erzählungen bzw. Romanen, die Albert Johannsen (1850–1909) verfasste. Sie erschien gemeinsam mit der Erzählung „*Heidespuk*" 1905 in einer Buchfassung mit dem Untertitel „Zwei Heimatserzählungen von Albert Johannsen" bei Alfred Schall in Berlin, zugleich als Band 111 im „Verein der Bücherfreunde".

Orte des Geschehens und sozialhistorischer Hintergrund

Die katastrophale Sturmflut vom 11. und 12. Oktober 1634 bildet den Hintergrund der Erzählung. Sie ist im Handlungsgeschehen bereits Vergangenheit. Denn der Bauernsohn Hinrich Oldenburg, aufgewachsen in Röhrbeck auf Alt-Nordstrand, kehrt erst im Frühling nach der Flut zurück in seine Heimat. Aber überall zittert die Erinnerung nach. Das ganze Leben im mittleren Nordfriesland steht noch im Schatten dieser zweiten „Mandränke". Die erste so bezeichnete Sturmflut hatte im Jahre 1362 weite Teile Nordfrieslands zerstört, darunter den sagenhaften Ort Rungholt, der auch in Albert Johannsens Erzählung an manchen Stellen genannt wird. Die zweite „Mandränke" nun, nach dem folgenden Heiligentag auch „Burchardiflut" genannt, brachte ebenfalls Tod und Zerstörung in viele Teile Nordfrieslands. Vor allem traf sie die Insel Alt-Nordstrand, die sich wie ein großes Hufeisen in der Bucht vor Husum erstreckte. Dieser wichtigen Kernlandschaft Nordfrieslands wurde in einer Nacht der Todesstoß versetzt.

Alt-Nordstrand war eine Kornkammer des Herzogtums Schleswig gewesen. Der Odenbüller Pastor Johannes Petersen schrieb: „Es ist eine wunderbare Fruchtbarkeit im Lande, das seit Menschengedenken nicht brachgelegen hat und doch nach Gelegenheit des Wetters reichen und vielfältigen Segen einbringt, oft mehr als das 20-fache der Aussaat." Die Insel umfasste vor der Flut etwa 43 000 Demat (ungefähr 21 500 Hektar) mit rund 8600 Einwohnern.

Alt-Nordstrand wurde weitgehend selbst verwaltet von wohlhabenden friesischen Bauern, woran die Hauptfigur der

Albert Johannsen
um 1900
Nissenhaus

Erzählung, der Bauernsohn Hinrich Oldenburg, immer wieder erinnert. Er nennt die Friesen „ein stolzes Geschlecht, alles freie Bauern auf eignem Grund", immer wieder hätten sie ihre „Freiheit gegen gierige Fürsten verteidigt". Seine Heimatinsel schildert er seinem Freund Martin Pistorius zu Beginn der Erzählung in leuchtenden Farben. Die Landschaft Alt-Nordstrand bestand zunächst aus fünf, seit 1593 sodann aus drei Harden (Gerichts- und Verwaltungsbezirken), nämlich aus der Beltringharde, der Heimat der Hauptfigur Hinrich Oldenburg, der Edomsharde und der Pellwormharde. In jeder Harde bildete ein Kollegium von zwölf Ratsmännern die leitende Körperschaft in Gericht und Verwaltung, und alle gemeinsam fungierten als Gericht der gesamten Landschaft. Allerdings hatte die Macht des Landesherrn immer mehr zugenommen. Über den Vertretern der landschaftlichen Selbstverwaltung stand der Staller. Er war der höchste, vom Landesherrn allein bestellte Beamte in der Landschaft. Seit 1617

185

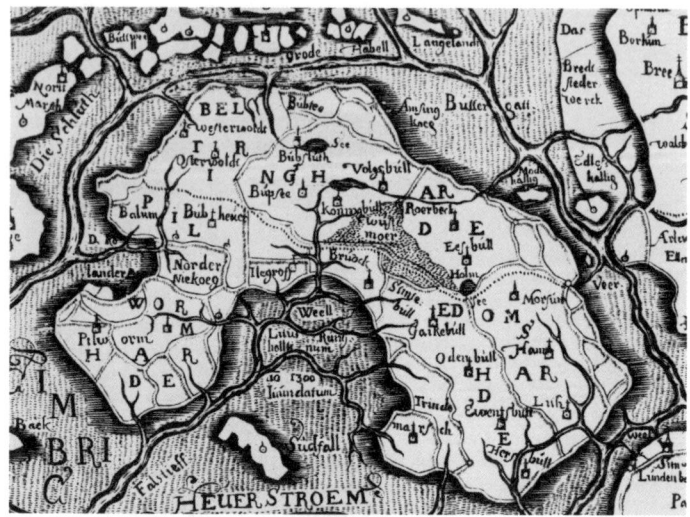

Alt-Nordstrand auf einer Karte von Peter Sax
Peter Sax, Werke, Bd. 4, St. Peter-Ording 1987

war dies der auch in der Erzählung erwähnte August von Bestenborstel, der nach der Flut seinen Sitz in Husum nahm und dort 1647 starb.

Der Wohlstand der Insel beruhte auf dem Deichbau, der im hohen Mittelalter begonnen hatte. Wegen des steigenden Meeresspiegels mussten auch die Schutzwerke erhöht werden. Wo die Deiche schar lagen, d. h. ohne schützendes Vorland der See ausgesetzt waren, baute man „Stackdeiche". Diese erhielten an der Seeseite einen aus Hölzern konstruierten Fuß oder sogar ein hohes hölzernes Bollwerk. Fast ein Viertel der Deiche auf Alt-Nordstrand bestand aus diesen besonders gefährdeten Bauwerken. Unter dem Einfluss niederländischer Fachleute, vor allem seit dem beginnenden 17. Jahrhundert, setzte man neue Gerätschaften wie den leichten Spaten und die Schubkarre ein. Der Deichbau begründete die besondere Fruchtbarkeit des Insellandes. Er bot jedoch auch Anlass zu Uneinigkeit und Streit, einem hervorragenden Merkmal der Nordstrander Friesen.

Seit 1618 herrschte Krieg, später als Dreißigjähriger Krieg bezeichnet. „Rast nicht eine Sturmflut über die deutschen Lande", heißt es dazu in der Erzählung. Alt-Nordstrand bekam die Auswirkungen insbesondere 1627/28 zu spüren. Herzog Friedrich III. von Schleswig-Holstein-Gottorf, zu dessen Herrschaftsbereich Alt-Nordstrand gehörte, befahl, dass die Insel zwei kaiserliche Kompanien aufnehmen solle. Aber die Strandinger widersetzten sich. Es kam zu einer regelrechten Rebellion, die der Landesherr in einer persönlichen Unterredung mit den Aufwieglern dann beilegen konnte. Dieses Vorkommnis aber wirkte lange nach. In der Erzählung wird das für die Insulaner ungünstige Verhalten des Herzogs vor allem darauf zurückgeführt.

Die Flut von 1634 zerstörte Alt-Nordstrand ein für alle Mal. Ihr Verlauf wird im dritten Band der vom Nordfriisk Instituut herausgegebenen „Geschichte Nordfrieslands" wie folgt beschrieben: Am 11. Oktober 1634 begann sich das Wetter nach einer Reihe von ruhigen Herbsttagen zu ändern. Es wurde wolkig, und ein kräftiger Wind begann zu wehen, der sich im Laufe des Abends zum Sturm entwickelte. Gegen zehn Uhr abends hatte er die Wassermassen vor den Deichen bereits auf eine solche Höhe getrieben, dass der erste Deich im Kirchspiel Stintebüll brach. Schnell folgten weitere Brüche, und die ganze Insel wurde überschwemmt. Der Wasserstand erreichte in der Nacht eine solche Höhe, dass nicht nur die niedrig auf der flachen Marsch und an den Deichen gelegenen Häuser in der Flut versanken, sondern auch die Höfe auf den Warften größtenteils zerstört wurden. Vieh und die bei den Häusern gelagerten Feldfrüchte wurden ein Raub der Nordsee. An zahlreichen Stellen brach zudem in den bedrohten Häusern Feuer aus. Menschen, die sich auf die Dachböden ihrer Häuser gerettet hatten, starben durch die Brände oder wurden mit den einstürzenden Häusern in das Wasser gerissen. Nur wenigen gelang es, sich mit Hilfe von Treibgut auf höher gelegenen Stellen in Sicherheit zu bringen. Als am nächsten Morgen das Tageslicht anbrach, war Alt-Nordstrand verwüstet. Über 6000 Menschen – also mehr

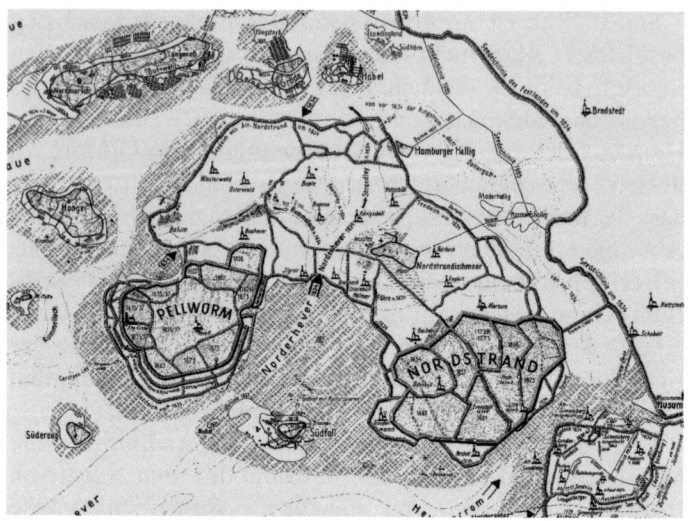

Alt-Nordstrand und die Situation nach der Wiederbedeichung
Zeitschrift der Gesellschaft für Schl.-Holst. Geschichte 102/103

als zwei Drittel der Bewohner – hatten in einer Nacht ihr Leben verloren, und die Überlebenden standen vor den spärlichen Resten ihrer Habe. An 44 Stellen war der Deich gebrochen, über 1300 Häuser waren verwüstet, 30 Mühlen umgerissen, keine der 21 Kirchen war ohne Schaden geblieben.

„Du liebes Nordstrand", klagte der Pastor von Gaikebüll, Matthias Lobedantz, „bist jetzund ein recht erösstes (verarmtes) Land, und ihr Eingesessene im Land trübselige Leute." In dieses verarmte Land mit trübsinnigen und verzweifelten Bewohnern führt uns Albert Johannsen in seiner Erzählung. Nur selten sonst wurden in der Belletristik die Folgen der Katastrophe geschildert. Die beiden umfassenden Romane über die „Mandränke" von 1634 – *„Die große Flut. Chronik der Insel Strand"* (zuerst erschienen 1943), geschrieben von Waldemar Augustiny (1897–1979), und *„Die Flut"* (erste Auflage 1942) von Hans Heitmann (1904–1970) – thematisieren die Vorgeschichte und die Sturmflut selbst, aber kaum deren Folgen. Johannsen hat sich intensiv mit der

Situation nach der Katastrophe befasst. Ohnehin war er vertraut mit der heimatkundlichen Literatur seiner Zeit. Seine Schilderung, abgesehen von romanhaften Ausschmückungen, dürfte recht nahe an der historischen Wirklichkeit liegen. Etwas merkwürdig erscheint es, dass er der Hauptfigur Hinrich Oldenburg einen Namen gibt, der zu Alt-Nordstrand überhaupt nicht passen will. Auch einen „Röhrbeckhof" hat es nicht gegeben, wohl aber eine Siedlung Röhrbeck. Und etwas konstruiert erscheint der Beginn der Handlung: Dass Hinrich, auch wenn er auf Reisen war, so gar nichts von der Flutkatastrophe zu hören bekam, die doch ganz sicherlich weithin das Tagesgespräch bildete, mag man kaum glauben.

„O armes Nordstrand, wie wüste stehet es bej dir zu? Wüste liegen mehr denn die halben Wohnstädte, und sind die Häuser weggeschölet (weggespült): Wüste stehen die übrigen Häuser, und sind Fenstere, Thüren und Wende zerbrochen: Wüste stehen gantze Kirchspielen, und sind in etlichen wenig Haußwirthe mehr übrigen." So beschreibt Lobedantz die Lage nach der Katastrophe. Und in diesem Sinne schildert es, historisch ganz zutreffend, auch Albert Johannsen. Denn die große Insel Alt-Nordstrand war ja nicht in einer Nacht vollständig von der Landkarte verschwunden. Die Überlebenden harrten an höher gelegenen Stellen der Insel aus, insbesondere auf dem auch von Johannsen mehrfach erwähnten „wüsten" oder „wilden Moor", aus dem dann die Hallig Nordstrandischmoor wurde. Auch die Deiche wurden nicht sofort vollständig zerstört. Aber die Überlebenden waren fast nirgendwo in der Lage, die über 40 Deichlücken zu schließen. An vielen Stellen hatte die Flut an den Deichen tiefe Löcher – Wehlen – gerissen. Das Inselland lag zu einem großen Teil unter dem mittleren Tidehochwasser. Denn der Marschboden war von den Friesen durch ein umfangreiches Grabennetz entwässert worden, um ihn ertragreicher zu machen. Das hatte zu einer Setzung geführt. Darüber hinaus wurden vielfach die unfruchtbaren Torfdecken entfernt, um den darunter liegenden fruchtbaren Klei nutzen zu können, teilweise auch zur Gewinnung von Salz. Als die Deiche gebrochen waren, erwies sich dies als verhängnisvoll. Denn die Wassermassen konnten nun bei jeder normalen Tide durch die Lücken ein- und ausströmen und das tief liegende Land zweimal täglich überfluten. Die früheren Köge wurden auf diese Weise durch weiteren Landabtrag und die Bildung von Gezeitenrinnen recht schnell in Watt verwandelt.

Die Überlebenden versuchten, dem Einhalt zu gebieten. Erfolgreich waren sie jedoch nur in der ehemaligen Pellwormharde. Hier gelang es ab 1637, einen großen Teil des alten Insellandes wieder mit einem schützenden Ring von Deichen zu umgeben. Der Niederländer Cornelius Jansen Allers aus Grafft in Nord-Holland hatte dazu die Initiative ergriffen. Zwischen Pellworm und dem späteren Nordstrand aber begann in und nach der Sturmflut der Wattenstrom Norderhever seinen Angriff und schuf endgültig zwei getrennte Inseln.

Eine zentrale historische Gestalt in Albert Johannsens Erzählung ist der Hamburger Kaufmann Arnold Amsinck (1579–1656). Gemeinsam mit seinem älteren Bruder Rudolf (1577–1636) setzte er einen großen Teil seines Vermögens für Deichbauten auf Alt-Nordstrand ein. Der Gottorfer Herzog Friedrich III. hatte den Brüdern 1624 ausgedehnte Außendeichsländereien bei Volgesbüll, zwischen der Lieth und Morsum Fähre und bei Gaikebüll zu günstigen Bedingungen zugewiesen. Über ihre aus den Niederlanden stammenden Eltern konnten sie das dortige Wissen um Deichbau und Urbarmachung für ihr Projekt auf Alt-Nordstrand nutzen. Die Eindeichung gelang – doch wurde das Werk in der Flut von 1634 zerstört.

Die Brüder ließen sich aber nicht entmutigen und setzten erneut gewaltige Geldmittel ein, um die Deiche wiederherzustellen. Sie erwarben im April 1635 sogar nicht weniger als 1600 Hektar von den durch die Sturmflut verarmten ehemaligen Landeignern hinzu. Als Rudolf 1636 starb, setzte Arnold Amsinck die Arbeiten allein fort. Mehrere tausend Deicharbeiter warb er an. Ihr Leben und Treiben schildert Albert Johannsen anschaulich in seiner Erzählung. Er weist auch darauf hin, dass es hier zu erheblichen Konflikten kommen konnte. Erste Streiks sind von Großbaustellen jener Zeit

Deichbruch

Stich von Winterstein, 1675

überliefert. In der Erzählung heißt es, Herzog Friedrich habe kurz vorher einen Arbeiter, der zu solchem „Lawey" aufrief, aufhängen lassen. Anschaulich schildert Johannsen auch die Rückschläge und schließlich die Zerstörung der neuen Deiche. Arnold Amsinck starb, bekümmert und lebensmüde, mit 77 Jahren im „Hamburger Haus" – Johannsen spricht vom „weißen Haus" – auf der einsamen Warft in seinem wieder zur Hallig gewordenen Büllingland, auch Bollingland genannt. Nach der Stadt seiner Herkunft bürgerte sich später der Name Hamburger Hallig ein. Sie ist also ein „Rest" der früheren Insel Alt-Nordstrand, hat sich jedoch im Laufe der Jahrhunderte aufgrund der Wattenströmungen nach Osten verlagert.

Viele Überlebende aus den anderen Teilen Alt-Nordstrands suchten ihr Heil in der Auswanderung auf die Nachbarinseln oder auf das Festland, aber auch in die Niederlande und in die Uckermark in Brandenburg, wie es Albert Johannsen in seiner Erzählung erwähnt. Einzelne siedelten sich wohl auch in Neu-Amsterdam, dem heutigen New York,

191

an. Zunächst suchte der Herzog die Abwanderung unter Strafandrohung zu verhindern, so in einem Dekret von 1635. Wo aber die Mittel fehlten, half das nicht.

In Gottorf richtete man sein Augenmerk bald auf die Niederlande und versuchte dort, mit Hilfe der Generalstaaten (Vertreter der sieben Provinzen) Unternehmer für die Wiederbedeichung Nordstrands zu gewinnen. Albert Johannsen schildert den Besuch von Niederländern während der Phase der Verhandlungen, der die Einheimischen nichts Gutes ahnen lässt. Der wichtigste Mann ist Quirinus Indervelden (in der Erzählung: in der Velten), Deichgraf aus Flandern, der von 1625 bis 1666 lebte. Zusammen mit drei Landsleuten als „Haupt-Contrahenten und Participanten" erhält er 1652 – achtzehn Jahre sind seit der Sturmflut ins Land gegangen – einen „Oktroy" Friedrichs III. von Gottorf. Gemäß diesem Vertrag bekamen die vier Männer alles Land des ehemaligen Alt-Nordstrand, mit Ausnahme von Pellworm, mitsamt allem Vorland und späterem Anwachs, dazu freie Jagd und freien Fischfang, eigene Gerichtsbarkeit und Verwaltung und das Patronatsrecht über die Kirchen, verbunden mit der Freiheit des Bekenntnisses. Sie sollten in jedem neuen Koog 14 Jahre nach der Eindeichung von allen Steuern und Abgaben befreit sein, Mühlen bauen dürfen, über den Warenverkehr von und nach der Insel verfügen und sich der Freiheit von militärischen Einquartierungen erfreuen. Ferner gestattete der Landesherr den Partizipanten, ein eigenes Landrecht und eigene Deichordnungen zu erlassen, Beamte ihrer Wahl einzusetzen und Recht zu sprechen, während er sich auf die Oberhoheit beschränken wollte. Die Niederländer übernahmen dafür die Verpflichtung, in den folgenden beiden Jahren mit der Bedeichung zu beginnen. Mit der Wiedergewinnung des Friedrichskoogs erzielten sie 1654 den ersten Erfolg. Nach und nach entstand Nordstrand, wie wir es heute kennen. Vieles erinnert nach wie vor an die Einflüsse der Niederländer: die von ihnen gebauten Deiche, manche Personen- und Flurnamen und die religiösen Verhältnisse. Denn die neuen Herren aus den Niederlanden waren überwiegend Katholiken, blieben mit dem

Bistum Utrecht verbunden und wurden daher später auch in die dortigen religiösen Konflikte hineingezogen, die zur Spaltung führten. So gibt es noch heute neben den römischen Katholiken eine wenn auch kleine altkatholische Gemeinde.

Leidtragende bei dem Geschäft zwischen dem Herzog und den Niederländern waren die früheren Inselbewohner. Zwar eröffnete der Vertrag die Aussicht, dass die notwendige Sicherheit wiedergewonnen werden konnte. Doch sie mussten zusehen, wie die neuen Herren ihr Land ohne alle Entschädigung in Besitz nahmen, was indes in letzter Konsequenz dem alten Deichrecht entsprach. Fortan waren sie nur noch Landarbeiter oder Pächter. „Nicht ohne bittere Zähren" (Tränen) hörten die alten Nordstrander die herzoglichen Verfügungen an, die ihnen ihr Pastor Anton Heimreich verlesen musste, wie es in der Erzählung beschrieben wird. Heimreich (1626–1685) ist der Nachwelt vor allem als Geschichtsschreiber Nordfrieslands mit dem Hauptwerk *„Nordfresische Chronick"*, gedruckt in Schleswig 1666 und erneut 1668, im Gedächtnis geblieben, die auch Albert Johannsen als eine wichtige Informationsquelle gedient haben dürfte. Er stammte aus einer Pastorenfamilie von Alt-Nordstrand und wurde, nachdem er viele Orte der großen Welt kennengelernt hatte, Pastor in der kleinen Welt der Hallig Nordstrandischmoor. Heimreich war nur einer von mehreren Chronisten auf Nordstrand und in Eiderstedt. Dies gibt einen Hinweis auf den Wohlstand und die Bildung der dortigen Bauern, die ihre Söhne durchaus studieren lassen konnten, was ja auch auf die Hauptfigur der Erzählung Hinrich Oldenburg zutrifft. Zudem können diese historischen Arbeiten wohl als ein Akt der inneren Wiederbedeichung, der Selbstvergewisserung nach der Katastrophe verstanden werden.

Hinrich Oldenburg hofft auf einen Aufstand der Nordstrander gegen den Herzog und die neuen Herren. Denn die Enteignung sei „gegen Recht und Gesetz". War sie es wirklich? Für die nordfriesische Marsch galt das „Spadelandesrecht", das für Alt-Nordstrand 1572 schriftlich fixiert worden war: Wenn einer oder mehrere Landbesitzer ihren Pflichten

Anton Heimreichs
„Nordfresische
Chronick", 1668

Nordfriisk Instituut

nicht nachkommen und auch die Strafen der Deichrichter missachten, sodass dem ganzen Koog Schaden erwächst oder auch nur droht, sollen die Deichrichter „nach altem Spadelandesrecht" den Spaten auf den Deich stecken. Damit verlieren die Säumigen ihren Besitz. Das Land soll dann den Freunden oder Nachbarn angeboten werden, und wenn diese nicht bereit sind, Land und Lasten zu übernehmen, muss das ganze Kirchspiel eintreten. In der niederdeutschen Sprache des Gesetzes las sich das so: „Wen sick dat thodragen worde, dath einer edder mehr mith dicken vorsumlich befunden und gelickes sinen benaberten mit der arbeidt nichtforth will und de straffe der dickrichter nichts achtet und dem koge dorch solke vorsumniß und unflith schaden beiegeneth edder ock tho befahren, scholen de dickrichter nha oldem spadelandes rechten den spaden op den dick selten und de sumigen ehres landes dadorch entsettet sin." Daraus ergab sich das Wort: „De nich will dieken, mutt wieken." Die Nordstrander hätten durchaus deichen wollen, aber sie konnten es nicht. So mussten sie weichen. Eine Enteignung widersprach also nicht dem harten Grundsatz des nordfriesischen Deichrechts, das sich in diesem Fall gegen die Nordfriesen selbst wandte. Die Flut hatte ihre einstige „Freiheit", ihre Widerstandskraft gebrochen.

In Albert Johannsens Erzählung spiegelt sich diese Katastrophe in mehrfacher Hinsicht wider, Natur und Kultur gleichermaßen umfassend. Für Hinrich Oldenburg bricht eine Welt zusammen. Der Titel „*Nach der Flut*" kann damit auch im übertragenen Sinne verstanden werden. Einstige Werte hat die Flut zerstört. Vielleicht sah Albert Johannsen eine ganz andere „Flut" auch in seiner Gegenwart. Diese war gekennzeichnet durch eine Welle von Veränderungen. Seit dem Übergang zu Preußen 1867 gaben in Nordfriesland zunehmend nicht mehr Nordfriesen, sondern neue Herren von außerhalb den Ton an. Der Gründer und erste Vorsitzende des Nordfriesischen Vereins, der Albert Johannsen gut bekannte Mildstedter Pastor August Schulz, hatte in seiner Gründungsansprache formuliert, der Verein wende sich gegen den „Strom der Zeit", der „Volkseigentümlichkeiten" einebne und der ebenso mächtig sei wie der Strom, „der von Westen an den Küsten nagt". Diese Auseinandersetzung mit dem Neuen, mit dem Fremden, das von außen bedrohlich hereinbricht, findet sich in manchen Phasen der Geschichte Nordfrieslands. In jüngster Zeit führte etwa die von Kiel und Brüssel geführte Naturschutz-Politik im Bereich des Wattenmeeres zu heftigen Konflikten, weil sie traditionelle Nutzungsformen der Bevölkerung vor Ort beeinträchtigte. Eine instruktive Schilderung dieser Auseinandersetzung findet sich in der Fallstudie von Werner Kraus (2008). Konflikte solcher Art, in denen die Grenze des für die einheimische Bevölkerung Hinnehmbaren überschritten wird, sind oft zum Gegenstand anspruchsvoller Regionalliteratur gemacht worden, etwa in Margarete Boies Sylt-Roman „*Dammbau*".

Die verheerende Sturmflut empfanden viele Menschen im 17. Jahrhundert als Strafgericht Gottes, wie es auch in der Erzählung anklingt. Am weitesten von allen ging in ihrer Deu-

Anna Ovena Hoyers

*Schleswig-Holsteinische
Landesbibliothek*

tung die Dichterin und „Sektiererin" Anna Ovena Hoyers,
die an mehreren Stellen erwähnt wird. Sie sah mit der „Mandränke" den Beginn des Weltuntergangs gekommen:

> Alles das, den Odem hat empfangen,
> köm hirher und sehe,
> waß unser Gott hatt angerichtet,
> wie er Leüth und Vieh vernichtet,
> Weh und Ach, itz ist der grose Tag,
> und die Zeit angegangen,
> drin er wirt üben Rach.

Anna Ovena Hoyers war eine prominente Vertreterin der
von der Amtskirche abweichenden religiösen Einstellungen
der „Schwärmer" und „Sektierer", wie sie in der Geschichte
Nordfrieslands mehrfach zu finden sind. In der Erzählung

spielen sie eine große Rolle, denn Hinrich Oldenburgs Schwester Karen hat sich einer solchen Gemeinschaft in Hattstedt angeschlossen. Anna Ovena, 1584 als Tochter eines reichen Hofbesitzers in Koldenbüttel geboren und völlig verarmt 1655 in der Nähe von Stockholm gestorben, heiratete früh den Eiderstedter Staller Hermann Hoyers. Sie lernte die Gedanken Caspar von Schwenckfelds kennen, der in der Amtskirche den „Geist Christi" vermisst und die persönliche Hinwendung zu Christus gefordert hatte. Anna Ovena nahm bald Vertreter der Kirche aufs Korn:

> O, ihr verkehrte Pfaffenknecht,
> Fritz Hanssen und Fritz Dame,
> O, Schlangenart, Otterngeschlecht,
> Ja, Satans eigner Same.
> Wie dürft ihr euch so keck und frei
> Der Wahrheit widersetzen?

Zunächst sammelte sie auf ihrem Gut Hoyerswort in Eiderstedt Gleichgesinnte um sich. Als sie ihr Vermögen vertan hatte, musste sie ihren Besitz an ihre Gönnerin Herzogin Augusta verkaufen und nach Husum ziehen. Dort machte sie ihre Ideen gemeinsam mit dem in der Erzählung ebenfalls erwähnten Arzt Nicolaus Teting öffentlich. Ihr gesellschaftlicher Rang bewahrte sie vor Verfolgungen, denen ihre Mitstreiter ausgesetzt waren. Aber auch sie musste schließlich das Land verlassen und ging nach Schweden. Später, im Sommer 1671, kam die „Schwärmerin" Antoinette Bourignon (1616–1680) aus den Niederlanden nach Nordfriesland und sorgte mit ihren Plänen, auf Nordstrand eine urchristliche Gemeinschaft zu errichten, kurze Zeit für Aufsehen. In der Erzählung wird sie bereits kurz erwähnt als Pflegerin der Karen Oldenburg.

Dass nach der Sturmflut zeitweise fast das ganze Dorf Hattstedt einem Schwärmer, nämlich dem „Meister" Owe Knudsen, anhing, ist historisch nicht überliefert. Vielleicht ließ sich Albert Johannsen hier inspirieren von viel späteren Vorgängen, die sich um 1730 in der Gemeinde Bordelum bei

Kirche von Hatt-stedt im Jahre 2008

Foto:
Thomas Steensen

Bredstedt abspielten. Zwei junge Theologen begründeten dort mit „schwärmerischen" Ideen die „Bordelumer Rotte". Man warf ihr vor, die Bibel in ihrem Sinne auszulegen und den Besuch des Gottesdienstes sowie die Einnahme des Abendmahls abzulehnen. Zudem stellten sie die Ehe in Frage und propagierten eine Art freier Liebe. Die Sekte wurde verboten, ihre Anführer bestrafte man. Einen Pastor Volkhardus Paysen, der in der Erzählung die Hattstedter über das Treiben des Owe Knudsen aufklärt, hat es tatsächlich gegeben. Ein Volquard Paysen, geboren 1607 in Mildstedt, amtierte in Hattstedt von 1666 bis zu seinem Tod 1679.

Konflikte in und mit der Amtskirche haben eine lange Tradition in Nordfriesland. Auch sie sind oft zum Gegenstand anspruchsvoller Regionalliteratur gemacht worden, etwa in den Romanen Marie Burmesters. Die Auswirkungen dieser Konflikte auf die Bevölkerung sind durchaus widersprüchlich. Auf der einen Seite brachten sie Unruhe und Missstimmung in die Dörfer. Auf der anderen Seite stellten sie tradierte Autoritäten, wie der Dorfpastor sie verkörperte, in Frage und trugen zur Verbreitung einer Lesekultur auf dem flachen Lande bei, wie sie in katholisch geprägten Regionen kaum zu finden ist. Dörfliche Bibel-Lesegemeinschaften spielten dabei eine große Rolle.

Die Sturmflut und die anschließende Neubedeichung durch Niederländer versetzten auch der friesischen Sprache in einem Kerngebiet Nordfrieslands den Todesstoß. Die neuen Herren bedienten sich zunächst des Niederländischen. Neue Volkssprache wurde Niederdeutsch. Die Sprachverhältnisse klingen in der Erzählung nur an wenigen Stellen an. Erwähnt wird, dass der etwas zwielichtige Lars Nielsen in einem sonderbaren Gemisch von Friesisch und Dänisch gesprochen habe. Dies verweist darauf, dass man auf Alt-Nordstrand viele Tagelöhner aus den jütischen Gebieten des Herzogtums Schleswig oder auch aus Dänemark arbeiten ließ. Vom „Denschen volck" war damals die Rede. Den aus ärmeren Gebieten gekommenen Jüten brachte man manche Vorurteile entgegen. In der Erzählung muss sich Lars Nielsen anhören: „Du bist ein Jüte! Ich weiß, die nehmen es mit der Wahrheit nicht so genau."

Albert Johannsen zitiert in seiner Erzählung zwei Aussprüche, die oftmals mit Nordfriesland verbunden werden. In dem Wort „Trutz, blanke Hans" (Johannsen schreibt: „Trotz nun, Blanker Hans") kommt die Überheblichkeit gegenüber den Naturgewalten zum Ausdruck. Anton Heimreich legt ihn einem Deichgrafen im Risummoor in den Mund, der sich kurz vor der Flut 1634 angesichts der vermeintlichen Qualität seiner Schutzwerke zu dieser hochmütigen Äußerung hinreißen ließ. „Versuch doch, gegen unseren Deich anzustürmen, du ärmlicher Geselle!" So etwa kann sie umschrieben werden. Der Ausspruch wurde zu einem geflügelten Wort Nordfrieslands. Besonders bekannt und mit der Rungholt-Flut von 1362 verbunden wurde er durch die gleichnamige Ballade des Detlev von Liliencron. Die Herkunft des Spruches „Frisia non cantat", den Johannsen gleichfalls zitiert, ist nicht belegt, oft wird er Tacitus zugeschrieben. Das vollständige Zitat lautet: „Frisia non cantat, ratiocinatur" (Friesland singt nicht, es rechnet). Erklären lässt er sich wohl mit der Vorliebe vieler Friesen für den Handel und für konkrete Tatsachen.

Auch der mit Deichbau und Sturmflut verbundene Aberglaube und Spuk klingt in der Erzählung an. Bonke hat Vorahnungen („Zweites Gesicht"). Später soll er dann ein Hexenmeister sein und eine Sturmflut, die den gerade errichteten Deich zerstört, mit einem „Sturmzauber" heraufbeschworen haben. Telsche Undeert, so schreibt Johannsen, machte aus einem Taschentuch Mäuse. „Undeert" ist plattdeutsch und heißt so viel wie „Untier". Sie und ihre Mutter wurden wegen Zauberei verurteilt. Und schließlich ist es die Seeschwalbe („Backer"), die den bösen Herzog und seine Ratgeber symbolisiert und die erst Ruhe geben wird, wenn das ganze alte Nordstrand wieder erstanden ist.

Vom Heidekind zur angesehenen Husumer Persönlichkeit

Dass Albert Johannsen eine der zentralen Persönlichkeiten des Husumer Kulturlebens werden sollte, war ihm nicht in die Wiege gelegt. Er entstammte eher ärmlichen Verhältnissen. Geboren wurde er am 14. Dezember 1850 in Rantrum, einem kleinen Dorfe am Rande der Geest, etwa sechs Kilometer südöstlich von Husum. Sein Vater Hinrich Johannsen (1816–1869) war Weber von Beruf. Der Sohn berichtet, Schmalhans sei oft Küchenmeister im Hause Johannsen gewesen, denn „das Weben für Kunden brachte nur einen kümmerlichen Verdienst". Auf der Suche nach Aufträgen kam Hinrich Johannsen unter anderem nach Augsburg, einer Hofstelle im Kirchspiel Schwesing bei Husum, mitten in der Heide auf sandigem Boden gelegen. Dort lernte er Anna Thamsen (bzw. Thomsen, geb. 1821, Sterbedatum unbekannt), die Tochter eines armen Abnahmemannes, kennen. 1849 wurden sie in der Kirche von

Quartalsrechnung der Kieler Buchhandlung Lipsius & Tischer über
Ankauf klassischer Literatur   *Nachlass Albert Johannsen*

Mildstedt getraut, er ein armer Weber, der über Land ziehen
musste, um Aufträge hereinzuholen, sie völlig mittellos und
ohne Mitgift. Aber es wurde eine glückliche Ehe.

Zwei Jahre nach der Geburt des Sohnes zog die Familie
nach Osterhusum. Der Vater begann nun, die grob gewebten
Stoffe auf eigene Rechnung zu fertigen. Mutter und Sohn
zogen mit den gewebten Stoffen, die ein beträchtliches Ge-

wicht hatten, über die Dörfer. Mochten die Lebensumstände wegen der geringen Familieneinkünfte auch ärmlich sein, so waren sie doch durch eine Atmosphäre geistiger Regsamkeit geprägt. Im Verlauf der Jahre hatte sich der Vater eine kleine Bibliothek aus sogenannten Erbauungsschriften zugelegt, und er wusste Geschichten aus dem unerschöpflichen Schatz der Volksüberlieferung spannend und mit Dramatik zu erzählen. Auch die Mutter war voll der Sagen und Märchen.

Es heißt, die Familie mütterlicherseits stamme von den „Tattern" ab. Die Tattern waren ein ganz eigenartiger Menschenschlag, der auf der Geest zwischen Schwesing, Immenstedt und Wester-Ohrstedt lebte und über den kaum Sicheres bekannt ist. Sie hatten ihren eigenen Wortschatz und blieben weitgehend unter sich. Von den Bewohnern der umliegenden Gegend wurden sie mit Misstrauen und Herablassung betrachtet. Albert Johannsen, der sich in der Landschaft und ihrer Geschichte sehr gut auskannte, vermutete in ihnen die Überreste einer skandinavischen Urbevölkerung. Die Heidegegend, in der die Tattern lebten, wurde im Volksmund „die Wildnis" genannt. In seinem gleichnamigen Roman, der stark autobiografische Züge aufweist, beschreibt Albert Johannsen ausführlich die Lebensgewohnheiten der Tattern. Er hat diese Gegend, aus der ein Teil seiner Vorfahren stammte, zeitlebens geliebt und ihr in seinen Schriften ein literarisches Denkmal gesetzt. Auch in der Erzählung „*Nach der Flut*" beschreibt er an mehreren Stellen die Schönheiten einer Heidelandschaft; in ihr geben sich Sara und Hinrich den ersten Kuss.

Albert Johannsen war ein schwächliches Kind, das zudem unter starken Migräne-Anfällen litt. Wegen seiner Krankheit musste er der Schule häufig fernbleiben. Trotzdem war er, wie er später in seinen autobiografischen Schriften stolz vermerkt, ein guter Schüler. Er las alles, was ihm in die Hände fiel, zunächst die Erbauungsliteratur aus der Bibliothek seines Vaters, später dann die deutschen Klassiker, die in großer Vollständigkeit zum Bestand der Delff'schen Leihbücherei in Husum gehörten. Diese wurde kommerziell betrieben und verlangte für jedes ausgeliehene Buch eine Gebühr. Es

*Albert Johannsens Wohnhaus im Osterende, Husum, rechts neben
dem 1908 erbauten Hotel „Hohenzollern"*

Sammlung Thomas Friedrichsen, Husum

spricht für das aufgeschlossene geistige Klima im Hause Johannsen, dass die Eltern, ungeachtet des geringen Familieneinkommens, den Sohn in seinem Lesehunger unterstützten.

Der Vorschlag seines Schulmeisters, er möge gleichfalls den Beruf des Lehrers ergreifen, ließ sich zum Leidwesen Albert Johannsens nicht realisieren, weil die Eltern die Studiengebühren des Lehrerseminars in Tondern nicht aufbringen konnten. So blieb ihm, weil er über eine gute Handschrift verfügte, nichts anderes übrig, als den Beruf des Schreibers zu ergreifen, zunächst, 1868, bei der Polizei in Husum, sodann, 1878, bei einem Steuereinnehmer und schließlich, 1882, beim Landrat des Kreises Husum. Das waren 21 bittere Jahre für den geistig regsamen jungen Mann. In seinen Lebenserinnerungen bezeichnet er sie als die „drei bösen Sieben", denn Schreiber zu sein bedeutete, stumpfsinnig vorgegebene oder korrigierte Texte abzuschreiben. Seinen dritten Dienstherrn, Ludwig Graf zu Reventlow, der als literarisch interessierter Mensch geschildert wird, schätzte Johannsen persönlich sehr. Gegenüber den Kindern des Landrates im Schloss vor

203

Arbeitszimmer Albert Johannsens, Ölgemälde von Albert Johann-
sen jr.   *Nissenhaus*

Husum, insbesondere für die junge Franziska zu Reventlow,
entwickelte er freundschaftliche Gefühle, sodass er mit der
Tätigkeit, die er in dieser Zeit ausübte, etwas versöhnt wurde.

Ein Vorfall, der sich im Jahre 1877 ereignete, sollte Bedeutung erlangen. Albert Johannsen achtete stets auf korrekte
Kleidung. Obwohl zierlich von Gestalt, war er mit seinem
breitrandigen Hut, seinem schwarzen Umhang und seinem
großen Schnurrbart im feingeschnittenen Gesicht eine
durchaus imposante Erscheinung. Jeden Morgen führte ihn
sein Weg vom elterlichen Hause durch die Straße Osterende
in Husum zu seinem Arbeitsplatz. Eines Tages, Albert war 27
Jahre alt, passierte er ein kleines Mädchen, das am Straßen-
rand saß. So laut, dass alle es hören konnten, sagte es zu der
neben ihm hockenden Freundin: „Den Onkel da, den werde
ich einmal heiraten!" Zehn Jahre später wird er auf den An-
trag zurückkommen: Am 29. Mai 1887 heiraten Albert Johannsen und Marie Petersen (1867–1946), er 37 Jahre alt und
sie 20. „Ich hatte das Glück", schreibt er in seinen Lebenserinnerungen, „in der Ehelotterie ein großes Los zu ziehen."

Das frisch getraute Ehepaar übersiedelt in das Haus am Osterende 5, das der Mutter der jungen Ehefrau gehörte.

Auch beruflich sollte alsbald eine Wende eintreten. Albert Johannsens Vorgesetzter, der Graf zu Reventlow, verließ Husum. Sein Nachfolger wurde der erzkonservative Landrat Friedrich Nasse. Das Verhältnis zwischen beiden war gespannt. Immer stärker empfand Albert Johannsen seine Tätigkeit als Fronarbeit. Ein Jahr hielt er es im Landratsamt noch aus, dann wagte er den Sprung in die Selbstständigkeit. In seinen Lebenserinnerungen berichtet er davon: „Im Jahr 1889 faßte ich den Entschluß, mich ganz journalistischen und schriftstellerischen Arbeiten zu widmen. Ich vermochte es eben so nicht länger mehr auszuhalten. Unter den obwaltenden Umständen war das ein kühnes Unterfangen, denn mit den vorhandenen Mitteln konnten meine Frau und ich (auch ein Kind hatte sich inzwischen eingefunden) bei den allerbescheidensten Ansprüchen uns höchstens zwei Monate über Wasser halten. Verbindungen mit Zeitungen und Zeitschriften fehlten mir fast gänzlich. Aber es glückte, und ich habe nie Ursache gehabt, diesen Schritt zu bereuen."

In der Folgezeit entwickelte sich Albert Johannsen zum gefragten Lokalreporter. Wie aus den Nachrufen verschiedener Zeitungen hervorgeht, war er für mehrere Blätter tätig. Bei den *Husumer Nachrichten* hatte er offensichtlich den Status eines „festen freien" Mitarbeiters. Nach anderen Berichten war er ein fest angestellter Redakteur. In einem seiner Romane, die zum Teil autobiografischen Charakter haben, schildert er, wie er begann, die Welt mit den Augen eines Journalisten zu sehen, der ständig auf der Suche nach Neuigkeiten ist. Auch seine Kinder spannte er in diese Recherche-Tätigkeit ein. Kamen sie aus der Stadt zurück, fragte er sie stets: „Was für eine Geschichte habt ihr?" Und hatten sie keine, so bemerkte er lapidar: „Warum seid ihr denn überhaupt in der Stadt gewesen?"

Eines Tages entdeckte er eine Marktlücke, die sich als wahre Goldgrube erweisen sollte. Husum war zu jener Zeit einer der wichtigsten Viehmärkte. Sowohl die Bauern als

Albert Johannsen zu Beginn des 20. Jahrhunderts

Nachlass Albert Johannsen

auch die Händler waren an den Viehpreisen, die sich wöchentlich, je nach Angebot und Nachfrage, neu bildeten, interessiert. Diesen Informationsbedarf zu decken übernahm Albert Johannsen durch die Gründung eines Pressedienstes. Auf den Viehmärkten, die mittwochs und donnerstags stattfanden, verschaffte er sich einen Überblick über die Zahl der angebotenen Tiere, ermittelte durch Befragung der Käufer und Verkäufer einen Durchschnittspreis, erstellte zu Hause eine Preistabelle, vervielfältigte sie und schickte sie mit den letzten Zügen, die Husum verließen, an Zeitungen in ganz Norddeutschland. Er entwickelte sich zum „Marktforscher", lange bevor sich diese Tätigkeit als übliches Instrument empirischer Sozialforschung durchsetzte. Und er war so erfolgreich darin, dass seine Frau, die den Pressedienst nach seinem Tod weiterführte, daraus Einkünfte in einem Umfang bezog, der es ihr ermöglichte, allen Kindern eine gute Ausbildung angedeihen zu lassen: Agnes, geboren 1888, wurde Malerin, Albert, geboren 1890, ebenfalls Maler, Otto, geboren 1894, Ingenieur und Clara, geboren 1905, wurde Schauspielerin.

Das Ehepaar Johannsen führte in Husum ein „offenes Haus". Literaten und Journalisten aus ganz Norddeutschland gingen dort ein und aus. Die Maler Richard von Hagn, Hans Peter Feddersen, Jacob Alberts und der Hamburger Schriftsteller Philipp Berges kamen oftmals zu Besuch. Berges spricht sogar vom Haus des Dichters als dem geistigen Zentrum Husums. Albert Johannsen war zu einer weithin geachteten und angesehenen Persönlichkeit des öffentlichen Lebens geworden. Die häufige Anwesenheit der illustren Malergesellschaft wird einer der Gründe dafür gewesen sein, dass sowohl Agnes, die älteste Tochter, und Albert, der älteste Sohn, Maler wurden, Albert Johannsen (1890–1975) zum Maler seiner nordfriesischen Heimat schlechthin. Mit seinen Zeitungsberichten beeinflusste Johannsen das Kulturleben Husums in ganz unmittelbarer Weise. So sorgte er zum Beispiel dafür, dass die Maler Feddersen, von Hagn und Alberts in der Husumer Öffentlichkeit bekannt wurden und präsent blieben. Auch unterstützte er die in Not geratene Franziska zu Reventlow, indem er Arbeiten von ihr in der Zeitung veröffentlichte. Zwischen ihm und der Marschendichterin Thusnelda Kühl muss es gleichfalls Kontakte gegeben haben. Zumindest finden sich in seinem Nachlass eine an ihn geschriebene Postkarte sowie eine Kurzgeschichte von ihr. In der überregional Aufsehen erregenden „Schücking-Affäre" des Jahres 1908 ergriff Johannsen publizistisch Partei für Husums freiheitlich gesinnten Bürgermeister Lothar Schücking und gegen den erzkonservativen Landrat Friedrich Nasse.

In der Zeit des steten Kommens und Gehens zahlreicher Gäste hatte Albert Johannsen sein Haus am Osterende 5 nach seinen Bedürfnissen umgestaltet, vor allem Platz geschaffen für seine immer umfangreicher werdende Bibliothek. Darüber hinaus kaufte er sich, sobald seine finanziellen Mittel es ihm erlaubten, ein Stück Heideland bei Mildstedt, oberhalb der Husumer Au. Dort, in der von ihm so sehr geliebten Heide, baute er sich ein Wochenendhäuschen, in dem die Familie ihre Sonntage verbrachte. Das Landstück wurde später, nachdem es sich noch lange im Besitz der Familie befunden hatte, an die Gemeinde Mildstedt verkauft und ist heute Natur- und Wasserschutzgebiet. Dank seines florieren-

Nachruf der „Husumer Nachrichten" für Albert Johannsen
Nachlass Albert Johannsen

den Pressedienstes war es Albert Johannsen nun möglich, sich dem zuzuwenden, was er als seine eigentliche Berufung ansah: der freien schriftstellerischen Arbeit.

Völlig überraschend verstarb Albert Johannsen am 27. November 1909 im Alter von 59 Jahren. Nach eintägigem Krankenlager erlag er ganz plötzlich einer Herzaffektion. Vieles wäre von ihm sicher noch zu erwarten gewesen, vor allem wenn man bedenkt, dass er erst ab 1901 die Zeit fand, sich seiner eigentlichen Berufung, der Schriftstellerei, zu widmen.

Werk und Wirkung

Wenn man eines sagen kann, dann: dass Albert Johannsen ein besonders kreativer Mensch war. Bereits als Jugendlicher schrieb er Gedichte. Das ist an sich nichts Ungewöhnliches für Gymnasiasten, aber durchaus selten bei jemandem, dessen Bildung allenfalls als Terrazzoarbeit bezeichnet werden kann. Diese Kreativität schlug sich nieder in Textsorten ganz unterschiedlicher Art, in Sachprosa ebenso wie in Balladen und Gedichten, vor allem aber in seinen Romanen und Erzählungen.

Seine Herkunft aus ärmlichen Verhältnissen hat Albert Johannsen nie geleugnet. Sie dürfte verantwortlich sein für sein sozialpolitisches Engagement, das sich sowohl in seiner Sachprosa als auch in seinem belletristischen Werk deutlich kundtut. Schon früh muss er mit sozialdemokratischem Gedankengut in Berührung gekommen sein. Wenn er auch nicht Mitglied der SPD war, so akzeptierte er doch viele ihrer Ziele. Unter anderem publizierte er zwei Studien, die sich mit den wirtschaftlichen Problemen der „kleinen Leute" befassten. In dem Roman „*Die Wildnis*" schildert er gar das Wirken eines kommunistischen Agitators, der offensichtlich über geheime Kontakte zu Londoner Gesinnungsgenossen verfügt. Öffentlich engagierte er sich indessen weit weniger spektakulär als Vorsitzender der liberalen Vereinigung der Stadt. „Er war der Vertrauensmann der Freisinnigen Volkspartei für Husum, besuchte alle politischen Versammlungen seiner

Witwe Albert Johannsens mit einem Husumer Bekannten, Gemälde von Albert Johannsen jr., 1927 als Werbe-Postkarte der „Husumer Nachrichten" verbreitet Husumer Nachrichten

Heimatprovinz als Delegierter und bekleidete das Amt eines Vorsitzenden in diesem Bezirk", schrieb Philipp Berges in seinem Nachruf.

In seinen beiden sozialpolitischen Schriften „*Arbeit für die Arbeitslosen*" (1894) und „*Die kapitallose Wirtschaft*" (1895) entwickelt Albert Johannsen freiwirtschaftliche, unmittelbar praxisrelevante Überlegungen, die denen Silvio Gesells (1862–1930) ähneln und heutzutage in sogenannten Tauschringen vielfach realisiert werden. Gerade in Zeiten der Globalisierung und des vom realen Produktionsgeschehen sich abkoppelnden Finanzkapitals gewinnt dieses Konzept zunehmend an Bedeutung. So finden „Lokalwährungen" auch in den von der öffentlichen Hand geförderten „Markttreffs" Schleswig-Holsteins eine immer weitere Verbreitung. In beeindruckender Weise unterscheidet Johannsen in seinen beiden Schriften Geld als Zirkulationsmittel klar von der Geldform des Kapitals. Sein Konzept der „Productiv- und Consum-Genossenschaften" kenne „keine Kapitalwirtschaft", schreibt er. „Die Einnahmen der einzelnen Mitglieder können niemals anders Verwendung finden, als für den Erwerb von Producten oder Arbeitskräften. Der Überschuß an Einnahmen in den Büchern der Centralstelle ist einfach der Werth vorhergeleisteter Arbeit oder Lieferung, die nur eine entsprechende Gegenleistung beanspruchen kann." Und er ergänzt: „Kapitalansammlung kennt mein System nicht, ebenso wenig Kapitalverzinsung." Deutlicher kann man es eigentlich kaum sagen. In seiner Folgeschrift von 1895 geht er sogar noch einen Schritt weiter. Um zu verhindern, dass sich Anspruchsscheine aus nicht eingelösten Guthaben über die Jahre hinweg zu bedeutenden Summen ansammeln und dadurch Preissteigerungen verursachen, müssen diese Überschüsse aufgelöst werden. „Das geschieht am besten in der Weise, daß eine allmähliche Entwertung der Scheine stattfindet. Am zweckmäßigsten erscheint es mir, die Wertscheine alle zehn Jahre nach ihrer Ausgabe vollwertig zu lassen und vom elften Jahr an jährlich um zwei Prozent zu entwerten." Nach 60 Jahren wären die Scheine vollständig wertlos. Da-

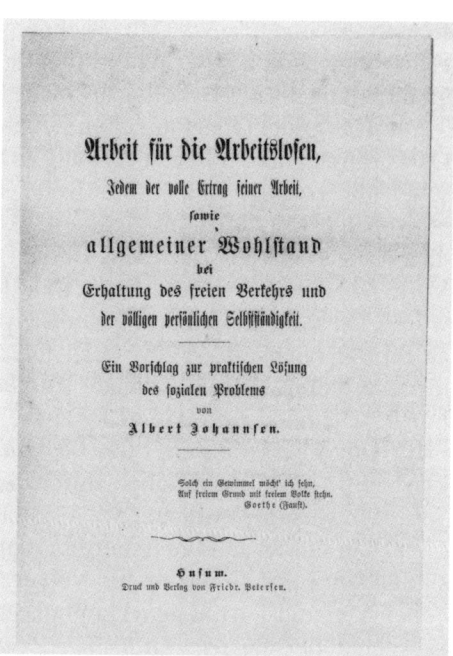

Titelseite der Schrift „Arbeit für die Arbeitslosen", 1894

durch wird erreicht, dass man die Wertscheine, also die Äqui-
valentform des Geldes als Zirkulationsmittel, nicht zu lange
dem Verkehr entzieht, was zur Belebung von Handel und
Gewerbe beiträgt. Das „Ansammeln bedeutender Summen
ruhenden Geldes" wird so verhindert und damit eine we-
sentliche Ursache der Krisenanfälligkeit der jetzigen Wirtschaftsweise beseitigt, denn, so Albert Johannsen: „Fast alle
Übelstände der gegenwärtigen Gesellschaftsordnung haben
in dem Kapitalismus, das heißt in der Verzinsbarkeit der an-
gesammelten Kapitalien, ihren Grund. […] In Folge der Ver-
zinsung fließen die Kapitalien in die Hände weniger; es bildet
sich eine Plutokratie, und was diese zu viel hat, das mangelt
der Mehrheit. Hier also Geldüberfluß, dort Geldmangel."
Diese auch aus heutiger Sicht modernen, nach wie vor zeit-
gemäßen theoretischen Überlegungen entsprachen durchaus dem praktischen sozialpolitischen Engagement Albert

Johannsens im Husumer Alltagsleben. So propagierte er die Einrichtung ambulanter Volksbibliotheken, um die Allgemeinbildung breiter Bevölkerungsschichten zu heben.

Der Hang zum Übersinnlichen, zur „Spökenkiekerei", zur Gabe, durch Handauflegen Heilung zu bewirken, zum Hellsehen und Vorüben – all das war weit verbreitet an der Westküste Schleswig-Holsteins. Spökenkieker waren Menschen, denen die Gabe des „Zweiten Gesichts", die Fähigkeit zur Vorhersage insbesondere von Todesfällen zugesprochen wurde. Diese Befähigung, in Form einer Vision von räumlich entfernten oder zeitlich bevorstehenden Ereignissen Kenntnis zu erhalten, galt in manchen Familien als erblich. Es ist nun bezeichnend, dass Albert Johannsen, dem dieses Phänomen, Unvorhersehbarem oder Geheimnisvollem einen erklärbaren Sinn zuzuschreiben, durchaus vertraut war, sich in geradezu wissenschaftlicher Weise bemühte, den rationalen Ursachen dieser „anscheinend übernatürlichen oder übersinnlichen Erscheinungen im Volke" auf den Grund zu gehen. Gemeinsam mit dem Hamburger Xenologen und Herausgeber der *Wissenschaftlichen Zeitschrift für Okkultismus*, Dr. med. Ferdinand Maack, entwickelte er einen dreiteiligen, sehr differenzierten Fragebogen, um Spuk und Doppelgängerei, Ahnungen und „Zweites Gesicht" einer rationalen Erklärung zuzuführen. Beide richteten einen „Aufruf" an ihre Mitbürger „zur Mitarbeit zwecks Aufklärung anscheinend ‚übernatürlicher' oder ‚übersinnlicher' Erscheinungen im Volke". Johannsen wusste sich in ganz unterschiedlichen Metiers erfolgreich zu betätigen, im Journalismus ebenso wie in der Belletristik, in der empirischen Marktforschung ebenso wie im Rahmen einer quantitativ-statistischen Erhebung. Ihm ist durchaus der Unterschied im Aussagewert einzelner Fallstudien und repräsentativer Datenanalysen bewusst. Im Vorspann zum Fragebogen heißt es denn auch: „Bei der relativen Seltenheit dieser (übersinnlichen) Erscheinungen kann der Einzelne unmöglich hinreichende eigene Erfahrungen machen, um stichhaltige Schlüsse irgend welcher Art daraus zu ziehen. Nur von einer genaueren, vor-

*Erstausgabe „Nach
der Flut", 1905*

urteilslosen, gemeinsamen Beobachtung vieler läßt sich eine
allmähliche Lösung der Aufgabe erhoffen; nur auf Grund
eines möglichst umfangreichen, gut beglaubigten und gesich-
teten Materials lassen sich gerechte Urteile über die mysti-
schen Fragen fällen."

Einen breiten Raum im Gesamtwerk Albert Johannsens
nehmen seine Romane und Erzählungen ein. Bereits mit seinem ersten Werk, der 1901 bei Hillger in Berlin erschienenen
Novellensammlung *„Aus Heide und Moor",* macht er sich
überregional bekannt. Die Orte des Geschehens liegen auf
der Geest östlich von Husum. „Unter den zerstreut wohnen-
den Nachbarn gab es sonderbare Käuze und unheimliche Gesellen, denen die wilde Einsamkeit ihren Stempel aufge-
drückt hatte: Einsiedler, ,Spökenkieker' und ,Krupschützen'.
Viele ihrer abergläubischen Meinungen und Gebräuche wur-
zelten in fernster Vorzeit, aus der auch Lied und Sage fremd-

artige und wundersame Dinge zu berichten wußten." Wie später in der Novelle „*Heidespuk*" und in dem Roman „*Die Wildnis*" schöpft Albert Johannsen aus seinen Kindheitserinnerungen, die sich für ihn, wie aus seinen Lebensberichten hervorgeht, untrennbar mit dieser Umgebung verknüpften. Die Literaturkritik reagierte positiv auf diese erste größere in sich geschlossene Veröffentlichung des Husumer Literaten. Philipp Berges war im *Hamburger Fremdenblatt* voll des Lobes: „Die Heidebilder Johannsens sind Kulturbilder voll Lebendigkeit und Tiefe, alle Schwere ist ihnen genommen durch die großartige Knappheit der Darstellung und die schwermütige Poesie, die Land und Leute umschimmert." In ihnen äußere sich eine Qualität, die „nur den besten Erzählern, gleichviel welcher Nationalität eigen ist". Ähnlich wohlwollend vermerkt Hans Peter Feddersen in einem Brief an den Autor: „Was Ihre Art zu erzählen auszeichnet, ist meines Erachtens die große Schlichtheit, es steckt auch nicht für fünf Pfennige Koketterie in ihrer Schreibweise." Und er fährt fort: „Daß Sie ein Poet sind, wußte ich, aber daß Sie sich ihrer Kunst so entäußern können, wie in ‚Aus Heide und Moor', habe ich doch nicht vorausgesetzt." Eine der Geschichten, so fügt er hinzu, habe ihn zu Tränen gerührt.

Zusammen mit der Erzählung „*Nach der Flut*" erscheint 1905 bei Alfred Schall in Berlin die Novelle „*Heidespuk*". In ihr geht es um einen alternden Maler, der sich zugleich in ein Mädchen und in einen Jüngling verliebt, die beide wiederum einander zugetan sind. Das Mädchen jedoch ist bereits einem Förster versprochen. Das unheilvolle Beziehungsgeflecht löst sich, vermittelt über einige tragische Zwischenschritte, schließlich auf, indem der Maler das Mädchen ehelicht. Dass Albert Johannsen die Gestalt des Malers nach dem Vorbild des Jacob Alberts (1860–1941) formte, war Lesern, die ihn kannten, sofort klar. Die Geschichte gewann für Eingeweihte zusätzlich Pikanterie dadurch, dass Jacob Alberts sechs Jahre später die wesentlich jüngere Margarete Paulsen, die Tochter des bekannten Philosophen und Pädagogen Friedrich Paulsen, heiratete.

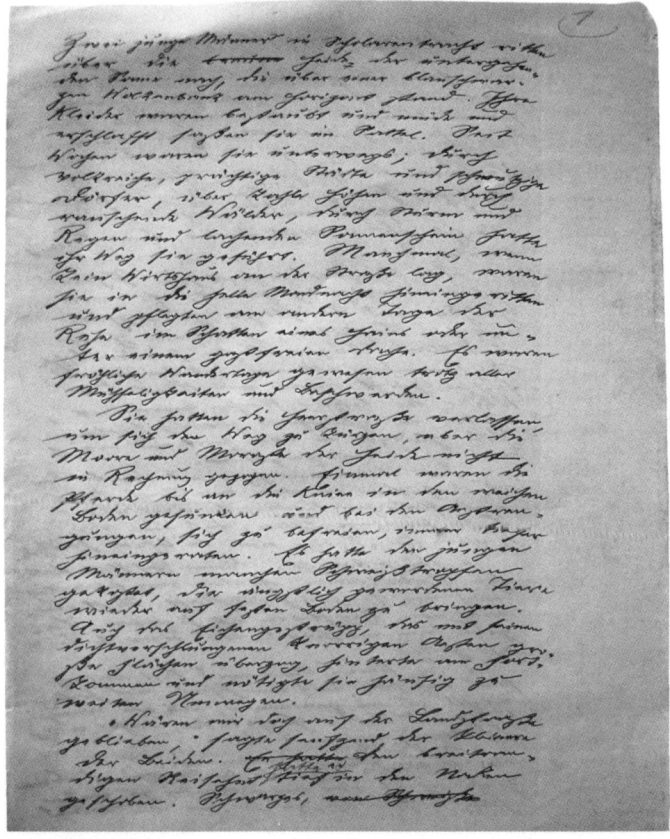

Erste Seite des Manuskripts „Nach der Flut"

Nachlass Albert Johannsen

Der 1907 wiederum bei Hillger in Berlin erschienene Roman „*Auf Ibenhof*" spielt im Husumer Umland und schildert das Schicksal eines Großbauern, der konflikthaft zerrissen zwischen zwei Frauen steht und deshalb seinen Hof, „drei Stunden nördlich der Stadt" gelegen, vernachlässigt. Hiervon existiert auch eine dramatisierte Fassung.

Das Handlungsgeschehen des 1908 bei Weber in Leipzig erschienenen Romans „*Fata Morgana*" ist in Nordschleswig und Kopenhagen angesiedelt. Geschildert wird der soziale Aufstieg eines einfachen Bauernsohnes zum Gutsbesitzer.

Eine besondere Bewandtnis hat es mit dem 1910 posthum bei Reißner in Dresden erstmals veröffentlichten Roman *„Die Wildnis"*, denn die Mutter des Romanhelden, der starke Ähnlichkeiten mit dem Autor aufweist, stammt von den Tattern ab. Dass Anna Thamsen (bzw. Thomsen), die Mutter Albert Johannsens, tatsächlich zur Bevölkerungsgruppe der Tattern gehörte, wie gelegentlich behauptet wurde, konnte bislang allerdings nicht verifiziert werden. Die Tattern galten im Volksmund als Zigeuner bzw. als deren Nachkommen. Dieser Einschätzung widersprach Albert Johannsen vehement. Er sah in ihnen vielmehr Überreste einer heidnischen Urbevölkerung der schleswigschen Geest. Es mutet deshalb etwas kurios an, dass die Neuauflagen des Romans, die spätestens ab der vierten Auflage 1922 unter dem Titel *„Der Sohn der Wildnis"* erschienen, mit dem Zusatz „Ein moderner Zigeuner-Roman" versehen wurden.

Wie viele seiner Romane und Erzählungen, die zunächst, bevor sie als Buchfassung publiziert wurden, in Zeitungen und Zeitschriften als Fortsetzungsserien erschienen, wurde *„Gerhard Holm"* 1909, im Todesjahr Albert Johannsens, im *Hamburger Fremdenblatt* als Fortsetzungsfolge abgedruckt. Eine Buchfassung kam nicht mehr zustande. Geschildert wird die Wandlung des Stranddorfes „Eppenbüll" zu einem bekannten Seebad. Berichtet wird vom Widerstand der Einheimischen und vom Schicksal des Unternehmers Gerhard Holm, der seine Fabrik in Berlin verkauft, um sein Kapital in Hotelanlagen zu investieren.

Im Nachlass Albert Johannsens finden sich zahlreiche zeitgenössische Rezensionen seiner Werke, die sich durchweg äußerst positiv zur Gestaltungskraft des Autors bekennen. So ist im *Fränkischen Kurier* anlässlich des Erscheinens von *„Fata Morgana"* 1908 über den Autor zu lesen: „In prächtiger Kleinmalerei beschreibt er das Landleben im Norden Schleswigs, wobei ihm vor allem seine Charakterschilderungen meisterhaft gelungen sind." Und in der *Kieler Zeitung* äußert

1907 ein Dr. Hugo Göring zum Romangeschehen in *„Auf Ibenhof"* unter anderem: „Späteren Geschlechtern wird dieser Roman eine wertvolle Quelle der Kulturgeschichte der Friesen bleiben." Das Erzählwerk *„Nach der Flut"* schließlich, so schreibt 1905 der Rezensent im *Hamburger Korrespondent*, sollte „in jedem Hause eine Stätte finden, denn es bietet Heimatkunst im besten Sinne des Wortes". Insbesondere dass eine der Hauptpersonen, der Hamburger Unternehmer Arnold Amsinck, so „plastisch und lebenswahr" dargestellt ist, wird lobend hervorgehoben. Ähnlich äußerten sich die *Hamburger Nachrichten*: „Wer sich an echter Heimatkunst erfreuen will, der lese Johannsens ‚Nach der Flut'. Albert Johannsen, der als Redakteur in Husum lebt, hat mit der vorliegenden Erzählung ein starkes novellistisches Talent offenbart. Groß ist er im dichterischen Erfinden, vollreif in der Kunst des Charakterisierens. Dabei ein Meister der Schilderung, der in einen engen Raum mit edelster Sprache eine Fülle herrlichster Phantasien zu bannen weiß."

Albert Johannsen hat sich in vielen, ganz unterschiedlichen Textsorten versucht. Unter anderem verfasste er drei Theaterstücke, die zugleich in Erzählform vorliegen: *„Das Gnadenbrot"*, *„Die Tochter besucht ihre Mutter"* und *„Der Vagabund"* (sämtlich 1909). Von den Balladen sei insbesondere „Dammbruch", von den Gedichten „Herbst" erwähnt.

Johannsen propagierte nicht nur die Einrichtung ambulanter Volksbibliotheken, sondern er sorgte auch dafür, dass die Klassiker der deutschen Literatur von breiten Bevölkerungskreisen käuflich erworben werden konnten. Unter anderem war er Herausgeber der äußerst preisgünstigen *Deutschen Volks- und Familienbibliothek* (1884 ff.). In dieser Buchreihe erschienen unter anderem Texte von Clemens Brentano, Achim von Arnim, Johann Peter Hebel, Wilhelm Hauff, Heinrich von Kleist, E. T. A. Hoffmann und Theodor Körner. Im *Berliner Tageblatt* vom 20. Juni 1884 heißt es unter anderem: „Mit dem Erscheinen des ersten Heftes der ‚Deutschen Volks- und Familienbibliothek' ist ein erfreulicher Schritt vorwärts gethan worden zur Beseitigung jener Hintertreppen-

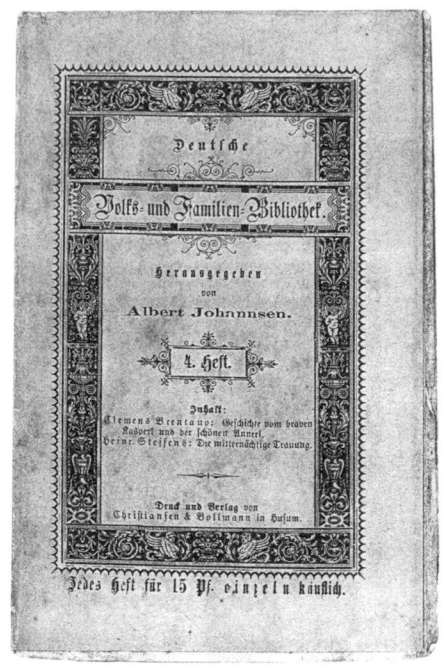

Viertes Heft der von Albert Johannsen herausgegebenen „Volks- und Familien-Bibliothek"

literatur, welche einen bei weitem demoralisierenderen Einfluß auf die breitesten Schichten der Bevölkerung ausübt, als dies im Allgemeinen zugestanden zu werden pflegt."

Bezeichnend für sein regionalpolitisches Engagement ist, dass Albert Johannsen 1902 zu den Mitbegründern und sodann zu den aktivsten Mitgliedern des Nordfriesischen Vereins für Heimatkunde und Heimatliebe gehörte. Für dessen *Mitteilungen* – später als *Jahrbücher* bezeichnet – stellte er jeweils die bibliografischen Übersichten zusammen. Zuvor schon gab er das *Jahrbuch für die Kreise Husum und Eiderstedt* heraus. 1899 und 1907 erschien die zweibändige Ausgabe „*Schleswig-Holsteinischer Humor"* mit Texten in Hoch- und Niederdeutsch sowie in Friesisch, wobei interessant ist, dass die deutschsprachigen Texte in Fraktur, die friesischen in Antiqua gesetzt sind, was damals bei fremdsprachigen, etwa bei englischen oder französischen Texten üblich war. Bereits am 12. Mai 1894 hatte er den „Aufruf zur Beteiligung an einer kulturgeschichtlichen Ausstellung für Nordfriesland in Husum" mit unterzeichnet.

Zu dieser Ausgabe

Der vorliegenden Ausgabe wurde die 1905 bei Alfred Schall in Berlin erschienene Buchfassung zugrunde gelegt. Neben der Erzählung „*Nach der Flut*" enthielt der Band eine weitere mit dem Titel „*Heidespuk*". Der Untertitel des Bandes lautet „Zwei Heimatserzählungen von Albert Johannsen". Dass eine der beiden Erzählungen zuvor bereits in einer Zeitschrift als Fortsetzungsfolge erschienen ist, wie Albert Johannsen das häufig gehandhabt hat, trifft in diesem Fall nicht zu. Den einschlägigen Literaturlexika zufolge sowie laut Auskunft der Enkelin hat es auch eine weitere Auflage nicht gegeben. Lediglich die zweite Erzählung des Bandes, „*Heidespuk*", ist 1914 in der Kurzschrift nach Stolze-Schrey erneut aufgelegt worden.

Der Text wird hier in der heute gültigen Rechtschreibung wiedergeben. Wo der Duden Spielraum lässt, wurde in der Regel die von Albert Johannsen benutzte Form gewählt. Auch die Orts- und Personennamen folgen der heute zumeist üblichen Form. Für die 1634 untergegangenen Orte finden sich in den Quellen durchaus unterschiedliche Schreibungen, manchmal in ein und demselben Dokument. In einer Aufstellung über die Sturmflutschäden an den Nordstrander Kirchen etwa schreibt Johannes Heimreich 1641 den Herkunftsort der Romangestalt Hinrich Oldenburg zum Beispiel einmal „Rorbeke" und gleich darauf „Röhrbeck". Auf einer Karte von Jan Barensz steht „Ruerbeeck", auf einer von Johannes Mejer „Rörbeck". Der von Albert Johannsen benutzte Begriff „Werft" wurde in die heute übliche Form „Warft" gebracht.

Worterklärungen

Bettelvogt: niederer Beamter, der das Betteln verhindern sollte,

Büttel: Hilfspolizist, Gerichtsdiener,

Frohn: Gerichtsdiener, s. a. Büttel,

Harde: Verwaltungs- und Gerichtsbezirk,

Hökerei: kleiner Kaufmannsladen,

Hüüs em un hool em. De Herr, de mutt betahlen: Ziehe ihn hoch und halte ihn. Der Herr, der muss bezahlen.

Krupschütze: Wildschütze, Wilddieb, Wilderer,

Lahnung: Uferschutzanlage aus Holzpflöcken und Sträuchern, die zudem der Landgewinnung dient,

Lohdiele: s. Tenne,

Pesel: die gute Stube für besondere Anlässe in einem Bauernhaus,

Prahm: kleines, flaches Wasserfahrzeug,

Priel: Wasserrinne im Watt,

Rotte Kora: Gruppe innerhalb des Volkes Israel, die gegen den von Gott bestimmten Führer Moses rebellierte; sprichwörtlich gemeint ist ein Haufen wüster Polterer und Schreier,

Staller: hoher obrigkeitlicher Beamter, Statthalter des Herzogs,

Stockhaus: Gebäude, in dem sich Räume zur Verwahrung von Gefangenen befanden,

Tenne: großer Raum in Bauernhäusern fürs Getreidedreschen im Winter,

Warft: künstlich aufgeworfener Erdhügel zum Schutz menschlicher Siedlungen vor Sturmfluten,

Wehle: ein durch Deichbruch ausgespülter Teich,

Weibel: Gerichtsdiener und Amtsbote, ehemals ein unterer Heeresbediensteter (Feldwebel),

Wiemen: Latte zum Aufhängen von Fleisch.

Weiterführende Literatur

Alt-Nordstrand um 1634. Karte von Fritz Fischer und Erläuterungen von Albert Bantelmann. In: Zeitschrift der Gesellschaft für Schleswig-Holsteinische Geschichte 102/103 (1977/78), S. 97–110.

Arno Bammé: Protokoll des Gesprächs über Albert Johannsen mit Angelika und Ulrich Ott vom 5.2.2008 (Universität Klagenfurt: hektografiert).

Arno Bammé: Literat, Journalist und Autodidakt. Leben und Werk des Albert Johannsen. In: Zwischen Eider und Wiedau 2009, S. 48–61.

Albert Bantelmann: Die Landschaftsentwicklung an der schleswig-holsteinischen Westküste, dargestellt am Beispiel Nordfriesland. Eine Funktionschronik durch fünf Jahrtausende, Neumünster: Wachholtz 1967.

Philipp Berges: Albert Johannsen. In: Hamburger Fremdenblatt, Nr. 280 vom 30.11.1909.

Kurt Boysen: Das Nordstrander Landrecht von 1572, Neumünster: Wachholtz 1967.

Berend Harke Feddersen: Der Maler Albert Johannsen, Husum: HDV 1990.

Anton Heimreichs ... nordfresische Chronik. Herausgegeben von Nikolaus Falck, Tondern 1819.

Lorenz Hein: Außenseiter der Kirche. In: Schleswig-Holsteinische Kirchengeschichte, Band 4, Orthodoxie und Pietismus, Neumünster: Wachholtz 1984, S. 173–231.

Boy Hinrichs, Albert Panten, Guntram Riecken: Flutkatastrophe 1634. Natur – Geschichte – Dichtung, Neumünster: Wachholtz 1985, 2. Aufl. 1991.

Manfred Jakubowski-Tiessen: Die großen „Mandränken": Sturmfluten in Nordfriesland. In: Thomas Steensen (Hrsg.): Das große Nordfriesland-Buch, Hamburg: Ellert & Richter 2000, S. 122–133.

Albert Johannsen: Mein Leben. In: Leipziger Illustrierte Zeitung, Nr. 3353 vom 5.10.1907 (Manuskript im Nachlass).

Albert Johannsen: Die Wildnis, Dresden: Reißner 1919 (posthum, ab der vierten Auflage 1922 unter dem Titel „Der Sohn der Wildnis" mit dem irreführenden Zusatz „Ein moderner Zigeuner-Roman").

Albert Johannsen: Arbeit für die Arbeitslosen, Husum: Petersen 1894.

Albert Johannsen: Die kapitallose Wirtschaftsweise, Husum: Petersen 1895.

Albert Johannsen: Dammbruch (Ballade). In: Zwischen Eider und Wiedau 2009, S. 154–155.

Albert Johannsen: Herbst (Gedicht). In: Zwischen Eider und Wiedau 2009, S. 153.

Friedrich Wilhelm Kantzenbach: Die Erweckungsbewegung, Neuendettelsau: Freimund 1957.

Friedrich Wilhelm Kantzenbach: Orthodoxie und Pietismus, Gütersloh: Mohn 1966.

Fritz Karff: Nordstrand. Geschichte einer nordfriesischen Insel, Flensburg: Christian Wolff, 2. Aufl. 1972.

Werner Krauss: Die „Goldene Ringelgansfeder". Dingpolitik an der Nordseeküste. In: Georg Kneer et al. (Hrsg.): Bruno Latours Kollektive, Frankfurt am Main: Suhrkamp 2008, S. 425–456.

Karl Kuenz: Nordstrand nach 1634. Die wiedereingedeichte Insel, Selbstverlag 1978.

Rolf Kuschert: Nordfriesland in der frühen Neuzeit. Neu bearbeitet von Martin Rheinheimer, Fiete Pingel und Thomas Steensen, Bräist/Bredstedt: Nordfriisk Instituut 2007 (Geschichte Nordfrieslands, 3).

Dieter Lohmeier: Hoyers, Anna Ovena. In: Schleswig-Holsteinisches Biographisches Lexikon, Band 3, Neumünster: Wachholtz 1974, S. 156–159.

Angelika Ott: Albert Johannsen (1850–1909). Der Nachlass, Klagenfurt: Veröffentlichungen aus dem Forschungsprojekt „Literatur und Soziologie", Heft 28. Juni 2009.

Marcus Petersen: Amsinck, Arnold. In: Schleswig-Holsteinisches Biographisches Lexikon, Band 2, Neumünster: Wachholtz 1971, S. 33–34.

Andreas Reinhardt (Hrsg.): „Die erschreckliche Wasser-

Fluth" 1634. Die Flut vom 11. Oktober 1634 und ihre Folgen nach zeitgenössischen Berichten und Dokumenten, Husum: Nordfriesischer Verein für Heimatkunde und Heimatliebe 1984.

Thomas Steensen: Die friesische Bewegung in Nordfriesland im 19. und 20. Jahrhundert (1879–1945), 2 Bände, Neumünster: Wachholtz 1986.

Thomas Steensen: Der „Fall Schücking" 1908. Ein Husumer Bürgermeister im Kampf für freiheitliche Reformen. In: Nordfriesisches Jahrbuch 44 (2009), S. 63–84.

Ludwig Thieme: Kirche, Sekte und Gemeinschaftsbewegung, Schwerin: Bahn 1925.

Danksagung

Eine Übersicht zusammenzustellen, wie die vorliegende, die Auskunft gibt über einen Autor, der für lange Zeit als vergessen gelten konnte und dessen Name, wenn er überhaupt genannt wurde, immer nur an seinen Sohn, den Maler gleichen Namens, denken ließ, ein solches Unterfangen ist nicht möglich ohne die Mithilfe und Unterstützung anderer Menschen. Dank ist deshalb zu sagen vor allem und zuerst Angelika und Ulrich Ott in Öhningen am Bodensee für die Einsichtnahme in den Nachlass des Schriftstellers. Dank abzustatten ist weiterhin Almut Ueck vom Kreisarchiv Nordfriesland in Husum, Monika Tausche vom NordseeMuseum/Nissenhaus in Husum, Cornelia Küchmeister von der Schleswig-Holsteinischen Landesbibliothek in Kiel sowie Anne Paulsen-Schwarz in der Bibliothek des *Nordfriisk Instituut*. Dank gebührt ebenfalls Dolly Hofmann, die für ein Colloquium an der Universität Flensburg eine Zusammenfassung der Erzählung anfertigte, Jessica Pauls, die während eines Praktikums im *Nordfriisk Instituut* nochmals den gesamten Text durchging und sich der Worterklärungen annahm, sowie Peter Nissen, Albert Panten und Fiete Pingel, die hilfreiche Hinweise gaben, außerdem denen, die Bilder für dieses Nachwort zur Verfügung stellten.

Arno Bammé   *Thomas Steensen*
(Klagenfurt)   (Husum)